Anja Goerz, geboren 1968, gelernte Fotografin, arbeitet seit 1989 bei privaten und öffentlich-rechtlichen Radiosendern. Sie ist auf dem nordfriesischen Festland nahe Sylt aufgewachsen und träumt seit ihren ersten Rundfunktagen von einem Radioprogramm wie in diesem Roman: leicht, stimmungsvoll und mit ganz viel Insel. Heute arbeitet Anja Goerz beim Berliner Radiosender Radio Eins. Sie lebt mit Mann und Sohn in der Nähe von Potsdam. «Herz auf Sendung» ist ihr erster Roman.

«Sylt, Zickenkrieg und Tanzmusik – Anja Goerz weiß, was ein schöner böser Heimatroman braucht.»
(Hajo Schumacher)

«Wo Anja Goerz herkommt, kann man sich frischen Humor ins Gesicht pusten lassen. Oder am Strand so himmelhoch sexy werden, wie es diese Geschichte ist.» (Jörg Thadeusz)

Anjа Goerz

Herz auf Sendung

Roman • Rowohlt Taschenbuch Verlag

Originalausgabe
Veröffentlicht im Rowohlt Taschenbuch Verlag,
Reinbek bei Hamburg, Juni 2011

Umschlaggestaltung any.way, Barbara Hanke / Cordula Schmidt
(Foto: Bernd Vogel / Corbis; Stockbyte / Getty Images)
Satz aus der Dante MT (PageOne), bei Dörlemann Satz, Lemförde
Druck und Bindung Druckerei C. H. Beck, Nördlingen
Printed in Germany
ISBN 978 3 499 25616 5

Für Hermann Stümpert
R.I.P

«Schön, dass Sie uns eingeschaltet haben, hier ist Ihr Inselradio 88 Komma zwei – auf Sylt dabei. Es ist 7 Uhr und 12 Minuten, gleich gibt es von uns aktuelle Veranstaltungstipps zum heutigen Wochenstart, aber erst mal der Song zum Programm. Ach, was sag ich? Der Song zur Insel: Hier sind Die Ärzte mit ‹Westerland›!»

Jan zog sich den Kopfhörer von den Ohren, legte ihn auf das Pult und schob seinen Drehstuhl ein Stück zurück, sodass er genau durch das Glasfenster zu mir herausschauen konnte. Als Moderator der Frühsendung saß er im sogenannten Studio A. Direkt vor dem großen Studiofenster stand ein drei Meter langer Schreibtisch, an dem tagsüber der Redakteur der Sendung darüber wachte, dass die Menschen an den Mikrofonen alles so machten, wie vom Senderchef vorgesehen. Dahinter waren die Schreibtische des Nachrichtenredakteurs und seines Assistenten. Weiter hinten, ganz am Ende des Raumes, an der fensterlosen Wand, stand mein Schreibtisch. Blickrichtung Studio, aber ich musste schon aufstehen, um den Moderatorenstar sehen zu können. Daher stand ich um diese Zeit lieber an den Ablaufredakteurs-Schreibtisch gelehnt, weil ich hier direkt durch das Fenster zu Jan schauen konnte. Gerade drückte er einen Knopf auf dem Moderatorenpult, und ich hörte seine von allen Urlaubern und Nordfriesen geliebte Stimme:

«Hey, Schnucki, meinst du, es wäre einzurichten, dass du mir ein koffeinhaltiges Heißgetränk aus der Küche holst?»

Ja, aber das wäre ja so was von einzurichten, wäre das.

Für Jan wäre ich auch bis nach Niebüll aufs Festland gefahren, mit dem Fahrrad auf den Schienen übern Hindenburgdamm, wenn es nur da Kaffee gäbe. Oder nach Dänemark geschwommen. Aber da konnte ich mich ganz hinten anstellen, hinter all die, die Mister Morningshow bei Inselradio Sylt seit acht Jahren morgens von fünf bis zehn gebannt lauschten, seine Autogrammkarten sammelten und nach dem Urlaub im Internet den Vormittag auf der Nordseeinsel weiterverfolgten.

Vor sechs Monaten war ich von Hamburg nach Sylt gekommen, auf *die Insel*, wie Kenner sagen. Eigentlich nur, um während der Semesterferien meine Freundin Maike zu besuchen. Na ja, um ehrlich zu sein, hatte ich auch echt die Schnauze voll von den Torfnasen, die ich Tag für Tag in der Uni sehen musste, und von den immer gleichen Abläufen. Außerdem war es ohne Maike echt langweilig geworden.

Wir hatten uns in Hamburg für mehrere Jahre nicht nur eine Wohnung geteilt, sondern zuletzt auch die Schichten in einem Coffeeshop, um unser Studium zu finanzieren. Richtig geraten: beide *eine* Fachrichtung – BWL. Aber wir hatten nicht alles gemeinsam. Bei den Männern zum Beispiel: Maike hatte Dauerfreunde. Will heißen, wenn es einer geschafft hatte, ihr Herz zu erobern, dann war er auch mindestens ein Jahr lang ständiger Besucher unserer Wohngemeinschaft. Als sie Bendix kennenlernte – oder er sie –, litt sie gerade unter schrecklichem Liebeskummer, weil ihr Ex sie sitzengelassen hatte. Nicht ohne vorher noch lautstark – so, dass garantiert auch die Mieter unter uns alles mitbekommen hatten – zu erklären, dass Maike die langweiligste Tussi zwischen Elbe und Mississippi sei, Sex mit ihr in etwa so abenteuerlich wie eine Rheumadeckenfahrt in den Harz und er auch keinen Bock mehr auf kuschelige Abende mit Chips und Patrick Swayze habe.

Wir hatten danach wochenlang frittierte Kartoffelprodukte in uns hineingefuttert und dazu immer wieder «Dirty Dancing» geguckt. Ausgerechnet in dieser Situation tauchte Bendix auf, ließ sich im Coffeeshop einen Latte macchiato basteln und war Maike schon verfallen, als sie noch die Milch aufschäumte.

Im Gegensatz zu mir war Maike optisch eine Granate. Irgendwann hatte in ihrer Familie mal jemand eine heiße Nacht mit einer südländischen Schönheit verbracht, und dieses Erbe hatte sich über Generationen versteckt gehalten, um bei Maike voll zum Ausbruch zu kommen. In Form von langen, glatten schwarzen Haaren, dunkelbraunen Augen, einer Figur wie «The Body» Elle Macpherson und sagenhaften 1,76 Meter in Turnschuhen.

Die kann ich vergessen – also die Turnschuhe. Mindestens fünf Zentimeter Absatz müssen es sein, sonst sehe ich aus, als würde ich im Loch stehen.

Also kein Wunder jedenfalls, dass Bendix Pede sich auf den

ersten Blick in Maike verliebt hatte und nicht in mich. Obwohl ich auch keine schlechte Figur machte in meiner schokobraunen Coffeeshop-Bluse. Die Farbe stand mir ausgezeichnet. Aber gut.

Mit Bendix hatte Maike dann nicht nur immer eine tolle Unterkunft auf Sylt, sondern gleich auch einen finanziell abgesicherten («reich» sagt man ja nicht mehr) Ehemannanwärter. Denn der Vater von Bendix hatte aus einer kleinen Familienpension auf der Insel ein florierendes Luxushotel gemacht, den Riesenschuppen Mirabell am Strand von Westerland.

Bendix musste also mit Sicherheit nicht in den Dünen pennen, wenn er mal einen über den Durst getrunken hatte.

Zu allem Überfluss war er echt kein Buckliger – also *ich* hätte ihn auch genommen, wenn sein Vater Platzwart auf einem Zeltplatz gewesen wäre. Ja, so geht's, der Teufel scheißt immer auf den größten Haufen: Wer super aussieht, der bekommt auch noch einen Megakerl in die Arme getrieben, plus einen Job nach Wunsch gleich dazu. Bendix hatte sich erst mal einen Koffeinschock geholt, weil er jede freie Minute in unserem Café abhing, bis Maike ihn endlich erhörte. Wenige Wochen darauf hatte er seine große Liebe auch schon auf die schönste Insel der Welt entführt, wo der zukünftige Schwiegerpapa ihr dann prompt eine eigene kleine Kaffeebar einrichtete.

«Wat braucht 'ne junge Deern ein Studium, Geld zählen geit ok so», hatte Pede Senior getönt, seine Kontakte in der Westerländer Kaufmannschaft spielen lassen, und schwups, war der Jeansladen in bester Lage pleite, und die Kaffeebar konnte einziehen. Cooles Design, Snacks und beste Bohnen direkt am Übergang zum Strand in Westerland. Das Latte-Mar hatte sich innerhalb weniger Wochen zum Szenetreff gemausert. Die beiden Süßen kamen auf jeden Fall vor Lachen nicht in den Schlaf.

Deshalb hatte ich auch nicht die Spur von einem schlechten Gewissen, als ich mich vor einem halben Jahr auf Maikes wiederholte Einladungen hin für ein paar Wochen von ihr im Mirabell in Westerland einquartieren ließ. Meinen Job hatte ich kurzfristig ebenfalls in die Ferien geschickt und mein Sparbuch geplündert, für das, was ich hier selbst bezahlen müsste. Was wenig war, denn schönes Doppelzimmer, Blick aufs Meer, immer gefüllte Minibar und zum Frühstück schon Champagner – war alles inklusive, dank Herrn Pede.

Das Allerschönste: Wenn man bereits morgens Perlwein intus hatte, dann konnte man BWL auf einmal ganz schön überflüssig finden. Was für ein Leben! Lange schlafen, das Meer vor der Haustür und Tag und Nacht tolle Typen in LaMartina-Poloshirts oder im Porsche, oder beides.

In Westerland waren natürlich auch ganze Familien zu Gast, Kegelklubs ganz in Beige sowie ältere Paare, die im Partnerlook und mit Hüfttaschen durch die Fußgängerzone schlurften. Aber es gab eben auch viele schicke Männer, die vor allem hier waren, um zu sehen und gesehen zu werden. Die gern anhand von Auto, Markenklamotten und goldener Uhr zeigten, wo der Euro nicht alleine war.

Auf meine Optik würde hier allerdings keiner abfahren, da ich eher norddeutsch, Marke Kartoffelbäuerin, ausfiel. Also so, wie man sich die frühe Veronica Ferres vorstellt: rote Bäckchen, rundes Gesicht, blaue Augen, blonde, sehr dicke Haare, die nur zum Zopf gebunden überhaupt tragbar sind – aber dann leider vierzig Zentimeter kleiner und zwanzig Kilo schwerer. Das sind die Gene, die seit Jahrhunderten das Aussehen der Familie Krause bestimmen.

Und dann noch Krause – Ina Krause: Ging ja gar nicht! Ina

war ja eigentlich gar kein Name, sondern nur eine Abkürzung von Christ-INA oder Bett-INA. Für einen ganzen Namen hatte meine Familie vermutlich nicht genug Geld gehabt. Auch wenn meine Mutter immer behauptet hatte, Ina bedeute Königin oder Heilige. Mir war eher die afrikanische Bedeutung einleuchtend: Mutter des Regens.

Daher hatte es mich auch nicht gewundert, als ich die ersten Tage auf Sylt im strömenden Regen auf Strand und Meer gucken musste. Ohne durchtrainierte Badehosen-Männer oder braungebrannte Geldsäcke. Naja, geschenktem Gaul und so weiter.

Trotz des mäßigen Einstiegs hätte ich es auch bei Hagel und Eisregen prima noch ein paar weitere Wochen in meinem kleinen Hotelzimmer ausgehalten, aber Maike kam dann gegen Ende der Semesterferien mit der Frage, ob ich Pläne für die Zukunft hätte.

«Versteh mich nicht falsch, Süße, aber wenn du dein Studium jetzt abbrichst und auch nicht mehr in der Kaffeebar in Hamburg arbeitest, dann musst du ja mal überlegen, wie du dein Geld verdienst, also was du später machen willst. Wenn du nicht mehr nach Hamburg zurückmöchtest, dann kannst du natürlich hierbleiben, würde ich mich auch freuen, aber …»

Blablablablabla. Auch nicht besser als meine Mutter.

Auf Hamburg hatte ich tatsächlich keine Lust mehr, was auch daran liegen könnte, dass die letzten drei Lover, die mich im Vollrausch abgeschleppt hatten, meine Bude verlassen hatten, bevor ich nur das Wort «Kopfschmerztablette» sagen konnte. Oder anders: In Hamburg passte eine leicht aufgegangene weibliche Wiedergeburt des Kinderschokoladengesichts erst recht nicht ins Beuteschema der Pfeffersack-Jugend. Die wollten schlanke blonde Mädchen mit langen

Beinen, einem wippenden Pferdeschwanz, möglichst knackig in Jeans und unschuldig weißer Bluse. Am allerliebsten mit einer von Papi gesponserten Eigentumswohnung in Uninähe. Deshalb hatten die Jungs nach ein paar netten Stunden und verdampftem Vollrausch bei mir immer schnell ihre Markenjeans und Halstücher geschnappt und das Weite gesucht.

Die Wohnung hatte ich vor meinem Ausflug auf die Insel komplett untervermietet, meine beste Freundin war hier, und BWL hatte mir bisher auch keine nennenswerten Erkenntnisse geliefert. Warum also sollte ich nicht dauerhaftes Glück auf einem Eiland in der Nordsee suchen, warum nicht auf die große Liebe zwischen den Dünen hoffen und die Daumen drücken, dass am Strand auch mal ein Kerl angespült wurde, der auf eine Blondine stand, die ein bisschen aussah wie Heidi Klum (aus der Froschperspektive bei minus 7 Dioptrien beidseitig)?

Bis der zwischen Muschelschalen und Sandkörnern auf seinen Erlöserkuss von Ina wartete, brauchte ich einen Job, den ich auch wieder Maike zu verdanken hatte, oder besser gesagt: Bendix. Oder noch besser: Pede senior und seinen Kontakten in die Westerländer Szene der Gewerbetreibenden. Denn im Luxusschuppen Mirabell gab es nicht nur Champagner und weiche Betten mit einer Auswahlkarte für das richtige Kopfkissen, sondern auch einen Radiosender unterm Dach.

Ein Möbelhausbesitzer hatte vor gut zehn Jahren genug Geld gehabt, um sich seinen Jugendtraum vom eigenen Programm zu erfüllen, bewarb sich um die ausgeschriebene Frequenz, bekam den Zuschlag und machte nun das ganze Jahr über Ferienprogramm. Rund um die Uhr Radio von der Insel für die Insel. Gewinnspiele, bei denen man Freiflüge über Sylt, ein Treffen mit dem berühmten Wirt der Sansibar, Strandpakete mit Werbehandtüchern und Strandmatten oder auch Kaffeebecher für die Zeit nach dem Urlaub gewinnen konnte. Oder des Fischbrötchenkönigs Gosch Küche angucken durfte. Von morgens bis nachts, dazu leichte Unterhaltungsmusik von den Siebzigern bis heute – keine schmerzhafte Rockmusik und auch keine glitschigen Schlager. Musik, die (fast) jeder hören konnte, ohne dass sie beim Sonnenbaden oder Frühstücken auf der Ferienhausterrasse störte. Dazu «Geheimtipps» der einheimischen Redakteure à la «Muss-man-unbedingt-gesehen-haben», «Muss-man-unbedingt-gegessen-haben» und «Muss-man-unbedingt-gemacht-haben» – fertig war ein Programm, das seinesgleichen suchte.

Einschaltquoten waren dem Programmchef egal, er bezahlte den Großteil aus der eigenen Kasse, der Rest wurde von seinen Freunden finanziert, die als Gegenleistung redaktionelle Erwähnungen im Programm bekamen. Schleichwerbung gab es bei so einem Sender natürlich nicht.

Dieses einzigartige Ferienprogramm suchte nun eine Produktionsassistenz für die Frühschicht. Kein Wunder – wer wollte in den Ferien schon um drei Uhr morgens aufstehen (wenn die meisten Urlauber gerade das letzte Getränk orderten) und dann bis mittags mit Hörern telefonieren, Gewinnerlisten schreiben, Verkehrsmeldungen tippen und dem Moderator Kaffee holen?

Ich.

Ich wollte den Job gleich, als ich Jan Jessen das erste Mal bei einem Rundgang durch den Sender gesehen hatte.

Da hört man immer, dass alle Radiomoderatoren potthässlich sind, sonst wären sie ja beim Fernsehen. Ausnahmen bestätigen die Regel. Jan war blond, schlank, sehr schlank, unglaublich schlank – also fast schon dünn. Aber möglicherweise wirkte das auch nur so, bei seinen fast 1,90 Meter Größe. Seine Nase war vielleicht ein wenig groß geraten, aber das machte ihn sexy. Und wenn er einen ansah, dann war sowieso Ende, denn Jan hatte ein blaues und ein braunes Auge.

Gut, dass die meisten Menschen beziehungsweise Frauen ihn nur hörten, sonst hätten wir die Gewinnspiele gleich aus dem Programm nehmen können, weil die Kandidatinnen vor Schönheitslähmung kein Wort mehr herausbekommen hätten. Allein Jans Stimme war schon eine Sünde wert – eine Mischung aus Christian Brückner (der deutschen Stimme von Robert De Niro) und Elmar Gunsch. Warm und weich und freundlich … haaaaaach. Mit dieser Stimme aufzuwachen war schon fast das Beste an meinen ersten Tagen auf der Insel gewesen.

Vor allem deshalb war ich vor fünf Wochen beim Inselradio gelandet. Total verknallt in Jan Jessen, aber bis heute noch keinen Schritt weiter mit meinen Annäherungsversuchen. Klar, ich durfte ihm Kaffee holen, ihm Zettel ins Studio reichen und die Interviewpartner am Telefon warmquatschen. Und, ja, er war immer ganz zauberhaft. Aber bis zum weißen Kleid und der Kapelle lag noch ein hartes Stück Arbeit vor mir.

Nicht mal ein privates Kaffeetrinken oder einen Kinobesuch hatte ich bisher hinbekommen. Zumindest dazu war ich ja verschiedentlich in Hamburg schon in der Lage gewesen. Aber bei Jan war das irgendwie anders. *Jan* war anders – besonders eben. Und genau das hemmte mich. In seiner Gegenwart war ich auf einmal wieder die blöde Ina aus der Grundschule, die die doofen jägergrünen Nickipullis ihres Cousins auftragen musste und deshalb gehänselt wurde. Damals hatte ich mir angewöhnt, immer schön unauffällig zu bleiben, damit niemand meine hässlichen Jeans der dritten Generation und Jungenpullover bemerkte.

In Hamburg hatte ich dann von Maikes gutem Geschmack profitiert und inzwischen immerhin auch Klamotten im Schrank, für die ich mich nicht schämen musste. Tatsächlich bekam ich es immer wieder hin, meine Schüchternheit zu überwinden, mir selbst einen schönen Tritt in den Hintern zu geben und Kerle anzuquatschen. Hatte ja auch oft genug funktioniert – jedenfalls bis zum Morgen danach.

Wäre ich da erst mal mit Jan angekommen, also am Morgen danach, dann hätte ich ihn, da war ich mir sicher! Jan war nicht so einer, der noch vor dem Frühstück die Biege machte und lediglich einen Zettel mit einer falschen Handynummer im Bad liegen ließ. Jan brachte einem frischgepressten Orangensaft ans Bett und selbstgebackene Brötchen. Also nahm ich mir jeden Morgen im Sender erneut vor, endlich den ersten Schritt hin zu diesem traumhaften Aufwachen danach zu machen. Heute auch.

Also gut, ich legte mein Headset neben die Telefonanlage und schnappte mir meinen bereits benutzten Kaffeebecher mit dem bescheuerten Aufdruck «Meine Eltern waren auf Sylt, und alles, was sie mir mitgebracht haben, ist diese doofe Tasse». Ging schon mal damit los, dass es keine Tasse, sondern ein Becher war. Und eins war ja wohl klar: Wer Becher herstellte, die innen schwarz sind, der sollte sowieso gleich auf Bestatter umgeschult werden. Ich hasse es, meinen Kaffee aus einem Topf zu trinken, dem man nicht ansehen kann, ob er sauber ist. Aber noch mehr hasse ich es, morgens um halb sechs erst mal ein schmutziges Trinkbehältnis für den Eigengebrauch zu schrubben.

Da war Jan natürlich absolut vorbildlich – hatte einen Pott mit seinem Namen drauf, ganz edel, wahrscheinlich unter

Wasser mundgeklöppelt. Der wurde nach der Sendung eigenhändig von ihm gereinigt und dann aufs Regal in der kleinen Küche gestellt. Da traute sich keiner ran. Ich brauchte erst mal Fans, die mir auch so einen Becher malen ließen. Aber das würde nicht passieren, weil ich mit all den Hörern ja lediglich am Telefon, hinter den Kulissen, sprach.

Keine Macht der Welt hätte mich vor ein Mikrofon gebracht! Die Atmosphäre im Studio hatte mich anfangs so nervös gemacht, dass ich gar nicht gesprochen hatte. Immer in der Angst, dass alles, was ich sagen würde, über den Äther gehen könnte. Bis ich kapiert hatte, dass im Studio von einer eineinhalb Quadratmeter großen Leuchttafel angezeigt wurde, sobald ein Mikrofon «on air» war, hatte ich Fragen und Nachrichten an Jan immer aufgeschrieben.

Die kleine Küche des Senders hatte nicht viel zu bieten: billige Einbauküchenzeile mit wenigen halbhohen, eierschalenfarbenen Oberschränken, eine schmuddelige Mikrowelle ohne Grill und sonstigen Schnickschnack, einen Kühlschrank, der schon dreiköpfigen Familien zu klein wäre und in dem vergessene Joghurts und olle Milchtüten von innen versuchten, die Tür zuzuhalten. Und dann natürlich das Wichtigste in Büros oder Firmen, in denen vor allem sogenannte Kopfarbeit geleistet wurde: eine Kaffeemaschine.

Bei dieser schob man riesenhafte Kannen unter einen runden Filter, nachdem man vorher einen Eimer Wasser hineingegossen hatte. Vorportionierte Kaffeepulvertüten gab es auch, damit ja niemand den Herztod erlitt, weil das Getränk zu stark ausgefallen war. Zwei Tüten von dem Zeug waren auch definitiv keine Lösung, hatte ich alles schon getestet.

Für Jan aber mischte ich einen Ina Spezial: Milch in seinen blanken Becher, vier Finger hoch, halbe Minute in die Welle, zwei Stück Zucker dazu und dann mit Pump-Kaffee auffüllen. Klar, es war total teeny und für eine Frau knapp über dreißig eigentlich nicht diskussionswürdig, aber manchmal küsste ich den Becherrand rundherum, und dann guckte ich Jan beim Trinken zu und stellte mir vor, er würde mich auch küssen, seine Lippen meine berühren. Ja, hatte ich ja gesagt: albern.

Für mich gab es den gleichen Kaffee wie für Jan, nur ohne Zucker – und ohne Küsse.

Kurzer Früh-Check: Was gab es noch zu essen im Gemeinschaftskühlschrank? Seltsam, morgens zwischen sieben und acht war mir gerne mal nach Currywurst oder einer schönen Frikadelle, wie meine Mama sie immer gemacht hat. Oder Grünkohl mit Bratkartoffeln. Natürlich war mir klar, dass sich gewöhnlichen Menschen schon bei dem Gedanken an einen trockenen Toast vor Sonnenaufgang der Magen umdrehte, aber wenn man mitten in der Nacht aufstehen muss, mittags wieder schläft, abends auch nicht mehr groß was reißt und nach der Sesamstraße schon wieder müde ist, dann muss der Körper das erst mal verarbeiten. Dieses Aufstehen um drei Uhr morgens brachte meinen Biorhythmus total durcheinander. Kein Wunder, dass ich ständig Hunger hatte.

Wahrscheinlich stieg der Kalorienbedarf bei mir proportional zum Aufstehen in Mitternachtsnähe. In den Kühlschrank legte ich nie etwas, sondern machte es wie die anderen und aß nur auf, was die Unwissenden hier immer noch lagerten, was noch nicht über das Verfallsdatum war und nicht grau aussah. Heute war Ebbe: nur ein paar schrumpelige Tomaten, ein sehr aufgeblähtes Tütchen Mozzarella und ein Joghurt, der irgendwann kurz nach Einbau der Küche abgelaufen war. Gut, dass ich immer ein paar Kekse, Schokoriegel und BiFis in der Tasche hatte. Milchschnitten waren auch prima, wurden aber leider immer sehr schnell zerquetscht, und da war das Essen dann ein unglaublicher Schweinkram. Deshalb hatte ich mich mit der Zeit lieber auf harte Mettenden und wattiert verpackte Markenkekse eingerichtet. Sonst konnte ich die Stunden bis zum Ende meiner Schicht um zwölf auf keinen Fall überstehen.

Versorgung von außen war um diese Zeit nämlich leider auch nicht möglich: Diese ganzen hippen Läden hier an der Promenade in Westerland, inklusive Maikes Kaffeebar, öffneten ja erst um zehn. Wegen Reichtum vorher noch geschlossen. Der Zimmerservice vom Hotel, der ja auch noch eine mögliche Lebensmittelbeschaffungsstelle wäre, belieferte uns leider gar nicht mehr, seit ein ehemaliger Moderator mal meinte, seinen Geburtstag während seiner Schicht mit Champagner und Kaviar feiern zu können, die er anschließend nicht bezahlen wollte.

Ich nahm also die beiden Ina Spezial und bewegte mich durch den schmalen Flur zurück zum Sendestudio. Auf der linken Seite lag das Büro des CvD, so wird der Chef vom Dienst von echten Kennern abgekürzt. Seine Aufgabe besteht darin, aufzupassen, dass die Kumpels vom Chef auch reichlich Erwähnung im Programm finden und die Moderatoren nicht Sachen wie «Kacke» und «Pisswetter» sagen. Außerdem ist er dafür verantwortlich, dass das Programm umgestellt wird, wenn die nordfriesische Landesregierung entscheidet, einen Radweg über den Hindenburgdamm zu bauen. Also im Grunde ist der Chef vom Dienst der Programmchef, weil er tatsächlich an der Verbesserung der Sendungen arbeitet, während der Senderchef (unserer jedenfalls) in erster Linie damit beschäftigt ist, mit Werbekunden essen zu gehen und sich tolle neue Sonderwerbeformen auszudenken. (Zum Beispiel gab es mal die Idee, einen Veranstaltungskalender für Hunde ins Programm zu nehmen, gesponsert von einem Tiefutterladen. Das war aber aus Mangel an Hundewettrennen und Hundesurfkursen nicht realisiert worden.)

Noch war im CvD-Büro allerdings alles dunkel.

Überhaupt gab es in unserem Großraumbüro zu dieser frühen Stunde viele leere und überwiegend unaufgeräumte Schreibtische. Auf den Tischen lagen CDs, die sich mit Sicherheit nie jemand angehört hatte, neben leeren Pfandflaschen, benutzten Kaffeebechern und ausgedruckten Manuskripten und Pressemitteilungen. Manch ein Kollege hatte sich Fotos oder witzige Comic-Zeichnungen an die Wand geklebt, die ihn vom Tisch des Nachbarkollegen trennte, andere hatten auch VIP-Bändchen verschiedener Konzerte am Schirm der Schreibtischlampe hängen. Die unvermeidlichen Ü-Eier-Figuren dekorierten manch freie Fläche, Miniventilatoren und sogar Blumenvasen verstaubten neben kleinen Stofftieren. Einige Computer waren – wie immer – nicht heruntergefahren worden, ein paar Lampen brannten bereits seit Einbruch der Dunkelheit, und irgendwo lief auch noch ein Radio mit unserem Programm.

Vor der im Zickzack angeordneten Schreibtischreihe gab es bodentiefe Fenster Richtung Meer. Der Blick hinaus zeigte jetzt noch einen menschenleeren Strand und eine Nordsee, die weit davon entfernt war, einladend oder gar erfrischend auszusehen. Die Sonne brauchte noch ein wenig Zeit, um sich in Urlaubslaune zu zeigen und dann auch die Touristen ans Wasser zu locken.

Genauso menschenleer wie am Strand war es auch in der Redaktion. Noch kein Schwein da, außer Jan, dem frühen Nachrichtenmann Torben Gutbrodt und mir – man sollte meinen, beim Radio war bis zehn Uhr Sendeloch. Die meisten Kollegen trudelten erst gegen neun ein, der Rest dann zur

Redaktionskonferenz um zehn. Aber jetzt, um kurz nach sieben, drehten die sich in ihrer Pupsmulde alle nochmal auf die andere Seite.

Dafür durfte ich Jan in seine zweifarbigen Augen blicken. Ich musste nämlich erst mal vor Studio A stehen bleiben, weil das rote Licht über der Tür blinkte und signalisierte, dass noch gesprochen wurde. Erst als das Lämpchen dann über dem Ministudio B aufleuchtete und Redakteur Torben mit den Nachrichten begann, konnte ich zu Jan.

Er setzte seine Kopfhörer ab, zog den Regler für die Wettermusik nach oben, sodass er nach den Nachrichten nur den Knopf drücken musste, drehte sich zu mir um und nahm mir den Kaffeebecher ab.

«Danke schön, Hase. Na, noch was Schönes vor heute?»

Juhuh – das war doch der Auftakt zu einer Einladung! Zum Kaffee, ins Kino, an den Strand? Meinetwegen auch alles. Endlich! Jetzt bloß nicht ausflippen. Unbeteiligt und uninteressiert scheinen – stand so in jeder einschlägigen Frauenzeitschrift.

«Och, weiß noch nicht. Erst mal ein kleines Mittagsschläfchen.» O Shit, Ina, du bist so bescheuert. Jetzt denkt er nicht nur, dass du fett, sondern auch, dass du faul bist. Aber noch war nicht alles verloren. «Na, oder ich geh ’ne Runde am Strand laufen.»

Jawoll, Sport kommt immer gut, macht was her und stempelt die Biorhythmus-BiFi-Pfunde zu Erblast. Und bei Männern wie Jan, durchtrainiert und dünn, sicher der beste Start.

Der Moderator googelte gerade irgendwelche Informationen über den nächsten Song im Internet. Er war aber durchaus dazu in der Lage, gleichzeitig auf den Computerbildschirm zu starren und mit mir zu sprechen.

«Ach, du gehst laufen? Hätte ich gar nicht vermutet. Wird

ja auf jeden Fall super Wetter heute, da joggt es sich wie von allein.»

Er drehte sich vom Computer weg, nippte an seinem Getränk, stieß einen wohlwollenden Laut aus, stellte den Becher auf den kleinen Beistelltisch neben dem Mischpult und setzte dann die Kopfhörer wieder auf.

Wieder einmal stand ich da wie bestellt und nicht abgeholt. Das sollte es jetzt gewesen sein? Und der Kaffee? Und das Kino?

«So weit die Nachrichten hier bei Ihrem Inselradio 88 Komma zwei – auf Sylt dabei. Wetter und Verkehrsmeldungen jetzt von Jan Jessen …»

Mit den ersten Tönen der Wettermusik schlich ich mich leise aus dem Studio.

Verdammt, verdammt, verdammt, ich war auch wirklich so unglaublich doof und bescheuert! Eine Gelegenheit wie auf dem Silbertablett, und Madame Ina sagt: Och nööö, du Schicksal du, lass mal, da bietet sich bestimmt noch eine bessere Gelegenheit. Aber noch einmal zurückzugehen wäre jetzt auch reichlich dämlich gewesen. So eine Chance würde sich heute sicher nicht nochmal bieten. Wenn erst die anderen Kollegen da waren, hing ohnehin ständig irgendwer im Studio ab. Und auf Zeugen konnte ich für so eine Verabredung schon erst recht verzichten.

Eins aber war klar: So durfte es auf keinen Fall weitergehen. Für die kommenden Nachmittage verordnete ich mir zum einen ausführliche Gespräche mit Maike und zum anderen einen Beobachtungsposten am Strand. Denn wo konnte man die Taktiken des Männerfangs besser studieren als zwischen Strandkörben, Sonnenmilch und heißer Sonne auf nackter Haut? Eben!

Aaach ja, so ein Nickerchen am Strand, das war doch was Feines. Nach Feierabend hatte ich mir zu Hause schnell das Nötigste für einen Nachmittag am Wasser geholt: Handtuch, Badematte, Sonnencreme, iPod, eine Flasche Wasser und ein paar Leckereien, die die Zeit bis zum Abendessen verkürzen würden. Da warteten dann zwei wunderbare Dosen gebackene Bohnen darauf, in der Mikrowelle mit reichlich Käse zubereitet zu werden.

Am Meer roch es nach Kokos-Sonnenmilch, Bratwürsten und Kaffee, wie früher in den Sommerferien. Und genau wie als Kind hatte ich mir ein Kissen aus Sand geschaufelt, damit der Nacken schön auflag, die Sonne mir ins Gesicht schien und man eventuelle Doppel- oder Tripelkinne elegant weglag. Irgendwo ein paar Strandkörbe weiter dudelte ein Radio, ich hatte unseren Sender-Jingle schon mehrfach gehört: Inselraaadiooooooooo.

Sie spielten die beste Musik für einen Nachmittag wie diesen: «Blaue Augen» von Ideal, irgendetwas von Bananarama und «Boys Of Summer» von Don Henley. Vom Meer konnte man die sanfte Brandung und das Kreischen der kleinen Kinder hören – immer dann, wenn eine Welle sich am Strand brach.

Links von mir hatte sich eine Dame mittleren Alters offensichtlich bereits seit einigen Tagen dem ausgiebigen Sonnenbad hingegeben, jedenfalls erzählten Falten und runzlige Gesichtshaut zahlreiche Geschichten von Sonne und mehr. Bisher hatte sich die Frau, die zwar deutlich älter, aber auch deutlich schlanker war als ich, nur gerührt, um die Stellung im Korb zu wechseln, damit auch wirklich alle Körperzonen Sonne abbekamen.

Ich beschloss, ein Nickerchen zu machen, wurde aber kurze Zeit später vom Quietschen eines Mädchens, dem ein Junge gerade Cola in den Ausschnitt kippte, aus meinem schönen Traum aufgeschreckt. Offensichtlich hatte sich rechts von mir eine ganze Horde Schüler niedergelassen.

Also legte ich mich wieder auf die linke Seite und schaute, was sonst noch so los war. So ein Nachmittag am Strand war ja auch deshalb so wunderbar, weil man eigentlich gar nichts machen konnte außer Leutegucken. Zum Lesen war die Sonne zu grell, den iPod ließ ich wegen des feinen Strandsands dann doch meist in der Tasche, in seltenen Fällen war es mir sogar zu anstrengend zu essen, und zum Skatkloppen fehlten mir meistens zwei Mann.

Gerade hatte ich mich so weit motiviert, aufzustehen und ins Meer zu gehen, um mich beim Schwimmen dem lästigen Kalorienabbau zu widmen, als ich Steffen Witte aus dem

Wasser kommen sah. Steffen war Musikchef beim Inselradio, und ich war ziemlich überrascht, ihn *nicht* mit roten Strandschuhen aus den Wellen steigen zu sehen. Denn Steffen trug immer rote Schuhe. Das war aber auch schon das Einzige, was an diesem Mann besonders war. Ansonsten der totale Durchschnittstyp: mittelschlank – in Badehose konnte man sogar einen klitzekleinen Bauchansatz sehen –, durchschnittlich groß, also größer als ich, aber kleiner als Jan, durchschnittliches braunes Haar und durchschnittliche braune Augen.

Das Durchschnittliche, oder besser: gähnend Langweilige, versuchte er nicht nur durch die roten Schuhe, sondern auch durch mehr oder weniger lustige Sprüche-Shirts auszugleichen. Davon musste er Hunderte im Schrank haben, denn ich hatte ihn noch nie zweimal in demselben gesehen. Angeblich wohnte er noch bei seinen Eltern, passte irgendwie ins Bild. Wahrscheinlich schmierte Mami ihm morgens auch ein paar Kniften für die Frühstückspause und packte eine Thermosbuddel mit Kakao für ihren Lütten ein.

Schnell wandte ich mich zur anderen Seite und wollte mir gerade mein T-Shirt übers Gesicht legen, als ich Steffen aus den Augenwinkeln auf mich zukommen sah. Tarnung war alles in solchen Fällen. Musste ja nicht sein, dass der meine kalkweißen Treter und den nicht trainierten Bauch aus der Nähe begaffte und dann im Sender damit hausieren ging, dass die Krause kein Sixpack hatte, sondern ein Tetrapack.

«Hallo, Ina, also das ist ja ein Ding, dich hier zu treffen!»

Sagte ich: Tarnung ist alles? Ich meinte: *Gute* Tarnung ist alles. Und ein T-Shirt auf dem Kopf, das meinen eleganten, wenn auch etwas kurz geratenen Unterkörper frei ließ, war natürlich operettenhaft. Also zog ich das Ding wieder runter und sprach in den Himmel:

«Hallo, Steffen.»

«Bist du schon lange hier?»

«Geht so. Eine Weile. Habe mich hier nach der Frühschicht ein wenig ausgeruht.» Also, das Gespräch hätte ich auch mit meiner Oma führen können.

«Ich konnte heute mal früher gehen», sagte er, «weil ich doch neulich in Hamburg war und da bei ein paar Plattenfirmen Gespräche geführt habe, wer so auf unserem Sender-Sommerfest auftreten kann und so. Und die Überstunden kann ich heute abbummeln. Ich hatte ja erst überlegt, die freie Zeit auf den Freitag zu legen, aber dann war heute das Wetter so klasse, und ich hatte nichts mehr auf dem Schreibtisch, also habe ich mich lieber gleich abgemeldet.»

Fest angestellt müsste man sein. Mir war noch nie angeboten worden, für eine längere Schicht am nächsten Tag mal eine Stunde später zur Arbeit zu kommen. Ganz ehrlich gesagt, wollte ich weder wissen, warum Steffen am Strand war, noch, wie lange er zu bleiben gedachte, aber man wird ja nie gefragt, an welchen Informationen man wirklich interessiert ist. Deshalb plapperte der Durchschnittsmann munter weiter, nachdem er sich neben mich in den Sand gesetzt hatte.

«Und du so? Hast du schon andere Leute aus dem Sender getroffen? Manchmal wimmelt es hier ja nur so von Kollegen.»

Hey, da könnte sich der Kommunikationskrüppel vielleicht doch noch zum heißen Informanten wandeln. Aber immer schön unauffällig bleiben:

«Echt? Wen hast du denn schon getroffen? Ich bin hier eigentlich immer unter vielen fremden Menschen ganz allein am Strand.»

«Na, also zum Beispiel Klaas hängt hier manchmal rum.»

Wunderbar, der war ja noch schlimmer als das Elend, das

sich neben mir gerade in so etwas wie einer Unterhaltung versuchte.

Wenn er nun gesagt hätte, dass Jan jeden Tag um eine bestimmte Zeit herkam, bei ihm sein Handtuch ablegte, um dann kurz mal zur Insel Föhr rüberzuschwimmen, dann könnte man von einem informativen Gespräch reden. So aber nun wirklich nicht.

Das Blöde war, ich konnte mich auch nicht aufsetzen, denn dann rollten sich die Speckfalten am Bauch immer so fies ein, das sah nicht schön aus und musste in der Öffentlichkeit nicht sein. Also drehte ich mich mit einem gekonnten Schwung von der Rücken- in die Bauchlage und hatte nun das selbstgeschaufelte Kissen unter dem Kinn.

Sehr unbequem, aber so konnte ich den Kopf leicht seitlich drehen, um Steffen beim Reden anzusehen. Dabei würde ich mir dann überlegen, wie ich ihn so schnell wie möglich wieder loswerden konnte. Kaum konzentrierte ich mich ausgiebig auf sein Gesicht, da hatte ich auch bereits eine Idee: «Mensch, Steffen, deine Nase sieht voll rot aus! Da musst du unbedingt was draufschmieren. Ich würde dir ja gerne aushelfen, aber ich habe leider keine Sonnencreme dabei.»

Wenn beim Lügen tatsächlich die Beine kürzer wurden, dann sollte ich mich beim Aufstehen lieber vorsehen.

«Echt jetzt?» Er fasste sich vorsichtig an die Nase und strich darüber. «Fühlt sich wirklich etwas heiß an.» Er stand auf und klopfte sich den Sand vom Hintern. «Weißt du, was, ich habe Creme dabei. Ich hol mal eben meine Sachen, sind gleich da drüben, dann können wir noch ein bisschen quatschen.»

Hilfe. Nein!

«Du, tut mir leid.» Ich warf einen auffälligen Blick auf die Uhr meines Handys, das ich aus der Tasche gezogen hatte.

«Ich habe leider gar keine Zeit mehr. Bin mit meiner Freundin verabredet. Aber das Wetter soll ja schön bleiben, vielleicht irgendwann in den nächsten Tagen?»

Jetzt sah Steffen total enttäuscht aus. Ach, Mensch, und Mami war nicht da, um ihn zu trösten und auf den Arm zu nehmen. Ohhhhh.

«Ja, wenn du keine Zeit mehr hast, dann kann man das natürlich nicht ändern. Schade, aber dann sehen wir uns morgen im Sender. Wenn du Lust hast, komm doch mal in mein Büro, ich hab da ein paar CDs für dich.»

Inzwischen hatte ich mir mit einigen Verrenkungen das T-Shirt übergestreift. Meine Sachen waren bereits alle eingepackt, nun angelte ich umständlich nach meinen Shorts.

«Ja, mach ich glatt. Tschüss do.»

Steffen stand immer noch recht unbeholfen da, so als wollte er mir die Hand geben und doch wieder nicht. Seltsamer Vogel. Er winkte mir linkisch und drehte sich dann um, um in Richtung seines Handtuchs zu marschieren. Prima. Jetzt hatte ich also die Wahl: entweder einen anderen Platz weiter hinten am Strand suchen oder bei Maike im LatteMar einen schönen Kaffee mit viel Schlagsahne und Karamellsirup trinken. Ich musste nicht lange überlegen.

Bendix Pede wuchtete seinen stattlichen Körper neben mich auf einen der weißen Designer-Hocker vor dem Kaffeetresen. Die Einrichtung des angesagten Treffpunkts direkt am Übergang zum Strand war puristisch: schneeweiße Wände mit Bildern von verschieden großen lila Dreiecken und Quadraten, mitten in dem schmalen, langen Raum weiße Barhocker an einem langgestreckten Tresen, ebenfalls in knalligem Lila. Gegenüber der Bar stand eine moderne Kühltheke mit Sandwiches, Joghurt, Obstsalaten und kalten Getränken. Im hinteren Bereich ein gemütliches Sofa, auf dem ich mit Maike schon so manchen Feierabendplausch gehalten hatte. Eine kleine Wendeltreppe führte ins Obergeschoss zu den Toiletten und zu einem kleinen Büro. Die Eingangstüren aus Glas konnte man komplett in den Wänden verschwinden lassen, sodass der Bereich in der Strandstraße im Sommer als Straßencafè genutzt werden konnte, und zwar mit einladenden Sofas und Sesseln aus wetterbeständigem weißem Korbgeflecht mit lila Sitzkissen und lila Sonnenschirmen, die den Aufdruck «LatteMar» trugen. Alles genau nach Maikes Wünschen eingerichtet.

Anfangs hatte Maike sich schwergetan, das großzügige Angebot ihres «Schwiegervaters» anzunehmen. Der hatte dann aber erklärt, dass es für ihn egal sei, ob er Aktien oder eine Kaffeebar kaufe. Gewinn machen werde er so oder so. Er hatte Maike angestellt, und ein Teil ihres üppigen Gehalts wurde zur Abzahlung des Schwiegerpapi-Darlehens verwendet. In spätestens zwanzig Jahren würde der Schuppen ganz allein meiner Freundin gehören.

Bendix fuhr sich mit der Hand durch die strubbeligen blonden Locken, schnaufte dabei und lockerte anschließend seinen Krawattenknoten. Maike stellte ihm eine große Tasse Kaffee vor die Nase.

«Bin gleich bei euch», sagte sie.

Sie drehte sich um, und ich sah ihr sahneschlürfend dabei zu, wie sie die Milchdüse der Espressomaschine mit einem feuchten Tuch reinigte, Kaffeebohnen nachfüllte und schmutzige Gläser und Tassen in die Geschirrspülmaschine räumte. Anschließend schaltete sie das Licht im Eingangsbereich aus und drehte den Schlüssel von innen zweimal im Schloss herum. Dann ging sie um den Tresen und setzte sich auf den Barhocker neben Bendix.

«So. Feierabend. Was machen wir jetzt?»

Bendix drehte sich zu ihr und strich mit der Hand über ihren Oberschenkel, während er einen Schluck Kaffee trank.

«Tja, ich weiß ja nicht, was Ina geplant hat, aber für uns hätte ich da so eine Idee …», sagte er flüsternd, in dem Versuch, erotisch zu klingen. Maike und ich mussten lachen. Als Verführer war Bendix in etwa so glaubwürdig wie ein Vegetarier im Steakhaus.

«Bendix, gib es auf», kicherte ich. «Sag doch einfach, du hast Lust auf einen romantischen Abend, und bring einen Wein aus Papas Keller mit, wenn du Maike abholst. Es wird ja wohl möglich sein, aus irgendeiner Suite einen Strauß übrig gebliebener Blumen zu bekommen. Damit kriegst du jede Frau, und wenn du dann noch ein paar Kontoauszüge wie aus Versehen herumflattern lässt, dann würde vielleicht sogar ich mit dir in die Kiste steigen.»

Maike tat, als würde sie nach mir schlagen, und Bendix zog eine Schnute. Er fühlte sich ungerecht behandelt und fand es gar nicht komisch, dass Maike sich amüsierte.

«Warum grinst du denn jetzt so doof? Willst du damit sagen, es macht dich nicht mehr an, wenn ich dich streichle?», fragte er seine Freundin. Er zog die Hand von ihrem Schenkel, drehte sich demonstrativ in Richtung Espressomaschine hinter dem Tresen und nahm die Tasse in beide Hände.

«Ach, Bärchen.» Maike stand auf, stellte sich hinter ihn und legte die Arme so um ihn, dass sie ihren Kopf an seinen kräftigen Rücken kuscheln konnte. Dabei pustete sie ihren Atem in seinen Nacken und küsste seine Ohren. «Natürlich macht mich das an. Aber ich hatte einen harten Tag, und nach mehr als zwei Jahren kannst du nun auch nicht erwarten, dass ich mich gleich ausziehe, sobald deine Hand in die Nähe meines Intimbereichs gerät. Schon gar nicht, wenn Ina danebensitzt. Abgesehen davon weißt du, dass du nicht gerade der Hammerverführer bist, genau deshalb habe ich mich ja in dich verliebt. Aber ab und zu wäre ein wenig mehr Romantik einfach schön. Und wie man eine Kerze anzündet, hast du doch auch mal gelernt, oder soll ich es dir nochmal zeigen?» Sie wollte sich gerade noch fester an ihn kuscheln, als er die Kaffeetasse laut absetzte und sich zu ihr herumdrehte.

«Also, es ist egal, wie man es macht, richtig ist es nie. Weder bei meinem Vater noch bei dir.»

Maike trat entrüstet einen Schritt zurück. Jetzt wurde auch ihr Tonfall heftiger: «Sag mal, hast du sie noch alle? Musstest du dem Zimmermädchen etwa wieder zeigen, wie man die Toiletten richtig putzt, oder was ist sonst Schlimmes passiert heute? Lass deine schlechte Laune nicht an mir aus! Ich hasse es, wenn du mich mit deinem Vater in einen Topf wirfst. Das sind ja wohl zwei völlig verschiedene Dinge. Oder beschwert sich der große Jörgen Pede auch darüber, dass er kein Champagnerfrühstück ans Bett bekommt und keinen Verlobungsring?»

Bendix verdrehte die Augen und machte mit den Fingern ein Zeichen, als würde er etwas abzählen, dann sagte er:

«*Die* Leier wieder. Wie oft denn noch? Ich hab dir doch gesagt, dass ich dich heirate, wieso machst du so einen Stress? Man muss ja auch erst mal überlegen, wie man feiern will und wen man einladen möchte und wo das Ganze stattfinden soll. Ja, und wenn du es genau wissen willst, nicht nur mein Vater, auch meine Mutter jault mir seit Monaten die Ohren voll, wann wir nun endlich unsere wilde Beziehung beenden und sie endlich Großmutter wird. Und nun kommst du mir mit dieser Romantiknummer! Ruf doch Kai Pflaume an, vielleicht macht der dir einen tollen Antrag, der hat bestimmt ein paar Ideen.» Genervt stützte Bendix seinen Kopf mit den Händen ab und verdrehte die Augen.

Ich versuchte, mich so unsichtbar wie möglich zu machen, und regte mich keinen Millimeter. Jetzt klatschte Maike wütend mit den Handflächen rechts und links von Bendix auf den Tresen:

«Genau das meine ich! Mister Romantik! Mensch, das Sinnlichste, was du dir je hast einfallen lassen, war, dass du uns das Video von ‹Titanic› ausgeliehen und dazu Chips und Eis mitgebracht hast. Ich will gar nicht daran erinnern, wer mit dem Heulen nicht wieder aufhören konnte, traumhafter Abend war das …»

Maike ging wieder hinter den Tresen und schaltete den Geschirrspüler ein. Dann nahm sie Bendix' Tasse, um sie mit heftigen Bewegungen im Spülbecken zu säubern, dabei drehte sie uns den Rücken zu.

«Also, Leute, das wird mir jetzt wirklich ein bisschen zu persönlich hier.» Ich stellte die leere Tasse ab und nahm meine Tasche, um zu gehen. «Aber das sage ich euch gerne noch: Ihr seid bescheuert, euch wegen so einem blöden Mist wie einem Heiratsantrag ständig zu fetzen. Mann, so ein Papierlappen macht doch auch keinen Unterschied! Und Maike, auch wenn du meine Freundin bist, ich habe bei ‹Titanic› übrigens auch die halbe Nacht geflennt. Schließt du mir auf?»

Maike nickte, dann schaute sie Bendix an. Der sah nachdenklich durch die Glasscheiben auf die Friedrichstraße, auf der noch ein paar vereinzelte Touristen in der Dämmerung einen Abendspaziergang machten. Gegenüber schloss Frau Hansen gerade ihren Pelzladen ab. Sie rüttelte noch einmal an der Tür, verstaute den Schlüssel in ihrer Handtasche und verschwand dann.

Maike konnte sich das Grinsen nicht verkneifen. «War aber schon auch lustig, unser ‹Titanic›-Abend, oder? Fand ich jedenfalls. Willst du heute nicht was mit uns zusammen unternehmen?»

Die Frage war an mich gerichtet. Aber auf einen Fünftes-Rad-am-Wagen-Abend hatte ich nun wirklich keine Lust.

«Nö. Lass mal, ich habe ein tolles Essen, das zu Hause auf mich wartet, und morgen muss ich wieder total früh raus. Macht ihr mal schön alleine.»

Jetzt stellte sich Maike vor Bendix und schaute ihn an: «War ein echter Scheißtag heute. Tut mir leid, ich wollte nicht so heftig werden.» Sie zuckte mit den Schultern und kam um den Tresen herum, um mir die Tür aufzuschließen.

Bendix stand vom Hocker auf, ging auf sie zu und nahm sie in die Arme, dabei schnupperte er an ihren Haaren und küsste sie schließlich auf den Scheitel. Dann sagte er: «Mir tut es auch leid. Alles. Auch dass ich so ein Stiesel bin und es einfach nicht hinbekomme, dir einen richtigen Antrag zu machen. Ich nehme es mir immer wieder vor, denn ich will dich ja heiraten, aber dann ...»

Maike hob den Kopf und gab ihm einen Kuss. Und noch einen. Und noch einen. Und noch einen viel längeren. Boohhh, die mussten es aber auch immer übertreiben. Erst fast eine Keilerei und dann ein Geherze und Geknutsche wie im Privatfernsehen, wenn der verschollen geglaubte Lover aus Brasilien plötzlich auf der Matte steht.

«So, ich würde dann auch gerne gehen.» Ich stand bereits an der Tür und wartete, bis eines der Turteltäubchen sich daran erinnerte, dass noch jemand im Raum war. Keine Chance. Maike drückte sich an Bendix' Bauchansatz.

«Weiß ich doch alles, ist ja schon okay. Und dass deine Eltern dich so damit nerven, das war mir gar nicht klar. Mich haben sie noch nie darauf angesprochen, deswegen dachte ich immer, es wär ihnen gar nicht so recht, wenn wir heiraten. Schließlich bin ich nur die Hamburgerin mit dem abgebrochenen BWL-Studium und nicht mal eine Einheimische, die froh sein kann, wenn sie so eine gute Partie macht.»

Bendix schaute ihr in die Augen und wurde ganz ernst:

«Du weißt, dass das ganz und gar nicht der Fall ist. Meine Eltern finden dich super, und mein Vater hat sich, glaube ich, noch vor mir in dich verliebt. Sonst hätte er dir ganz bestimmt nicht diesen Laden hier eingerichtet, sondern dich wie seinen einzigen Sohn in seinem Schuppen buckeln lassen. Einmal durch alle Abteilungen, von Zimmermädchen bis Rezeption. Und ob ich eine gute Partie bin, darüber sprechen wir dann nochmal, wenn wir Silberhochzeit feiern.»

«Hey, das würde ich als Antrag werten», sagte ich. «Wann bekomme ich mein Brautjungfernkleid? Ich hätte gern eins in Rosa, das schmeichelt dem Teint so ungemein.»

Maike musste lachen. «Warte, ich schließ dir auf. Tut mir leid.»

«Schon okay, ich kenne das ja nicht anders von euch. Aber bevor ihr es jetzt hier auf dem Tresen treibt, würde ich doch ganz gern das Lokal verlassen.»

«Hab noch einen schönen Abend und schlaf gut.» Maike drückte mich zum Abschied. «Sehen wir uns morgen?»

«Ja, aber natürlich. Mein Gehalt beim Inselradio erlaubt es gar nicht, dass ich anderswo Milchkaffee-Spezialitäten zu mir nehme, und solange ich bei dir freies Saufen habe, kehre ich gern Tag für Tag wieder ein. Und jetzt kümmer dich mal um deinen Gigolo da.»

Bendix rief mir noch einen Abschiedsgruß zu, dann hörte ich hinter mir die Schlüssel klappern.

Sofort nachdem die Tür scheppernd hinter mir ins Schloss gefallen war, fühlte ich mich wohl. In meiner kleinen Wohnung roch es immer nach Vanille, von den Duftfläschchen, die ich mir mal in einem Einrichtungshaus gekauft hatte. Ich war süchtig nach diesem Geruch. Auch wenn am Ende des Geldes immer noch viel Monat übrig blieb: Vanille-Duftkerzen, Vanille-Schaumbad und Vanille-Lipgloss mussten sein. Aber es war wirklich schwierig, einen richtig guten vanilligen Duft zu finden, der nicht billig roch. Einmal hatte ich sogar versucht, mit Hilfe einer ausgeschabten, arschteuren Vanilleschote und einer einfachen Hautcreme selbst eine Vanillelotion herzustellen. Mindestens drei Wochen hatte ich die schwarze Schote in der Creme gelassen, aber der Geruch der Hautcreme hatte sich kein Stück verändert. So viel war klar: In der Kosmetikindustrie würde ich keine große Zukunft haben.

Dort, wo ich mich länger aufhielt, lag außerdem immer ein kleiner Hauch von Zimt in der Luft. Ich liebte zuckerfreie Zimtkaugummis, die ich mir allerdings immer von Freunden und Freundesfreunden aus Amerika mitbringen lassen musste. In Deutschland gab es die Kaugummis nämlich nur mit Zucker. Nicht mal hier auf Sylt in diesen tollen Delikatessengeschäften, die alles für den ambitionierten Hobbykoch in den Regalen lagerten – von schwarzem Salz über Garam-Masala-Pulver bis hin zu Rucola-Zitrone-Parmesan-Pesto –, gab es die Dinger.

Ich liebte meine Bude. Als Obergeschoss eines Einfamilienhauses war sie ursprünglich als Ferienwohnung gedacht gewesen, aber dann hatte meine Vermieterin keine Lust mehr auf den dauernden Wechsel gehabt und mir dieses kleine Königreich zu einem fairen Preis gleich langfristig vermietet. Von Anfang an fand ich es hier sehr gemütlich.

Von dem kleinen Eingangsflur, in dem ich einen alten Garderobenschrank aufgestellt hatte (der inzwischen auch Altglaslager und Keine-Ahnung-wohin-grad-damit-Abstellplatz war), ging eine Tür ab in das schlichte, weißgekachelte Badezimmer. Klassische Ausstattung: Badewanne mit Duschvorrichtung, Toilette und Waschbecken. In einem kleinen Regal hatte ich Shampoo- und Cremepröbchen und kleine Seifen aus dem Hotel Mirabell neben Handtüchern und einem Föhn verstaut. Über dem Waschbecken hing ein Alibert-Schrank, der gleichzeitig Spiegel und Stauraum für Cremes und Zahnseide war. Ein Toiletten-Gästebuch, das mir mal irgendein gestörter Ex-Kommilitone mitgebracht und gleich an der Klopapierhalterung aufgebammelt hatte, ein Jahres-Geburtstagskalender an der Wand und ein pinkfarbener

Wäschekorb machten das Bad komplett. Einfach und funktional.

Ebenfalls vom Flur ab ging eine Tür zum Wohnzimmer mit Küchenzeile. Das war wirklich nur eine Ecke zum Kochen und nichts für Tim-Mälzer-Fans. Zwei alte schwarze Kochplatten, so wie meine Omi sie schon hatte, also nichts mit Ceran, keine Dunstabzugshaube, kein Backofen. Ein paar Ober- und Unterschränke für Geschirr und Vorräte, eine Spüle, das war's. Urlauber auf Sylt gingen eben auswärts essen bei Gosch oder bei Wonnemeyer und stellten sich nicht noch in die Küche, wenn sie vom Strand oder vom Shoppen zurückkamen. Für mich war entscheidend, dass es einen Kühlschrank gab, der reichlich Platz für BiFi und Cola light bot. Und zum Essenzubereiten hatte ich mir eine tolle Mikrowelle mit Grillfunktion gekauft, mit der man sogar Tiefkühlpizza in sehr wohlschmeckenden Zustand bekam.

Da meine Mutter an keiner Tchibo-Filiale vorbeiging, ohne nach einem Schnäppchen Ausschau zu halten, war ich mit Küchengeräten bestens ausgestattet: Ich besaß sowohl eine Kaffeemaschine als auch Toaster, Eiscrusher und Sandwich-Toaster. Bis auf die Kaffeemaschine lagen die Präsente allerdings noch in Originalverpackung in meinem Schrank im Flur und lauerten auf ihren ersten Einsatz.

Erschöpft warf ich die Strandtasche in mein Schlafzimmer, nicht ohne vorher die feuchten Sachen herauszunehmen. Beim letzten Mal hatte es nach einem schönen Sonnentag wochenlang kalten Wind und immer wieder Regen gegeben, sodass mir der Badeanzug in der Tasche fast verschimmelt wäre.

Ich ging in die Küche, nahm zwei Dosen gebackene Bohnen aus dem Oberschrank und füllte sie in eine Schüssel, obendrauf Thunfisch aus der Dose und darüber geraspelter

Käse. Drei Minuten in die Welle, und schon konnte ich mich mit meinem köstlichen Abendessen vor den Fernseher setzen.

Das Sofa stand mit dem Rücken zu dem kleinen Esstisch, davor zwei kleine Ikea-Tische, auf denen man beim Fernsehen die eine oder andere Leckerei abstellen konnte.

Da hatte ich es doch tatsächlich geschafft, während der Essensvorbereitungen mal einige Minuten nicht an Jan zu denken, aber als ich mich jetzt durch die Kanäle zappte und dabei auf einem drittklassigen Sender einen Schauspieler sah, der meinem Herzensmann unglaublich ähnlich war, überkam mich eine unbändige Sehnsucht. Ich fasste einen Entschluss: Morgen würde ich Jan zum Kaffeetrinken einladen. Das durfte ja wohl nicht so schwer sein. Mehr als nein sagen konnte er nicht. Also, was hatte ich schon zu verlieren?

Am nächsten Morgen betrat ich den Sender und warf als Erstes zwei dicke Stapel Zeitungen schwungvoll auf den großen, dreieckigen Tisch, an dem auch die Redaktionskonferenzen abgehalten wurden. Dann stellte ich meine Schultertasche ab und schaute auf die Uhr. Ich war gut in der Zeit, gerade kurz nach vier, es würde noch etwa eine halbe Stunde dauern, bis Jan und unser Frühdienst-Nachrichtenredakteur Torben Gutbrodt eintrafen. Also knibbelte ich die schwarzen Plastikschnüre von dem ersten Stapel und legte die Zeitungen so auf dem Tisch aus, dass man lediglich die Schlagzeilen lesen konnte. Bild, Süddeutsche Zeitung, Nordfriesland Tageblatt, Sylter Rundschau, taz, Die Welt, Kieler Nachrichten und Hamburger Abendblatt, alles in zweifacher Ausführung. Dazu ein zweiter Stapel mit Fernsehzeitungen und Boulevardheften. Das Musikmagazin legte ich gleich in das Postfach von Steffen, unserem Musikchef.

Einige Meter hinter dem Redaktionstisch saß schon unsere Volontärin Hanna im sogenannten «Glaskasten», einem kleinen Podest mit einem Arbeitsplatz, der lediglich durch große Glasscheiben vom Rest des Großraumbüros getrennt war. Sie schnitt gerade am Computer irgendwelche Interviews zu sendefähigen Häppchen. Da sie mich wegen der Kopfhörer ohnehin nicht hören konnte, nickte ich ihr nur kurz zu, nahm meine Tasche und ging an meinen Schreibtisch.

Computer hochfahren, Ordner mit Faxvorlagen bereitlegen, digitale Telefonanlage startklar machen, alles ganz automatisch. Wetterseite anklicken, aktuelles Wetter ausdrucken und den Bericht Jan schon mal auf sein Pult im Sendestudio legen. Eine Herausforderung für Schachgroßmeister war dieser Job nicht gerade. Während der Computer noch überlegte, ob er schon bereit war, seinen Arbeitstag zu beginnen, machte ich mich auf den Weg in die Küche.

Im Flur kam ich an den persönlichen Postfächern vorbei. Das waren etwa 40 mal 40 Zentimeter große Kästen, an denen alphabetisch geordnet die Namen der Mitarbeiter klebten. In Jans Fach lag wie jeden Tag ein Batzen Briefe und Karten – Fanpost!

In der Küche stapelten sich wieder mal schmutzige Becher, Gläser und Teller auf der Spülmaschine. Das war nichts Neues. Ich hatte schon lange aufgehört, mich darüber zu wundern, wie es möglich war, die Tassen in die Küche zu tragen, aber nicht in den Geschirrspüler zu stellen. Natürlich hatte schon irgendein politisch korrekter Kollege ein Blatt aufgehängt, auf dem in fetten Buchstaben stand, dass es kein sauberes Geschirr mehr gebe, wenn sich dieser Zustand nicht ändere. Der Zettel hatte bereits Flecken, und die Schrift war leicht ausgeblichen – hatten ja alle echt verinnerlicht! Ich spülte mir einen ehemals weißen Becher ab, stellte auch schon Jans persönlichen Trinktopf bereit und setzte Kaffee auf.

Erst auf dem Rückweg zu meinem Schreibtisch fiel mir ein dicker Umschlag in meinem Postfach auf. Ungewöhnlich. Ich nahm ihn heraus und schaute auf den Absender, aber es war nur mit einem dicken Edding in großen Druckbuchstaben INA draufgeschrieben, die Post kam also scheinbar von einem Kollegen. Im Gehen öffnete ich den Klebeverschluss. Eine CD war drin und ein kleiner Zettel, den ich mir herausfischte.

Liebe Ina,
hier ist die neue Platte von Whitest Boy Alive. Ich finde sie ganz großartig. Da ich weiß, dass Du Erlend Oye, den Sänger der Kings Of Convenience, toll findest, wird Dir diese Musik auch gefallen. Es ist nämlich derselbe Sänger. Vielleicht hören wir mal zusammen rein?
Liebe Grüße, Steffen

Es war nicht zu fassen: Das einzig Interessante an diesem Typen war tatsächlich sein Musikgeschmack. Da war er unschlagbar, und wir waren uns tatsächlich meistens einig, in welchen Fällen es sich um Ihhh-Bäähh-Musik und in welchen um einen potenziellen Hit handelte. Er hatte mir schon einige CDs geschenkt, die ich rauf und runter gedudelt hatte, weil sie so sagenhaft gut waren.

Einmal in der Woche trafen sich alle interessierten Kollegen bei Steffen im Büro, um dort die Single-Neuerscheinungen zu hören und demokratisch zu entscheiden, welche davon in der Folgewoche die «Inselradio-Kraftrille» werden sollte. Die lief dann alle zwei Stunden, eine ganze Woche lang. Immer wenn der Zeitpunkt gekommen war, an dem wir Mitarbeiter des Inselradios schon Ohrenkrebs von den Liedern bekamen, konnte man sicher sein, dass die ersten Hörer bei mir anklingelten und fragten: «Das is ja so ein toller Song, der da grade läuft, was is denn das?» Bohhhh. Also manchmal …

«Hey, Ina, was geht?»

«Morgen, Klaas.» Mann, war hier heute was los. «Alles wie immer, und das dann auch noch viel zu früh.»

Klaas Brodersen kriegte sich kaum ein vor Lachen. Unser Nachrichtenmann für die Nacht war ein richtiger Bär: groß, breitschultrig, fast keine Haare mehr auf dem Kopf (obwohl gerade erst Anfang vierzig) und Hände wie Tischtennisschläger. Leider war er außerhalb der Nachrichten sprachlich irgendwo zwischen seiner Skateboard- und Discophase hängengeblieben. Deshalb waren Unterhaltungen mit ihm etwa so ergiebig wie die Telefonwarteschleife bei MTV.

Klaas ließ sich an seinem Platz nieder, setzte sich, immer noch grinsend, die Kopfhörer auf und beschäftigte sich mit den eingegangenen Agenturmeldungen für seine letzte Nachrichtensendung um fünf.

Ich legte den Umschlag von Steffen auf meinen Schreibtisch, warf einen Blick auf den Ablaufplan für die heutige Frühsendung, um zu checken, wann die erste Höreraktion geplant war und wann ich die ersten Interviewpartner anrufen musste.

Gerade wollte ich mich wieder auf den Weg zu meinem Kaffee in der Küche machen, da umwehte mich ein Duft nach Freiheit und Abenteuer.

«Moin zusammen, alle frisch und fit, um gut gelaunt ein

wunderbares Programm für Insulaner und Gäste zu machen?»

Nicht nur, dass Jan einfach den perfekten Riecher für das richtige Duftwasser hatte, er war auch jeden Morgen gleich freundlich, nie die kleinste Spur Übellaunigkeit oder Restalkohol. Und wie schaffte der Kerl es, mitten in der Nacht aufzustehen und dann hier aufzuschlagen, als würde er gleich im Anschluss zum Standesamt oder zur Sexiest-Man-Alive-Wahl fahren? Geschniegelt und rasiert, als erwartete er einen Kuss von einer möglichen Ehefrau, und in Klamotten, als müsste er sich gleich fürs Fernsehen in Nahaufnahme ablichten lassen. Man sah ihn nie in ungebügeltem Hemd, nie in einer Jeans mit Flecken drauf, nie mit herausgewachsenem Haarschnitt.

Immer wie aus dem sprichwörtlichen Ei gepellt. Socken ausschließlich schwarz, Gürtel stets passend zu den Schuhen, bei Studiogästen auch gern mit einem Seidenschal und Einstecktuch. Wahrscheinlich waren die Anzüge auch nicht von der Stange. Ich würde sofort und ohne lange nachzudenken meinen Monatsverbrauch an zuckerfreien Zimtkaugummis dafür verwetten, dass der Mann zu Hause eine Bügelfrau kommen ließ, denn das gab es einfach nicht in einem einzigen Mann: supergutes Aussehen *und* Qualitäten als Hausmann.

Im Gegensatz dazu hatte ich nach dem Aufstehen mal wieder schnell eine Jeans aus dem Schrank gerissen, die auf keinen Fall frisch gewaschen war, denn beim Anziehen konnte ich Spuren von Lagerfeuer riechen. Haarewaschen so früh am Morgen musste ausfallen, wozu hatte schließlich jemand Basecaps erfunden? Und das Sweatshirt mit dem Aufdruck meiner ehemaligen Square-Dance-Gruppe hatte auch schon bessere Tage, ach, was sag ich?, bessere Jahre gesehen. Aber mal im Ernst – morgens vor vier Uhr – da sah man doch eh alles grau in grau.

Doch immer wenn Jan dann so glatt und rein vor mir stand, änderte ich schlagartig meine Meinung und wünschte, ich hätte endlich mal das schöne Kleid gebügelt, das schon wochenlang neben meinem Kleiderschrank hing. Oder ich hätte wenigstens eine vorteilhafte, gutgeschnittene Damenbluse an oder könnte mich in elegantem Kostüm präsentieren, das auch in jeder Chefetage eine gute Figur gemacht hätte. Auch wenn ich damit im Jeans-und-Turnschuh-Wunderland Inselradio total overdressed gewesen wäre.

Aber nein, am Ende siegte dann doch immer Kollege Müdigkeit, der in meinem Hinterkopf hockte und schrie: Zieh dich schnell an, Ina, du bist sowieso schon spät dran. Jessen guckt doch so früh am Morgen eh nicht genau hin, und außerdem hast du so schöne Augen, damit ziehst du ihn sofort in deinen Bann, sodass der Rest gar nicht wichtig ist.

Blöder Herr Müde, dachte ich mir jetzt. Genau um diese Zeit, bei der ersten Begegnung mit Jan in der Redaktion, würde ich dir gern mal zeigen, dass ich nicht nur tolle Augen, sondern auch einen riesigen Mund habe, der dich prima fressen kann. Stattdessen strahlte ich Jan an, was die Knopflöcher hergaben, um dann vielleicht doch mit den Augen vom Rest mit den ollen Hosen und dicken Beinen darin abzulenken … Sie wissen schon.

«Morgen, Jan. Schön, dass du schon da bist, dann können wir ja gleich mal über das neue Gewinnspiel sprechen. Du müsstest mir noch sagen, wie viele Hörer ich dir auf die Leitung legen soll. Reichen zwei oder lieber noch einen als eiserne Reserve?»

Jan legte seine Hand auf meinen Unterarm. «Können wir gern gleich alles besprechen, Schatz, aber guckst du bitte erst mal, ob der Kaffee schon durch ist?» Er warf einen Blick auf den Monitor, der den Sendeablauf anzeigte. Bis zum Beginn seiner Sendung waren es noch etwas mehr als zwanzig Minuten.

Mein Arm wurde heißer und heißer, und während ich noch überlegte, wie ich mich so umdrehen konnte, dass die Hand des Moderators nackte Haut treffen würde, schwups, da war sie auch schon wieder weg. Seine ganz sicher manikürten Finger wanderten nonchalant über den Schreibtisch, dann lehnte Jan sich ganz weit vor und zog die oberste Schublade meines Rollcontainers auf.

«Du hast hier doch bestimmt irgendwo noch einen schönen Kugelschreiber versteckt, Schneckchen, oder?» Moderatoren sind alle gleich, wollen alle nur das eine – Stifte. Fressen die die Dinger? Ich verkniff mir einen tiefen Seufzer und ging um den Tisch herum.

«Du glaubst doch nicht, dass ich meine geheimen Reserven da ablege, wo jeder von euch Sabbelheinis freien Zugriff hat? Dreh dich um, dann bekommst du einen Kuli.»

Folgsam drehte der schöne Mann mir den Rücken zu. Ja, auch von hinten nicht zu verachten. Da hatte ich andere gesehen, die hatten von vorne nicht so viel zu bieten wie dieser Typ von hinten. Perfekter Haarschnitt, breite Schultern, schmale Hüften und einen Hintern, den ich gerne einmal ohne Hose sehen würde.

Hach, so früh am Morgen leidet man ja gern mal unter Wahnvorstellungen. Ich schüttelte mich und holte einen Kugelschreiber in den Senderfarben Blau-Weiß-Gelb (blau wie der Himmel über Sylt im Sommer, weiß wie der Strandsand und gelb wie die lachende Sonne) aus meinem Spezialversteck. Ich hatte die Dinger einfach mit breitem Klebeband unter meinem Schreibtisch befestigt.

«Hier, aber pass drauf auf. Wenn ich nächste Woche schon wieder neue hole, dann muss ich mir wieder das Genöle von Astrid anhören.»

Astrid Kruse war die Marketingchefin des Inselradios und betrachtete den Laden und alles, was je einen Fuß in die heiligen Hallen gesetzt hatte, als ihr ganz persönliches Eigentum. Angefangen von Werbemitteln wie Kugelschreibern, Handtüchern und Hängematten bis hin zu Autogrammkarten und Druckerpapier. Um alles musste man sie bitten. Am liebsten auf Knien in tiefer Demut, um dann mit drei Kugelschreibern und zwei Aufklebern rückwärtsrutschend ihr Büro wieder zu verlassen. Warum die nicht beim Amt gelandet war, auf dem man alles schriftlich mit dreifachem Durchschlag beantragen musste, war mir ein Rätsel.

Jan drehte sich wieder zu mir um und schenkte mir sein schönstes Lächeln. «Astrid, die musst du nicht so ernst nehmen. Und im Moment hat sie sowieso keine Zeit, sich über verlorene Kugelschreiber aufzuregen. Die plant irgendwas mit einem Spiele-Verlag, der eine Sylt-Edition von Monopoly auf den Markt bringen und da mit uns kooperieren will. Ein Riesending, hat sie mir verraten.»

Damit nahm er seine Tasche und den Stift und ging Richtung Studio. «Ach, und wenn du mir gleich den Kaffee bringst, könntest du mir dann auch das ausgedruckte Wetter reinreichen?» Und weg war er.

«Liegt schon auf deinem Pult», hörte ich mich nur sagen, obwohl in mir die böse, vorlaute Stimme schrie: Er hat die Hand auf deinen Arm gelegt, er nennt dich Schatzi und Schnecke, das muss doch was bedeuten, das macht er schließlich nicht mit allen Kolleginnen hier so …

Gerade wollte ich in einen Tagtraum versinken, in dem Jan sich zu mir beugte und mich heiß und innig küsste, während er nach Kugelschreiber-Nachschub fingerte, als Klaas seine flache Hand auf meinen Schreibtisch klatschte:

«Na, da geht doch noch was bei dir und unserem Gelackten, wa?» Mist, bloß nicht rot werden, durchatmen, tiiiiief Luft holen, an was Doofes denken: Diät, alkoholfreies Bier, Ostsee, die Egerländer Musikanten … «Passt ja auch. Müsst beide früh raus, nä, und könnt auch früh wieder zusammen in die Heia gehen, hahahaha.»

Sagte ich schon, dass Klaas eher zu den einfachen Geistern des Senders gehörte? Früher, so erzählte man sich, hatte er große Ambitionen gehabt, war als Nachrichtenmann beliebter als die Moderatoren, sogar die Tagesthemen hatten Interesse gezeigt – bis sie ihn dann mal in natura erlebt hatten.

Und irgendwann war Klaas nach einer Party in Kampen im geliehenen Ferrari besoffen über die Insel gebrettert und hatte dabei seine Autogrammkarten aus dem Fenster geworfen. Sein Pech war, dass es die Polizei, die am Ortseingang Westerland zu einem Wildunfall gerufen worden war, nicht so witzig fand, die Pappkarten mit Klaas' Foto an den Kopf zu bekommen. Der Nummer-eins-Nachrichtensprecher bekam eine Anzeige wegen überhöhter Geschwindigkeit, Alkohol am Steuer und Umweltverschmutzung. Obendrauf vom Senderboss eine «Beförderung» in die Nachtschicht. Damit hatte er sogar noch Glück gehabt, denn Hans Strüve war bekannt für sein «Das passt nicht zum Image eines freundlichen, sonnigen Inselradios». Angeblich hatte er auch mal eine Moderatorin gefeuert, die sich an Nase und Augenbrauen hatte piercen lassen. Beim Inselradio sollten für seinen Geschmack nur «ordentliche» Menschen arbeiten, solche, die einen soliden Lebenslauf vorzuweisen hatten, ohne links oder rechts abgebogen zu sein, immer schön den geraden Weg hinauf in den obersten Stock des Hotels Mirabell. Im Grunde hatte ich mit meinem abgebrochenen Studium, noch dazu unverheiratet, schon Glück gehabt, dass ich hier diese Schergenarbeit erledigen durfte. Dass ich beim Vorstellungsgespräch einen schlichten schwarzen Rock und eine braune Bluse getragen hatte – mein Arbeits-Outfit aus der Hamburger Kaffeebar, alles andere war in der Wäsche gewesen –, war meinem Glück möglicherweise zuträglich gewesen. Außerdem hatte Pede senior ein gutes Wort für mich eingelegt.

Vom Sendestudio nur durch ein großes Glasfenster getrennt, saßen sich Klaas und Jan jetzt gegenüber. Die Ampel am Nachrichtenstudio sprang auf Rot, und Klaas unterbrach die Nachtsendung vom Band mit einem sonoren: «Es ist 5 Uhr.» Es folgte eine Minimusik im Sound vom Inselradio mit der Ansage: «Die Inselradio-Nachrichten mit Klaas Brodersen.» Dann begann Klaas mit den Meldungen. Ach ja, den Kaffee hatte ich holen wollen.

Als ich aus der Küche kam, klopfte ich vorsichtig an Jans Tür: «Sie hatten Kaffee bestellt? Und eine Fußmassage?»

«Ach, Ina, gut, dass du da bist. Kannst du mir bitte unsere Volontärin reinschicken? Die muss mir noch ihr Manuskript für das Gespräch gleich zeigen.»

Na super. Nicht mal ein Dankeschön – Jan und ich machten tatsächlich Fortschritte. Gerade als ich mich mit einem bemüht-unbeschwerten Lächeln aus dem Studio machte, ertönte ein langsamer Schmusesong von Annett Louisan, «Auf dich hab ich gewartet». War das jetzt mein Stichwort? Los, Ina, trau dich. Klaas hatte auch gesagt, dass es prima passte mit mir und Jan. Außerdem hörte uns gerade keiner zu, wenn er sich also über meine Frage kaputtlachte, dann würde es jedenfalls niemand mitbekommen.

«Sag mal, Jan, hättest du vielleicht, ich meine, wenn hier deine Schicht zu Ende ist, gehst du dann, wollen wir vielleicht mal zusammen einen Kaffee trinken gehen, oder gehst du zum Sommerfest bei Strüve? Also, ich meine, natürlich gehst du da hin, aber vielleicht wollen wir danach oder davor …»

Jan lachte mich an – oder aus? Meine Güte, sah der gut aus mit seinen blitzweißen Zähnen und den fast mädchenhaft geformten Lippen, der zart gebräunten Haut! Ich musste darauf achten, dass mir nicht gleich ein Sabberfaden aus dem Mundwinkel floss. Jetzt drehte er sich nach einem letzten kurzen Blick auf den Sendeablauf im Computer ganz zu mir um.

«Ina, wenn du noch lange hier herumstotterst, ist dieser Song auch zu Ende, und dann muss ich wieder.» Er deutete zum Mikrofon. «Und um deine Fragen zu beantworten: Ja, beim Sommerfest bin ich fest eingeplant, da mach ich auch eine kleine Interviewrunde auf der Bühne und sage ein paar der Live-Acts an. Und Kaffee trinken können wir auch gerne mal. Sag einfach, wann es dir passt, oder ruf mich an. Meine Handynummer steht ja auf der Telefonliste. Sorry, ich muss hier jetzt weitermachen. Denkst du dran, mir Hanna reinzuschicken? Und rufst du in der nächsten Stunde gleich nach der ersten Musik den ADAC-Typen für das Interview über den Reiseverkehr zum Ferienbeginn in Bayern an? Mit dem muss ich sofort nach dem ersten Song sprechen. Sonst schaff ich das nicht, in der halben Stunde auch noch das Gewinnspiel unterzubringen, wenn ich nicht komplett auf Musik verzichten will.» Damit drehte er sich um und begann, im Computer seine Texte in den Sendeplan zu schreiben.

Hä? So einfach war das? War ich jetzt mit Jan verabredet? Ja, oder? Das war doch eine eindeutige Aufforderung: Ruf! Mich! An! Zwar ohne Latexhandschuhe und neunschwänzige Katzenpeitsche, aber dennoch eine nachdrückliche Bitte, dass ich seine Handynummer am besten ständig bei mir führen sollte, damit spontane Treffen künftig möglich wurden.

Mein Tag hatte heute also ganz wunderbar begonnen. Das musste gefeiert werden. Am besten mit Keksen. Ich hatte auch schon eine Idee, wo ich die finden würde. Vielleicht war ja auch noch Kleingeld da, für den Automaten, der – vor allem für mich – Schokoriegel kühlte.

«Also weißt du, als ich heute mit dir am Strand war und ich im Bikini in der hellen Sonne, ich kann dir sagen, da hab ich ja ganz schön deutlich gesehen, dass ich an meinem Körper noch hart arbeiten muss. Ich hab mich die ganze Zeit in deinen Brillengläsern gespiegelt.»

«Schätzchen, da hättest du doch nur etwas sagen müssen, dann hätte ich die Brille abgesetzt.»

Der Typ, der mit der deutlich älteren Frau am Nebentisch im LatteMar saß, war eindeutig schwul. Er hatte sich die Haare mit Gel zu einem sehr ordentlichen Scheitel gekämmt, die Zähne waren ganz sicher professionell gebleacht, und allein das T-Shirt hatte bestimmt mehr Geld gekostet als der gesamte Inhalt meines Kleiderschranks. Ich nahm noch einen Schluck von meinem Milchkaffee und guckte mir die untrainierte Frau etwas genauer an. Na ja, wenn die mit ihrem Körper nicht zufrieden war, dann konnte ich mich gleich in einen gelben Sack an die Straße setzen, in der Hoffnung, dass noch irgendwer mich gebrauchen konnte.

Als das ungleiche Paar sich von den bequemen Korbsesseln unterm Sonnenschirm erhob, war ich ein wenig traurig – so gute Unterhaltung kostenlos, das gab es sonst nur nach Mitternacht bei Bernd das Brot und seiner Late-Night-Lounge im Kinderkanal.

Doch Gott sei Dank hatte ich nicht lange Zeit, enttäuscht zu sein, weil sich gerade Maike mit einem schweren Seufzer neben mich auf das Sofa fallen ließ. «Also manchmal frage ich mich echt, wieso ich das eigentlich alles mache», stöhnte sie und nahm einen tiefen Schluck von ihrer gekühlten Bionade. «Heute ist aber auch wirklich ein Schlauscheißer-Wetter: für viele Urlauber zu kühl, um an den Strand zu gehen, und zu warm, um in der Ferienwohnung oder im Hotelzimmer abzuhängen. Und weil die Touris davon genervt sind, lassen sie es dann an mir aus. Da ist der Kaffee zu heiß, die Milch zu kalt, der Schaum zu dick. Ich warte nur auf den Tag, an dem mir einer sagt, dass das Getränk ihm zu nass ist. Jetzt mach ich erst mal 'ne Pause, Tine kümmert sich um das Pack.»

«Das ist halt Sylt, meine Liebe», erwiderte ich, «die Insel der Reichen und Schönen. Die legen ja auch mindestens acht Mark für ihren Kaffee hin, dafür darf man auch mal unzufrieden sein. Das Genöle ist hier immer inklusive, sonst macht der Urlaub ja nur halb so viel Spaß. Und immerhin hast du eine Aushilfe, die gerne herkommt und auch bei diesem Wetter bis zur letzten Minute freundlich zu den Urlaubern ist. Hat dein Verlobter dir nichts von all dem Übel erzählt, bevor er dich auf dieses miese Eiland geschleppt hat?»

Maike verdrehte die Augen: «Ja, ja. Verlobter. Wir sind weit davon entfernt, verlobt zu sein. Du hast es ja gestern selbst wieder gesehen. Manchmal glaube ich, das wird nie was mit Heiraten und Kindern und so. Bendix kann so schwerfällig sein und so unromantisch.»

«Phantasielos, hast du noch vergessen, und er hört nur auf Mami und Papi – ach, und war da nicht noch etwas? Ach ja, er ist reich!»

Maike schüttelte den Kopf und sah mich streng an: «Als ob das entscheidend wäre! Ina, darüber haben wir doch schon so oft gesprochen. Ich habe mich in Bendix verliebt, bevor ich wusste, dass sein Vater hier der Hotelkönig ist. Und ich beschwer mich ja auch nicht wirklich. Wir heiraten bestimmt. Irgendwann.»

Sie nahm noch einen Schluck von ihrem Getränk und stellte dann die leere Flasche auf den Tisch. Diese Ruhe machte mich manchmal wahnsinnig.

«So, meine Liebe, und nun sage ich dir mal was», erwiderte ich. «Wenn es dir so wichtig ist, diesen Mann zu heiraten, dann hör doch auf zu warten und mach du ihm einen Antrag! Wo steht denn geschrieben, dass es nur romantisch ist, wenn der Mann die entscheidende Frage stellt? Oder ist es am Ende so, dass du es zwar gerne romantisch hättest, aber die richtig zündende Idee auch dir fehlt? Hast du denn überhaupt schon mal überlegt, wie so ein Antrag aussehen könnte?» Jetzt kam ich richtig in Fahrt: «Ich meine, stellst du dir so etwas vor wie in ‹Pretty Woman›? Dass Bendix als Richard Gere in einem offenen Wagen hier die Fußgängerzone langgebrettert kommt? Natürlich singt er 'ne Oper dazu und wirft mit roten Rosen um sich. Maike, Bendix ist ein total netter Kerl, aber Sätze wie ‹Der Himmel hat mir einen Stern geschenkt, und dieser Stern, der bist du› wird der nie herausbringen! Ich glaube, du musst dich endlich mal entscheiden, ob du einen romantischen Antrag haben oder für den Rest deines Lebens unverheiratet bleiben willst.»

Maike lehnte sich an mich und seufzte. Und seufzte nochmal. Und nochmal. Dann sagte sie: «Ja, wahrscheinlich hast du recht. Aber weißt du noch, als wir früher davon geträumt haben, wie es wird, wenn wir mal heiraten? Als wir uns unseren künftigen Mann vorgestellt und uns überlegt haben, wie so ein Antrag aussehen sollte? Danach haben wir uns zum tausendsten Mal ‹Pretty Woman› angeguckt, dazu Prosecco getrunken und Erdbeeren gegessen. Und uns wahnsinnig in Richard Gere verknallt. Es kann doch nicht sein, dass all unsere schönen Träume einfach so verpuffen. Man kann nicht alles aufgeben, was man sich im Leben so sehnlich wünscht!»

Da konnte ich ihr nur zustimmen. Ich nahm meine beste Freundin in den Arm und hatte auf einmal das Gefühl, anstatt zwei Jahre hundert älter zu sein als Maike.

«Du musst ja auch nicht alles aufgeben! Das ist doch totaler Quatsch. Überleg mal, was du alles bekommst an Dingen und Werten, die wir uns vor Jahren noch gar nicht ausmalen konnten. Du hast ein eigenes Café, das läuft wie das berühmte geschnitten Brot, du hast einen Schwiegervater, der aussieht wie Charles Schumann in der Campari-Werbung und der dir jeden Wunsch von den Augen abliest. Ach, und nicht zu vergessen, dann wäre da noch dieser süße Bär von einem Typen, der dich vergöttert und dich eines Tages heiraten wird. Bloß dass du ihn nicht lässt, weil er den dämlichen Ring nicht in ein Kaviartörtchen einbacken lassen will. Du hast echt einen Knall, meine Liebe. Ich wünschte, ich hätte deine Probleme.»

Maike schlug mir scherzhaft auf den Oberarm. «Du bist echt doof.» Aber grinsen musste sie doch.

«Aber ich habe recht! Na los, komm schon, gib es zu, und dann hol mir zur Feier des Tages der Erkenntnis noch so einen Kaffee, und sei nicht so geizig mit der Schlagsahne und dem Sirup. Ich bin ja schließlich kein zahlender Gast.»

«Nö, den kannst du dir bei Tine an der Theke selbst holen.» Dann überlegte sie einen Augenblick. «Es stimmt, wahrscheinlich muss ich mir wirklich mehr vor Augen halten, wie gut es mir eigentlich geht. Wie immer hat meine weise Freundin Ina recht. Aber so ist das eben mit den Wünschen und der Realität.»

«Sagte die Prinzessin und küsste den Frosch noch einmal, obwohl es schon beim ersten Kuss nicht hingehauen hatte mit der Verwandlung in Richard Gere.»

Am Nebentisch stieß gerade jemand einen Becher Kaffee um, der nun klirrend auf dem Steinboden zerbrach. Der Typ, dem das Unglück passiert war, rief nach Tine und machte ihr ein Zeichen, sie solle einen Lappen mitbringen. Maike ignorierte die gesamte Aktion, als wäre sie hier ebenfalls zahlender Gast, und setzte sich im Schneidersitz seitlich auf das große Korbsofa, um mich besser ansehen zu können. «Und nun erzähl du mal, wie es bei dir und Jan vorangeht. Hast du dich endlich getraut, ihn anzuquatschen? Feiern wir bald Doppelhochzeit?»

«Ha, ha, witzig, Frau Andresen. Echt komisch.»

«Ja, was denn?» Maike tat erstaunt. «Seit wie vielen Wochen baggerst du jetzt an dem Typen herum und hast noch nicht mal seine Adresse oder Handynummer? Geschweige denn, dass du dich außerhalb des Senders mal mit ihm getroffen hättest. Du hast doch sonst immer so eine riesige Klappe und weißt alles besser. Nur bei dir selber kommst du mit deinen Tipps nicht weiter …»

Hach, ist es nicht schön mit besten Freundinnen? Sie sind

wie das eigene Gehirn, nur dass man sie nicht nach Wunsch mit Alkohol betäuben und abstellen kann. Jetzt war ich wohl dran mit Einstecken, aber nicht, ohne vorher meine Trümpfe auszuspielen: «Wer sagt denn das?» Ich zog mein Handy aus der Tasche und scrollte vor bis zur frisch eingegebenen Nummer von Jan, um Maike meine neueste Errungenschaft zu zeigen.

«Ohhhhh, toll, du hast seine Nummer! Die du wahrscheinlich schon vor Wochen aus eurer Liste im Sender hättest abschreiben können. Und, hast du ihn schon angerufen? Trefft ihr euch bald?»

«Ja, also, ich meine, nicht direkt. Wir haben uns ganz lose zu einem Kaffee verabredet. Jan hat gesagt, ich soll ihn einfach spontan anrufen.»

Maike drückte bereits auf Jans Nummer. «Dann mach das! Ruf ihn jetzt an und frag ihn, ob er herkommt. Einfach nur mal ein Kaffee unter Kollegen. Ist doch nichts dabei, und wenn ihr schon drüber gesprochen habt, kann es ja losgehen.»

Ich beeilte mich, den roten Knopf zu drücken, um den Wählvorgang abzubrechen. Maike schüttelte den Kopf und tippte sich an die Stirn. «Ina, so wird das nie was. Du kannst doch mir nicht vorwerfen, keine Initiative zu zeigen, und dich selbst bei Jan genauso doof anstellen. Dabei geht's bei dir ja noch nicht mal um ein weißes Kleid, sondern nur um einen Kaffee.»

Wenn Maike wüsste! Am Ende ging es bei mir auch um mehr als nur ein Heißgetränk.

«Ruf ihn an! Mach schon. Dann weißt du wenigstens, woran du bist. Wenn er dann nicht kommt, kannst du dich in jemand anders verlieben und verschwendest keine unnötige Lebenszeit mehr an ihn. Das ist doch nicht so schwer. Komm, gib mir das Telefon, ich mach es für dich.»

«Du spinnst wohl, das ist ja noch viel blöder! Was soll er denn von mir denken, wenn meine beste Freundin anruft und sagt: ‹Ina wollte wissen, ob du Lust hast, einen Kaffee mit ihr zu trinken?› Dann kannst du ihm auch gleich einen Zettel mit der Aufschrift ‹Willst du mit mir gehen? – Ja, nein, vielleicht, bitte ankreuzen› vorbeibringen.»

Ich nahm das Handy und starrte auf die Nummer. «Im Übrigen haben wir uns auch für das Senderfest am Samstag verabredet. Da muss Jan zwar arbeiten, aber wir sehen uns auf jeden Fall.»

Maike machte Anstalten, vom Sofa aufzustehen: «Toll! Ein echtes Date mit ungefähr fünftausend Touristen, die Max Herre und Virginia Jetzt! sehen wollen, und mittendrin trinkt ihr ganz romantisch einen Piccolo. Süß. Und wenn sie nicht gestorben sind, dann flüstern sie sich heute noch bei hundert Dezibel Liebesgedichte zu.»

Sie nahm die leere Flasche und meinen Kaffeebecher und stand auf. «Ich hol dir jetzt noch einen Kaffee, und du rufst ihn an. Dafür lass ich mir auch was mit Bendix einfallen. Versprochen.»

Damit schlängelte sie sich an den Menschen in Shorts und Designer-Poloshirts vorbei, die am Tresen Schlange standen, um sich Kaffee, Tee oder Winzer-Apfelsaft zu holen. Okay, also würde ich ihn jetzt anrufen. Ich hatte ja nichts zu verlieren. Außer der Hoffnung. Ganz nebenbei auch meinen guten Ruf beim Sender. Da tutete es auch schon in der Leitung – war ein Freizeichen ein gutes Zeichen?

«Jaaaaaa? Hallooo?»

Mist, hörte sich an, als hätte ich Jan geweckt. Der klang so wie ich nach meinem Mittagsschläfchen. Und nun? Lieber wieder auflegen? Maike machte vom Tresen her motivierende Gesten, die nach Trinken und Küssen aussahen.

«Ja, hier ist Ina.»

«Ina?»

«Ja, Ina Krause, aus dem Sender. Also, wenn ich jetzt gerade störe, dann tut es mir leid, aber du hattest ja gesagt, ich soll mich melden, mal zum Kaffeetrinken, und nun sitze ich hier gerade im LatteMar, und da dachte ich, also, ich dachte, vielleicht hast du auch Lust herzukommen?» Ich hörte Jan atmen und im Hintergrund irgendein Geräusch, als würde jemand husten. «Aber wenn du gerade Besuch hast, dann verschieben wir das wohl lieber. Tut mir leid, dass ich gestört habe.»

«Besuch? Äh, nein. Ich meine, ja, ist gerade nicht so günstig. Aber ein anderes Mal sehr gerne. Wir sehen uns ja am Samstag beim Senderfest, oder? Da können wir gerne was verabreden.»

«Ja, das machen wir, ich meine, ja, ich komme natürlich zum Fest. Und da sehen wir uns dann ja. Schon okay. Ich wünsch dir einen tollen Tag. Bis morgen.» Das war's.

Maike hatte sich in der Zwischenzeit wieder neben mich plumpsen lassen und deutete meinen Gesichtsausdruck gleich richtig: «Er kommt nicht.»

Ich war den Tränen nahe. «Ach, Maike, das war echt eigenartig. Es hat sich angehört, als hätte ich ihn geweckt, und dann waren da aber Geräusche im Hintergrund. Ich glaube, er war nicht allein. Vielleicht hat er doch eine Freundin, und ich mache mir vollkommen blöde Hoffnungen. Wahrscheinlich wissen alle Kollegen Bescheid, nur ich bin wieder mal der Depp vom Dienst, der sich schön zum Horst macht.»

Jetzt legte Maike den Arm um mich und versuchte mich zu trösten: «Quatsch. Wir haben uns doch beide unauffällig umgehört. Wenn Jan wirklich eine Freundin hätte, dann wüssten wir das garantiert. Vielleicht hast du ihn eben tatsächlich aus dem Schlaf gerissen, und er war noch gar nicht ganz bei sich und konnte dich nicht so schnell zuordnen. Nicht gleich aufgeben! Für den Anfang war das doch gar nicht schlecht. Du gibst doch sonst nicht so schnell auf.»

«Wenn du meinst?»

«Ja, meine ich. Außerdem hast du doch gesagt, dass er auch aufs Senderfest geht. Wenn es da eine andere Frau gibt, dann würde er die doch zu so einem Anlass sicher mitbringen, oder?»

«Ja, das stimmt wahrscheinlich.»

Maike war immer so analytisch. Bei mir gingen alle Entscheidungen erst einmal einen großen Umweg über den Magen. Und Enttäuschungen sowieso.

«Habt ihr heute diesen tollen Käsekuchen mit der Himbeersauce?», fragte ich.

«Ja, das ist meine Ina. Ich hole dir gleich zwei Stück.»

Mir entfuhr ein Seufzer. Ich hatte es mir an meinem Esstisch gemütlich gemacht, mein Laptop war eingeschaltet, und vor mir lag ein Stapel bunter Illustrierten zum Thema Heiraten – Klatschblätter, wie sie in keiner Arztpraxis fehlen durften. Daneben stand ein großer Becher, in dem mal heiße Schokolade mit Sahne gewesen war. Inzwischen war davon nur noch eine schokobraune Schicht am Innenrand zu sehen. Auf dem Fußboden lag ein Haufen zerknüllter Zettel und leerer Kekspackungen, die von langer, aber bisher nicht erfolgreicher Kopfarbeit zeugten. Es war an der Zeit, die ganz harten Granaten aufzufahren. Ich griff zum Telefon, drückte die Kurzwahltaste und wartete mit dem Hörer am Ohr.

«Mama? Ich bin es. Du musst mir mal helfen.»

Auch wenn meine Mutter sonst sehr redselig war, bei einem solchen Hilferuf konnte sie erstaunlich entspannt sein und hörte sich erst mal an, was ich zu sagen hatte.

«Ich starte hier gerade die Romantik-für-Maike-und-Bendix-Aktion», fuhr ich fort. «Habe ich dir ja erzählt. Die beiden wollen doch heiraten, aber Bendix ist zu stieselig, um sich einen wirklich romantischen Antrag auszudenken, und Maike ist der Meinung, es ist nicht ihr Job. Da muss ich jetzt mal eingreifen und ein paar Ideen entwickeln, die Maike auf den Geschmack bringen. Ich glaube, sonst wird das nie was mit dem großen Fest.» Zwischendurch schnell ein Schluck leichter Cola aus der Flasche. «Also, ich hab jetzt fast alles durch: Ich hab mir gefühlte hundert alte ‹Nur die Liebe zählt›-Sendungen im Internet angesehen, alle Zeitungen und Zeitschriften durchgeblättert, die du mir geschickt hast, aber eine Idee für einen Antrag ist mir noch nicht gekommen.»

Meine Mutter schwieg immer noch am anderen Ende der Leitung. Offensichtlich musste sie auch erst mal überlegen, wie sie mir weiterhelfen konnte – schließlich hatte sie selbst nie einen Antrag bekommen. Sie war schwanger geworden, woraufhin man nach kurzer Absprache und in beiderseitigem Einvernehmen einfach schnell einen Termin beim Standesamt gemacht und die Sache durchgezogen hatte. Mein Vater war ohnehin eher der praktische als der romantische Typ.

«Mama, du ahnst ja gar nicht, wie viele Seiten es zu diesem Thema im Internet gibt! Wenn man ‹Heiratsantrag› als Suchbegriff eingibt, bekommt man 316 000 Treffer. Da könnte ich zum Beispiel lustige Bilderwitze herunterladen, die die beiden sich dann per E-Mail schicken. Aber ist das nicht total bescheuert und unpersönlich? Eine andere Möglichkeit wäre, in Maikes Namen eine Kinoanzeige zu buchen, bloß: Wann gehen die beiden schon mal ins Kino? Ich hab's ja selbst erlebt, als wir uns den ‹Abba›-Film angeguckt haben:

Bendix sitzt während der Werbung da und checkt auf dem Handy seine Mails. Der guckt nicht mal nach vorne. Wäre also auch total rausgeworfenes Geld.»

«Warte mal kurz, Herzchen.» Jetzt legte meine Mutter mit einem deutlichen Knall den Hörer beiseite. Ich hörte sie im Hintergrund unverständlich mit sich selbst sprechen, dann raschelte es, und sie war wieder am Apparat. «So, hier hab ich's. Mir war doch so, als hätte ich kürzlich in einer Zeitschrift etwas Passendes gelesen.»

«Mama, die Blätter, die du so liest, haben doch gar keine Eheanbahnungsvorschläge mehr. Da geht's um künstliche Hüften und allergische Reaktionen auf Aspirin.»

«Nun werd mal nicht bösartig. Jetzt hab ich es gefunden. Also hier steht: ‹Wenn Sie Ihrer Liebsten einen ganz besonders romantischen Urlaubsabend bereiten wollen, dann laden Sie sie zu einer Schatzjagd ein.›»

«Uiiiii, Klappspaten und Camperrucksack – sexy Idee.»

«Unsinn. Lass mich weiter vorlesen: ‹Gestalten Sie ein Buch mit eigenen Fotos und vergraben Sie es am Strand. Beleuchten Sie den Weg zum Schatz mit Fackeln und Knicklichtern und feiern Sie die Ausgrabung dann romantisch mit Champagner.›»

«Mama, was ist denn das bitte für ein Revolverblatt? Womöglich soll man noch ein Lagerfeuer am Strand machen. Dann feiert die Inselpolizei die Verlobung gleich mit. Vergiss es, Feuermachen am Strand geht hier gar nicht ohne Genehmigung, wegen der ganzen Reetdachhäuser und so. Außerdem ist Bendix bestimmt nicht der Typ für Schatzsuche. Der fährt ja sogar zum Bierholen mit dem Auto. Nee, das ist auch nichts.»

Jetzt kam, was kommen musste. Meine Mutter wechselte zu ihrem Lieblingsthema:

«Ach, Ina, ich weiß auch gar nicht, wieso du dich da immer so reinhängst. Versuch doch erst mal, dein eigenes Leben in den Griff zu bekommen. Du weißt doch, dass du deinen Freund auch jederzeit mit zu uns bringen kannst? Und ich komme dich auch gerne mal wieder ein Wochenende besuchen.»

Himmel, das hatte mir gerade noch gefehlt. Beim letzten Mal hatte meine Mutter meine Wohnung aufgeräumt, was einem Umzug gleichkam. Wochenlang hatte ich verschiedenste Dinge gesucht. Dafür standen sämtliche Errungenschaften der Tchibo-Beutezüge überall im Weg herum.

«Ich hab doch gerade gar keinen Freund, Mami. Aber mir geht's gut, und ich komme euch bald wieder besuchen. Momentan habe ich allerdings beim Radio echt viel zu tun …»

«Ach, das wäre schön. Und wegen Maike mach dir nicht so viele Gedanken. Eine gute Idee kommt nicht einfach so über Nacht. Die muss man in sich reifen lassen, wenn sie etwas Besonderes sein soll, und bisher hat sich doch bei dir immer für alles eine Lösung gefunden.»

Meine Mutter versuchte das, was sie immer schon getan hatte: mir Mut zu machen, mich zu trösten und daran zu erinnern, dass man mit Geduld alles erreichte.

«Dir fällt schon was ein, mein Spätzchen. Um gute Einfälle warst du doch noch nie verlegen. Wenn du in Mathe die Energie aufgebracht hättest, die du in der Schulzeit auf Streiche verwendet hast, dann …»

«Ja, dann wäre ich heute erfolgreiche Investmentbankerin und hätte dir längst ein Haus auf Sylt gekauft.»

Wir beratschlagten noch eine Weile, aber als meine Mutter anfing zu fragen, wann ich denn endlich einen Mann finden würde, ließ ich es für heute gut sein. Ich verabschiedete mich, warf die Zeitschriften in die Altpapiertonne, fuhr den Computer runter und stellte die leere Kakaotasse in die Spüle. Wahrscheinlich hatte Mama recht: erst mal drüber schlafen. Und vorher eventuell noch eine Kleinigkeit essen. Vielleicht kam mir ja morgen die zündende Idee.

Aus der Strandmuschel tönte laute Musik, und an der Westerländer Promenade wimmelte es von Menschen, die auf keinen Fall das bunte Programm des Senderfestes vom Inselradio verpassen wollten. Urlauber und Insulaner drängten sich an der am Strand aufgebauten Hüpfburg und den Wasserspielen für Kinder, an den Ständen mit friesischen Spezialitäten und Bratwurst sowie vor der Bühne. Dort, wo sonst die Kurkapelle für Asthmakranke und ihre Kurschatten «La Paloma» und «Ick heff mol en Hamborger Veermaster sehn» spielte, tummelten sich jetzt angesagte Bands und Musiker. Auf den festmontierten Bänken saßen die Menschen dicht an dicht, auf der Promenade davor saßen sie sogar auf dem Boden oder standen am Rand und wippten rhythmisch zur Musik mit. Gerade brachte Miss Platnum aus Berlin mit ihrer Balkanbeat-Version von «Babooshka» das Publikum in Wallung. An der Rückwand der Musikmuschel hing ein großes Plakat mit dem Senderlogo des Inselradios, überall sah man blau-weiß-gelbe Luftballons und Papierfähnchen in der Luft.

Einige Meter von der Bühne entfernt, auf dem Platz neben der Kurmuschel, war ein großes weißes Zelt aufgebaut, das als Backstage-Bereich für Künstler und Mitarbeiter des Senders diente. In der hinteren Nische gab es eine Maske, in der Musiker und Comedians vor ihren Auftritten flott gestriegelt und mit Make-up versehen wurden, und sogar an Umkleidekabinen für die ganz Schamhaften war gedacht worden. Innen, direkt hinter dem Eingang des Zeltes, war auf der einen Seite ein Holztisch mit edlen Schnittchen, Schalen mit verschiedenen Schokoriegeln sowie Rechauds mit warmem Essen aufgebaut. Daneben stand ein großer Kühlschrank mit Glastür, gefüllt mit alkoholfreien Getränken und Bier, ein zweiter kühlte Sekt, Prosecco und Wein. Lange Holztische mit weißen Papiertischdecken waren mit bunten Aufklebern des Senders und Werbeartikeln wie Kugelschreibern, Bonbons und Feuerzeugen dekoriert. Hier hatten sich die Gäste niedergelassen: Freunde des Chefs, Westerländer Geschäftsleute, die Agenten der Musiker und Mitarbeiter von Möbelhäusern, denn schließlich war der Senderchef auch noch in einer anderen Branche zu Hause.

An einem der Tische hatten sich die Mitarbeiter bereits reichlich mit Essen und Getränken versorgt, und in alkoholgeschwängertem Übermut hatte jemand mit Kugelschreiber auf die Papiertischdecke geschrieben: «Strüve, bleib bei deinen Möbel-Leisten!» Der Senderchef, dem diese Widmung galt, hatte dafür gesorgt, dass auch Flyer seines Möbelhauses sichtbar auf dem Buffet und allen Tischen platziert waren.

Nun stand er in einem Anzug, der ihm auch vor zehn Jahren schon nicht gepasst haben konnte, dunkelblau und an den Ellenbogen speckig glänzend, mit rosa Hemd und Comic-Krawatte am Alkohol-Kühlschrank. Die Nase bereits rot glühend, redete er eifrig auf einen gutgekleideten älteren Herrn ein.

«Sicher ein potenzieller Sponsor.»

«Oder ein neuer Nachrichtenchef.»

«Wieso, will Bente gehen?»

«Wer sagt, dass Bente gehen will? Die hat sich doch gerade erst eine Wohnung gekauft. Ich glaube, in Wenningstedt.»

Wie immer bei Festen dieser Art hatten sich die Mitar beiter schnell von Bands und Würstchenbuden in den abgesperrten Bereich zurückgezogen, um ein paar Happen zu essen und sich dann ausgiebig den kostenlosen alkoholischen Getränken zu widmen. Neben Jan, der noch mehrere Ansagen auf der Bühne vor sich hatte und deshalb nur stilles Wasser trank, waren auch der Chef vom Dienst, Dietrich Phillipp, die Redakteure Mark Illner und Regine Böhnke sowie die Volontärin Hanna und die Aufnahmeleitung aus der Tagschicht, Traudel Grund, zu sehen, alle sichtlich gesättigt und mindestens beim dritten alkoholischen Getränk.

Eigentlich hatte ich schon vor zwei Stunden hier sein wollen, aber da ich wusste, dass ich Jan begegnen würde, wollte ich gut aussehen und hatte mir richtig viel Zeit zum Stylen genommen. Ich hatte versucht, aus meinen Haaren eine Frisur zu machen, hatte sie geföhnt und glatt gezogen, sah aber danach aus wie im Regen unter einen Laster gekommen, also musste ich sie nochmal waschen, und am Ende sah alles aus wie immer.

Auch die Kleiderfrage war nicht so einfach zu lösen gewesen: Das Square-Dance-Sweat hatte einen großen Joghurtfleck auf dem Bauch und wäre wohl auch nicht ganz dem Anlass angemessen gewesen. Ein Dirndl von der letzten Faschingsparty fand sich noch im Schrank – ging ja wohl gar nicht. Und das Kleid, das in Frage kam, hatte tatsächlich schon so lange knitterig an der Schrankseite gehangen, dass die Falten sich eingegraben und zusammengezogen hatten. Anders konnte ich mir nicht erklären, warum der Reißverschluss nicht mehr zuging. Die schwarze Hose, die ich letztlich aussuchte, ließ sich zwar auch nicht mehr ganz schließen, aber ich löste das Problem mit einem Gürtel, unter dem ich den obersten Knopf einfach offen lassen konnte. Schnell noch eine schwarze Tunika drüber, und das Ganze war auch noch ansehnlich kaschiert. Ein tolles buntes Tuch, das mir Maike mal aus irgendeinem Spanienurlaub mitgebracht hatte, lenkte ganz wunderbar vom unteren Teil meines Körpers ab, sodass ich bei einem letzten Check im Garderobenspiegel ganz zufrieden mit meiner Optik war. Nicht gerade Red-Carpettauglich, aber für die Westerländer Kurpromenade würde es heute ausreichen müssen.

Noch bevor ich an den Gorillas vorbeigekommen war, die den Zelteingang bewachten und die auf der Suche nach dem VIP-Armband, das zum Zugang dieser heiligen Halle berechtigte, bei Nichtreaktion auch gern selbst die Handgelenke der Besucher abgriffen, hatte ich die ganze Radio-Bande schon am Tisch sitzen sehen. Die Kollegen winkten mir zu und rutschten ein Stück zusammen.

«Hallo, schon was passiert, was ich hätte erleben sollen?» Ich ließ mich außen auf der Bank neben Mark nieder und schaute in die Runde.

Mark zeigte mit dem Kinn Richtung Strüve: «Also, erst mal solltest du vielleicht einen Knicks vor dem Chef machen und ihn mit deinen großen blauen Augen anklimpern, dann klappt es sicher auch bald mit einer eigenen Sendung beim Inselradio.»

«Würg, nö, lass mal, ich bin ganz zufrieden mit meinem Job. So vorm Mikro, das wäre nichts für mich, da würde ich kein Wort rauskriegen.»

«Du hast doch sonst auch so 'ne große Klappe. Kann ich gar nicht verstehen, dass du noch nicht daran gedacht hast, auch mal was vor dem Mikro zu machen, statt immer nur Herrn Jessen den Popo abzuwischen», feixte er.

«Neidisch?» Ich legte ein paar Aufkleber so auf den gekritzelten Spruch über den Chef auf den Tisch, dass niemand mehr das Geschriebene lesen konnte. «Weißt du, mir macht es wirklich Spaß, was ich so zu tun habe. Ich bin beim Radio, ich muss mich nicht mördermäßig anstrengen, kann coole Musik hören und verdiene damit auch noch ganz gutes Geld. Was will man mehr?»

Damit stand ich schon wieder auf, um mir erst einmal etwas zu essen und zu trinken zu holen.

Strüve hatte sich wieder mal selbst übertroffen: Sponsoren ranschleppen, das konnte er, davon hatte ich mich bei vorangegangenen kleineren Festen schon überzeugen können. Das Essen kam heute von Gosch, an dessen Buden in der Friedrichstraße und in List sich die Touristen tagtäglich von morgens bis abends die Beine nach Fischbrötchen in den Bauch standen. Heute bei uns also alles zum großen Überthema Nordsee: gegrillter, geräucherter, eingelegter Fisch, Krabben mit und ohne Cocktailsauce und vieles mehr.

Super! Noch dazu war Fisch ja wirklich gesund und so unglaublich kalorienarm. Also nichts wie rein damit. Ich lud mir Krabbenfleisch im Gegenwert eines Kleinwagens auf den Teller, dekorierte das Ganze mit einem fetten Klacks orangefarbener Cocktailsauce und zwei Brötchen und wollte mich gerade der Getränkeauswahl widmen, als sich ein Kinn über meine Schulter schob. Bei dem Geruch, der zu diesem Kopf gehörte, wurde mir ganz anders.

«Naaaa, was gibt's Feines? Mmmmhhh, Krabben. Aber jetzt sind ja wohl keine mehr da, oder? Darf ich mal?» Jan grinste, nahm sich eine Gabel vom Buffet und pikste sich eine Ladung der rosa Tierchen auf, schob sie zwischen seine wunderbar geschwungenen Lippen und schloss beim Kauen seine einzigartigen Augen. «Köstlich, wirklich. Schade, dass ich jetzt keine Zeit zum Essen habe. Muss auf die Bühne und die nächste Band ansagen, lass mir was übrig.» Schwuppdiwupp war er schon wieder zwischen den weißen Plastikvorhängen des Zeltes verschwunden.

Ich stand da, wie vom Blitz getroffen, auf den Ausgang starrend, bis Steffen dort hereinkam, wo Jan gerade das Zelt verlassen hatte. Er kam direkt auf mich zu. «Na, schöne Frau, hast du auf mich gewartet?»

Die Schockstarre löste sich, und ich konnte den Kopf schütteln. «Nö, hab nur nachgedacht. Setz dich doch zu uns», lud ich ihn ein und nickte in Richtung unseres Tisches.

«Mach ich gern, ich hol mir nur vorher noch ein Bier. Willst du auch was trinken, oder hast du schon?»

«Gern. Ich würde einen Prosecco auf Eis nehmen, wenn es so etwas gibt und wenn Strüve dich an den Schrank ran lässt.»

Damit setzte ich mich wieder zu den Kollegen und bastelte mir aus den Zutaten auf meinem Teller ein höchst formidables Krabbenbrötchen. Allerdings hätte ich mein Brötchen auch mit Servietten und Kugelschreiberminen belegen können, hätte für mich genauso geschmeckt. Ich konnte nur an Jan denken, der jetzt draußen auf der Bühne stand und gerade ein Schwätzchen mit Sänger Max Herre hielt. Danach würde Max mit seiner Band Songs aus seinem neuen Album spielen – der passende Soundtrack für einen Liebesfilm wie unseren.

Während ich noch schwelgte und träumte, kam Steffen an unseren Tisch, begrüßte alle und quetschte sich dann zwischen Mark und mich. «Ich darf doch?», entschuldigte er sich bei Mark und stellte ein Bier und ein großes Glas mit einer klaren Flüssigkeit und Eiswürfeln vor sich auf den Tisch. «Ich wollte noch mit Ina über ein paar neue CDs sprechen.» Und dann an mich gewandt: «Prosecco gab es keinen, ich habe Sekt genommen, geht das auch?»

«Sonst nehme ich ihn», sagte Hanna, die scheinbar schon beim Zeltaufbau mit den Handwerkern angestoßen hatte, so strahlig, wie sie sich gerade präsentierte.

Das war auch Mark aufgefallen: «Hanna, wenn du hier nach deinem Volontariat noch was werden willst, solltest du langsam auf Wasser umsteigen. Kommt nicht so gut, wenn alle Lampen brennen. Strüve kann sehr eklig werden mit Leuten, die über die Stränge schlagen.»

Hanna zog einen Flunsch und wollte sich gerade gemütlich zurücklehnen, hatte aber wohl vergessen, dass Bierbänke keine Lehne haben, und plumpste so auf den harten Boden. Dumm nur, dass sie dabei ihr Glas in der Hand behalten hatte, das jetzt laut klirrend zerbrach, sodass sich die versammelte Zeltbelegschaft zu uns umdrehte. Der etwas zu kurz geratene Strüve trat einen Schritt vor und stellte sich auf die Zehenspitzen, um zu sehen, was da bei seinen Leuten los war.

«Alles in Ordnung, nichts passiert, mir ist nur ein Glas umgekippt und vom Tisch gefallen.» Dietrich versuchte zu retten, was zu retten war. Als Chef vom Dienst war er einer der liebsten Mitarbeiter unseres Bosses und genoss nicht nur absolutes Vertrauen, sondern auch eine hohe Glaubwürdigkeit. Strüve nickte nur und wandte sich wieder seinem Gesprächspartner zu. Daraufhin half Dietrich unserer beschwipsten Volontärin auf und schenkte ihr ein Glas Wasser ein.

«Gefahr erkannt, Gefahr gebannt!», ertönte es von hinten.

Es gab nur einen, der mit solchen Kalauern durch den Tag und auch noch den Abend kam. Klaas. Fröhlich klopfte er mit dem Knöchel auf den Tisch und prostete uns pantomimisch zu: «Ich mach mal so, nä, klopf, klopf. Alles in Butter aufm Kutter? Wollte nur kurz tschüss sagen, muss jetzt hoch zur Schicht. An und Pfirsich würde ich mir ja auch lieber noch ein paar Bierchen reintun, aber einer muss ja, nä. Euch 'n schönen Abend und erst mal Tschö mit ö und Adele.»

Noch ein kurzes Klopfen, Winken, und weg war er. Dietrich verdrehte die Augen: «Gut, dass der in der Nacht fast ausschließlich Agenturmeldungen vorliest. Wenn er seine Nachrichten selber schreiben würde, dann würde sich das wahrscheinlich so anhören: ‹Die FDP hat bei der Bundestagswahl riesige Gewinne zu verzeichnen – für Guido also alles Roger in Kambodscha!›»

«Ach komm. Klaas ist in Ordnung, der hat auch harte Zeiten hinter sich», schaltete sich jetzt Steffen ein. «Vielleicht ist das sein Versuch, das Leben mit Humor zu nehmen. Ging ja auch nicht immer alles so glatt für ihn.» Steffen zwinkerte mir zu. So kannte ich ihn ja gar nicht. Nee, genau genommen kannte ich ihn überhaupt nicht. Außer, dass er meinen Musikgeschmack ziemlich genau traf, dass er auf Sylt geboren war und immer noch bei seinen Eltern in Tinnum wohnte, wusste ich nichts über ihn. Ach ja, und dass er einen ziemlich außergewöhnlichen Kleidungsstil pflegte, mit seinen immer roten Schuhen, Jeans oder Anzughosen mit Sakko in gedeckten Farben und dazu T-Shirts mit ungewöhnlichen Sprüchen oder Motiven. Heute ein türkisfarbenes, auf dem in weißen Buchstaben der Satz stand: «Mal verliert man, mal gewinnen die anderen», dazu knallrote Stoffturnschuhe.

«Ja, ja, aber ich bin Chef vom Dienst und möchte es auch gerne noch eine Weile bleiben», entgegnete Dietrich. «Und was, wenn es Klaas wieder mal reitet und er vielleicht anfängt, geistliche Botschaften oder Gedichte zu verlesen statt Nachrichten? Rate mal, wer das dann ausbaden muss?» Dietrich hatte Klaas echt gefressen.

Offenbar hatte Steffen aber keine Lust mehr auf das Thema und auf Geschluder über Kollegen, die nicht anwesend waren. Also hob er sein Bier und prostete Dietrich zu. Dann wandte er sich wieder mir zu. «Und? Willst du dir nicht Max Herre anhören? Die neue Platte ist toll, live, nur mit Gitarre, hier so am Meer hat das bestimmt was ganz Besonderes.»

Ich stopfte mir die letzten Bissen meines Brötchens in den Mund und spülte mit Sekt nach, um wieder sprechen zu können: «Ja, aber ich wollte erst mal was essen. Meinst du denn, die sind mit dem Quatschen schon durch? Jan wollte doch vorher noch ein Interview machen.»

Ich überlegte, ob es taktisch wohl klüger war, sich nahe der Bühne zu postieren und Jan abzufangen, wenn er seine Ansage gemacht hatte, oder ob die Wahrscheinlichkeit, noch einmal mit ihm ins Gespräch zu kommen, größer war, wenn ich mit meinem wohlgeformten – wenn auch etwas groß geratenen – Popo ganz einfach hier sitzen blieb.

Hanna hatte ihren Pegel inzwischen so weit unter Kontrolle, dass sie schon wieder in der Lage war, die Luft aus ihrem Wasserglas zu lassen. Weg mit der Leere – her mit dem Sekt. Und dabei flutete sie den Tisch gleich mit. Als nichts mehr ins Glas ging, konnte Mark gerade noch verhindern, dass sie die Flasche an den Hals setzte: «So, ich glaube, hier stehen die Zeichen ganz deutlich auf Abflug.» Vorsichtig nahm er Hanna die Flasche ab, die sich das natürlich nicht gefallen lassen wollte, aber im Tausch gegen ihr volles Glas wieder selig lächelte und offensichtlich zufrieden war.

«Ach, also diese Sennerfessste, die könns ruisch öfta gehm», lallte sie.

Man durfte sich wundern, dass ein Mensch mit derartiger Artikulation Ambitionen hatte, beim Radio zu arbeiten. Gut, ungerecht, nach zwei Pullen Sekt feierten meine Stimmbänder auch Karneval. Aber davon war ich heute noch weit entfernt. Und ich wollte zu Jan. Jetzt.

«Ja, okay, lass uns gehen.» Ich stand auf und machte Steffen ein Zeichen. Hanna erhob sich ebenfalls oder versuchte es zumindest, aber Mark zog sie sanft wieder zurück auf die Bank. «Hanna, ich glaube, das ist keine so gute Idee. Weißt du, jetzt singt gerade Max Herre, und den findest du doch so lahm, hast du gesagt. Wie wäre es also erst mal mit einem schönen Kaffee?»

Zum Rand der Bühne vorzudringen war nahezu unmöglich. Dicht an dicht standen Menschen mit Bierbechern und Eis am Stiel zwischen Strandpromenade, Buden und Bühne. Dicke Männer in Muskelshirts und Shorts, die eigentlich für Bergbesteigungen entworfen worden waren, Frauen mit weißblond gefärbten Haaren und Gucci-Täschchen unterm Arm, Kinder in leichten Sommerkleidchen oder mit bedruckten Basecaps tanzten fröhlich vor der Bühne. Eine bunte Mischung Einheimischer und Touristen, Senderfans und Anwohner wollte Max Herre beim Singen zugucken. Verständlich, war ja auch nicht grad ein Buckliger, da wollte man nicht nur zuhören, sondern auch was sehen.

Steffen war ganz selbstverständlich durch die Massen vorangegangen, und ich konnte ihm gut folgen. Als eine Horde Landfrauen in Max-Herre-Fanshirts eine Blockade bildete, nahm er einfach meine Hand und zog mich durch die selig lächelnde Damengruppe hindurch, sodass wir es schnell bis ganz nach vorne schafften. Jan stand seitlich an der Bühne mit einem Funkmikrofon in der Hand und wartete auf das Ende der Zugabe, damit er seine nächste Ansage machen konnte. Als er uns am Bühnenrand entdeckte, winkte er uns mit seiner freien Hand zu und machte uns ein Zeichen, dass er nach der Ansage zu uns kommen würde. Das entwickelt sich doch alles nicht schlecht, stellte ich fest und spürte, wie sich Aufregung in mir breitmachte. Erst mal winken und lächeln, gut aussehen und weiterlächeln. Wir würden uns gleich näher kommen, viel näher. Mal sehen, was heute Abend sonst noch so passierte …

Max Herre verbeugte und bedankte sich, sagte noch einmal tschüss. Die Damen mit seinem Bild auf der Brust standen mittlerweile kurz vor dem Herztod und versuchten, noch weiter an die Bühne heranzukommen, um ihren Star wenigstens kurz zu berühren. Aber von der anderen Seite näherten sich bereits die wesentlich jüngeren Fan-T-Shirts mit dem Konterfei von Dennis Lisk. Der hatte früher bei den Absolute Beginners mitgemacht und nun sein erstes Soloalbum veröffentlicht. Wusste ich nicht, erzählte mir Steffen aber gerade, indem er sich mir fast auf die Schulter setzte und mir dabei ins Ohr brüllte. Das wurde mir jetzt echt ein wenig zu warm hier, zu laut und zu voll. Ich würde noch warten, bis Jan seine Ansage und sein kurzes Interview mit Lisk beendet hatte, um dann mit ihm zusammen irgendwohin an den Strand zu flüchten und weit weg von hier ein kaltes Getränk zu nehmen.

Als der Mann meiner Träume gerade zur Bühnentreppe ging und dabei kurz zu uns schaute, machte ich ihm ein Zeichen Richtung Hinterbühne, wo ich ihn zu treffen gedachte. Danach versuchte ich gegen den Strom der «Dennis, Dennis»-Mädchen zum vereinbarten Treffpunkt zu gelangen, was relativ leicht war, weil die weiblichen Fans froh über jede mögliche Konkurrentin waren, die sich freiwillig aus dem Staub machte. (Scheiß auf Herre und Lisk, wenn ich Jan haben konnte.)

Bei Jan angekommen, musste ich gleich zwei Dinge feststellen, die in meinem Tagtraum von Strand und kühlen Getränken nicht vorgekommen waren: Zum einen klebte Steffen immer noch hinter mir, und zum anderen unterhielt sich Jan gerade angeregt mit einem Mann, der äußerlich auch nicht gerade zu verachten war, nur ein bisschen zu gelackt für meinen Geschmack. Irgendwo hatte ich den schon mal gesehen, aber ich konnte ihn nicht sofort zuordnen. Eins stand allerdings fest: Zwei Männer waren hier eindeutig zu viel in der Runde, und ich überlegte schon fieberhaft, wie Jan und ich die unerwünschten Begleiter so schnell wie möglich loswerden konnten.

«Hallo, Steffen. Moin, Ina. Darf ich euch bekanntmachen? Das ist mein Nachbar und bester Kumpel Thorsten, ihm gehört hier in Westerland das kleine Fotostudio, und ab und zu macht er auch Bilder für die Zeitung.»

Mechanisch gab ich dem nicht eingeplanten Störenfried die Hand. Klar, den kannte ich. In seinem Laden hatte ich schon mal eine CD abgegeben, um Abzüge von meinen Fotos machen zu lassen. Jan stellte uns dem Gelackten ebenfalls vor: «Steffen ist unser Musikchef, dem haben wir unter anderem das Programm heute zu verdanken, und Ina ist morgens mein Engel für alle Fälle und kümmert sich während der Sendung um den ganzen organisatorischen Kram nebenbei.» Er zwinkerte mir zu.

Scheiße, jetzt nicht auch noch rot werden. Schon gar nicht vor diesen Spacken. «Quatsch, ich bin ja bloß da, um die ganzen Fans am Telefon abzuwimmeln und um Kaffee zu kochen und so», versuchte ich zu erklären, stand dabei neben mir wie die Frau in der alten Waschmittelwerbung, die von ihrem eigenen Schatten gemobbt wird, und dachte: Schön bescheuert.

Jans Kumpel grinste. Offensichtlich hatte er einen sechsten Sinn und konnte mein zweites Ich sehen.

«Nett, euch kennenzulernen», sagte er nun. «Ich höre ja immer nur die Geschichten aus dem Sender – und die Musik natürlich.» Thorsten lächelte Steffen an, der die ganze Zeit schon maulfaul dagestanden hatte und sich wie ein Pavian die Handflächen links und rechts neben die Ohren hielt, um bei dem Lärm hier hinter der Bühne überhaupt etwas mitzubekommen. Schön, dass es Menschen gab, die in Gegenwart Fremder noch peinlicher daherkamen als Ina Krause.

Jetzt schob mich Jan sanft zur Seite, wobei mir heiß und kalt gleichzeitig wurde, und steckte seinen Kopf in den nun gebildeten Kreis, um nicht zu sehr schreien zu müssen. Bildete ich mir das jetzt ein, oder war er heute irgendwie viel kuscheliger als sonst? So touchy war er im Sender jedenfalls noch nicht gewesen. Ich spürte seine Hand immer noch auf meinem Rücken und seinen Oberschenkel warm an meinem. Meinetwegen könnten wir auch für den Rest der Nacht einfach so stehen bleiben. Er lächelte mir zu und wirkte fast ein wenig schüchtern, als er seinen Vorschlag machte:

«Ich bin jetzt hier fertig mit meinen Ansagen, den Rest der Nacht übernimmt Sylvie», sagte er. «Wie wäre es denn, wenn wir uns mal ein ruhigeres Plätzchen suchen und etwas Kaltes trinken? Vielleicht im VIP-Zelt?»

Super, also der Abend war ja wohl so gut wie gelaufen,

wenn wir jetzt als lustiges Kleeblatt weitermachen würden. Vielleicht konnte ich Thorsten mit Steffen verkuppeln und die beiden in einen netten Schwulenklub abschieben? Da aber weder der eine noch der andere einen Ring im Ohr hatte und gebügelte Jeans trug, würde daraus wohl eher nichts werden. In dem Moment präsentierte sich mir allerdings noch eine viel bessere Lösung: Sylvie, unsere Moderatorin am Nachmittag, kam langsam auf uns zu: groß, schlank, hellblonde Haare bis zum Hintern, trotz der Hitze in knallenger Lederhose, ärmelloses Top, Pumps mit Absätzen, die ich vorher nur in Pornofilmen gesehen hatte (wenn ich Pornofilme gucken würde), und mit einem Gang, der jeden Herzschrittmacher neu eintaktete. Ich hatte wirklich noch nie erlebt, dass ein Mann nicht aussah, als ob er unter Basedow litte, wenn Sylvie einschwebte. Kein Junge, der nicht kurz innehielt, um einen Blick auf ihr langes Blond zu werfen.

Und auch bei Jans Kumpel Thorsten schien sie ihre Wirkung nicht zu verfehlen: Verzückt starrte er sie an, als die Kollegin Richtung Bühnenaufgang stolzierte und uns dabei zuwinkte, nickte einen coolen Gruß und schaute dann verschwörerisch zu Jan. Klares Zeichen: Die musst du mir heute Abend noch vorstellen. Männer eben. Aber so viel war klar: Sobald Thorsten Sylvies Bekanntschaft gemacht hatte, waren wir den los. Blieb nur noch die Frage, wo wir Steffen parken konnten.

«Ja, also im Zelt ist es ziemlich voll, und die Kollegen, die noch da sind, ehrlich gesagt, auch», warf der nun ein. Jan sah mir tief in die Augen und lächelte. Vielleicht hegte er insgeheim ähnliche Wegekel-Ideen für die anderen wie ich und hatte in irgendeinem Strandkorb schon Sekt für uns kalt gestellt. «Ich würde vorschlagen: Strand oder ganz woandershin. Irgendeine Bar vielleicht?» Steffen würde sich also so schnell nicht dazu überreden lassen, ohne uns einen draufzumachen. Der war eindeutig auf ein Gruppenerlebnis gepolt. Thorsten, nachdem er Sylvie gesichtet hatte, würde ebenfalls keinen Schritt von Jans Seite weichen, bis dieser ihn nicht seiner bezaubernden Kollegin vorgestellt hatte. Und das konnte noch ein bisschen dauern, denn jetzt hatte sie erst mal ihren Auftritt. Geduld, Ina.

Schließlich landeten wir in einer kleinen Bar in einer Seitenstraße vom Strand. Auf dem Weg dorthin hatten sich uns noch weitere Kollegen angeschlossen, die auch keine Lust mehr hatten, unter Strüves Aufsicht zu saufen. Unter anderem Volontärin Hanna, die den Tagesausweis für das No-Limits-Land heute bis zur Erschöpfung auskostete und sich beim Gehen an Sönke, unserem Reporter aus Kiel, festhalten musste. Außer Chefredakteur Mark hatten sich noch zwei Praktikanten angehängt, deren Namen ich vergessen hatte. Brigitte, die Assistentin von Strüve, war dabei, Dietrich und drei sehr junge Mädchen aus der Marketingabteilung, die den ganzen Nachmittag Aufkleber und Luftballons verteilt hatten.

Thorsten hatte uns in diese Kneipe geführt, die angeblich eine Institution auf der Insel war. Es waren unter anderem zwei junge Männer in popofreien Lederhosen anwesend, die sich scheinbar eben so verlaufen hatten wie wir. An einem Tisch saßen zwei Frauen über ihren Rotweingläsern und schienen in eine schwerwiegende Diskussion vertieft, den Blicken nach zu urteilen. Und den roten Bäckchen nach saßen die Ladys bereits eine ganze Weile hier. Den Hauptteil des Barpublikums machten aber ältere Herren mit Campinghütchen und Schiebermützen aus, die hier offensichtlich beim kleinen Gedeck ein zweites Wohnzimmer ohne Mutti gefunden hatten.

Das Interieur ließ keine Wünsche offen: Postkarten mit Fotos aus aller Welt waren mit Heftzwecken an die Balken in der Wand gepinnt. Dazwischen hingen signierte Autogrammkarten von Schlagersängern und Schauspielern, die mittlerweile wahrscheinlich etwa das Alter von Jopie Heesters erreicht hatten. Hinter dem Tresen stand das obligatorische Regal vor einem Spiegel, bestückt mit allen erdenklichen Getränken mit mehr oder weniger Promille, zwischen den Flaschen waren Stammtischwimpel aufgestellt und lagen kleine Andenken an frühere Liebhaber oder Gäste rum, wie gebundene Fliegen, aus der Mode gekommene Brillenfassungen und sogar ein Toupet.

An einer Wand hing ein Metallkasten für die Herren vom Sparklub, an einer anderen ein riesiges Bild der stürmischen Nordsee mit einem Dreimaster, der zu kentern drohte. Und zu allem Überfluss war da Wirtin Gerda, die, resolut und ohne Widerrede zu dulden, keine Getränke ohne Alkohol ausschenkte und deren Grad an Freundlichkeit sich analog zum Promillegehalt der bestellten Drinks entwickelte. Auf den Tischen lagen auch kleine Speisekarten, die aber offenbar nur gültig waren, wenn Gerda noch Lust hatte, in der kleinen Küche hinten ein Ei in die Pfanne zu schlagen. An vielen Abenden hatte sie keine Lust, so sagte man, weshalb sich die hungrigen Gäste stattdessen am Automaten mit kandierten Erdnüssen und Riesenkaugummis im Vorraum der Kneipe bedienen mussten.

Seitdem wir hier waren, hatte Gerda auf den kleinen Fernseher gestarrt, der über der Eingangstür hing. Frauen sind ja generell zu dualen Handlungen fähig, schaffen es also durchaus, zu telefonieren und dabei in einem Topf Suppe zu rühren. Aber Gerda war der Hammer: Fernsehen, Bestellungen aufnehmen und Getränke einschenken, ging alles gleichzeitig, ohne dass auch nur ein Tropfen daneben ging. Optisch war die Barfrau eine Mischung aus Hella von Sinnen, Angela Merkel und Frau Sommer aus der Kaffeewerbung. Üppig und eher quadratisch gebaut, die Mundwinkel nach unten weisend und eine graublonde Dauerwelle, die vermutlich Weihnachten die letzte Auffrischung erfahren hatte.

Weil wir Thorsten und Steffen noch lange nicht los waren und unsere Gruppe inzwischen auf Truppenstärke beim Einsatz in gefährlichen Gebieten angewachsen war, musste ich mich mit ganz viel Flüssigkeit trösten. Hier gab es prima Schnapse mit Obstgeschmack, die alle probiert werden wollten. Die Musikbox in der Ecke lieferte dazu Hits von Udo Jurgens und Gunter Gabriel, die man einfach mitsingen musste, wie «Ich war noch niemals in New York» oder «Ich hab 'n Dreißigtonner Diesel …». Hach, so ein Betriebsfest konnte doch ganz schön sein. Und man wusste ja nicht, was die Nacht noch so bringen würde. Erst mal noch einen Apfelkorn.

Ahhhhhh. Hilfe, wer hat mir diesen engen Hut aufgesetzt? Und wer das Kissen in meinem Bett gegen einen Stein getauscht? Wieso roch es hier, als würde ich in einem Aschenbecher liegen? Wer war dafür verantwortlich, dass das Licht immer noch brannte? Viel zu viele Fragen für einen Morgen danach.

Meine Güte, ich hatte keine Ahnung, wie und wann ich nach Hause gekommen war. Meine Erinnerung an den vergangenen Abend mit Senderfest und Kneipentrip bei Gerda setzte irgendwo zwischen dem ersten Sambuca und dem letzten Weinbrand aus. Das waren so Nächte, die ich aus Hamburger Zeiten noch ganz prima in Erinnerung hatte. Allerdings war ich da selten allein nach Hause gekommen, morgens aber genauso nackt aufgewacht. Oder fast nackt – meine

Socken hatte ich heute immerhin noch an. Ich fühlte mich, als hätte ich Sex gehabt, aber beschwören konnte ich nichts. Lag hier vielleicht doch noch irgendwo ein Mann in der Ecke?

O mein Gott! Vorsichtig drehte ich diesen Ballon namens Kopf von links nach rechts, horchte, ob es vielleicht aus dem Bad oder der Küche Geräusche gab, und schloss dann erleichtert die Augen.

Aber Moment mal, wieso denn eigentlich erleichtert? Wieso lag hier kein Jan neben mir oder war in der Küche damit beschäftigt, mir ein wunderbares Katerfrühstück zu zaubern? War er womöglich losgezogen, um Brötchen und Lachs zu besorgen?

Ich richtete mich und meinen Schädel vorsichtig auf, um zu checken, ob irgendwo vielleicht ein Zettel mit einer Nachricht für mich lag. Ich dachte an Briefchen mit Botschaften wie: «Ina, das war die aufregendste Nacht meines Lebens, ich besorg uns schnell eine Flasche Champagner!» Oder: «Ina, das war lebensverändernd! Ich bin gleich zurück, halt das Bett warm.» Aber weder die eine noch die andere Botschaft war hinterlegt. Ich suchte die ganze Wohnung ab, mögliche Plätze vor der Haustür, im Bad und neben der Kaffeemaschine. Nichts, gar nichts.

Stattdessen waren auf dem Esstisch, neben Sekt- und Weingläsern, die auf zwei, aber auch auf zwölf Personen hindeuten konnten, leere Flaschen, aufgerissene Chips-Tüten und angebrochene Packungen Zimtkaugummi zu sehen. Ich fand ein Schnapsglas mit dem Aufdruck einer Branntweinfabrik, das ich nie zuvor in dieser Wohnung gesehen hatte, einen Blumenübertopf, der als Aschenbecher missbraucht worden war, mehrere Bierdeckel mit kryptischen Zeichen und Notizen drauf. In der Küche Spuren einer nächtlichen Spiegeleier-Session. Außerdem lagen einige Zettel, abgerissen von schmalen Kellnerblöcken, mit Namen wie Hans und Gerhard und offensichtlich deren Telefonnummern neben dem Bett verstreut. Aber kein Lebenszeichen von Jan. Überhaupt keine Spur von ihm: weder sexy Boxershorts noch einzelne schwarze Herrensocken. Keine leere Champagnerflasche oder benutzten Kondome, sondern lediglich die Möglichkeit, eine Handvoll Herren mutmaßlich jenseits der fünfzig zu kontaktieren.

Wer hatte aus meinen Gläsern getrunken, wer hatte von meinen Tellerchen gegessen, und wer hatte womöglich in meinem Bettchen geschlafen? Na, herzlichen Dank, das war ja wohl ein echt bunter Abend gewesen. Ich ließ alles, wo es nun mal war. Aufräumen konnte ich morgen auch noch, war schließlich ein langes Wochenende, denn am Montag war Feiertag, und da musste ich nicht in den Sender.

Im Bad bekam ich beim Blick in den Spiegel fast einen Herzinfarkt. So musste sich die böse Stiefmutter bei Schneewittchen gefühlt haben: «Ihr, meine Beste, seid die Schönste hier – aber alle anderen da draußen vor deiner Wohnungstür sind noch tausendmal schöner!» Abschminken hatte ich wohl nicht mehr so richtig hinbekommen. Die Wimperntusche hatte sich von den Augen bis zu den Mundwinkeln verteilt, dafür war vom Lippenstift nur noch ein dünner Rand übrig. Ich konnte nur hoffen, dass sich dieser baufällige Gesichtszustand erst eingestellt hatte, nachdem mein Besuch die Party verlassen hatte. Und das Allerschlimmste: Am Hals hatte ich einen etwa Fünf-Mark-Stück- (in Euro gibt's das ja nicht) großen Knutschfleck. Also, so etwas hatte ich an mir das letzte Mal gesehen, als Dieter Bohlen noch mit Naddel liiert war. Himmel, von wem war der? War das ein gutes Zeichen oder eine Katastrophe? Hatte ich tatsächlich Sex gehabt? Wild und hemmungslos? Hing womöglich noch ein Tanga am nicht vorhandenen Deckenventilator? War das ein Erinnerungsstück an Jan, oder hatte ich mich zu irgendwelchen hirnrissigen Wetten mit Hans oder Gerhard überreden lassen?

Ich holte mir das Glas mit den eingelegten Gurken und zwei BiFis aus dem Kühlschrank, zwei Aspirin aus der Packung im Bad, warf außerdem zwei Magnesium-Brausetabletten in einen großen Becher mit Wasser und legte mich wieder ins Bett. Während ich die Tabletten mit der Brausemischung hinunterspülte, überlegte ich, wo wohl mein Handy sein könnte, als es Palim-Palim machte.

Manchmal war mir mein mobiles Telefon unheimlich. Wenn ich beim Burgerbrater saß, konnte ich sicher sein, dass meine Mutter anrief, um zu fragen, ob ich mich auch immer schön gesund ernährte. Wenn ich am Geldautomaten noch zwischen der Wahltaste einhundert oder zweihundert Euro schwankte, klingelte garantiert irgendjemand durch, dem ich noch Geld schuldete. Und nun das. Irgendwo links von meinem Brummschädel hatte es palimt. Eine Nachricht von Jan? Oder vom Knutschfleckmann? War Jan der Knutschfleckmann? Ich fand das Handy unter einer Strumpfhose und legte mich damit zurück ins Bett. Langsam begannen Aspirin und Magnesium zu wirken. Ich klickte den kleinen Briefumschlag auf dem Display an, der alles verheißen konnte, und fand eine Meldung – von Jan.

Liebe Ina, ich danke dir für den schönen Abend. Ich hoffe, es war für dich auch eine gute Nacht. Tut mir leid, dass ich so hart sein musste. Aber ich kann das einfach nicht.

Na großartig. Was hatte das denn jetzt zu bedeuten? Ich war viel zu verwirrt, um aus dieser Nachricht gleich eine schlechte zu machen. Ganz im Gegenteil. Das hörte sich an, als hätten wir eine prima Nummer gehabt, bloß dass ich Jan dann doch zu wild gewesen war. Hatte ich womöglich auf Tiernamen bestanden? Es tat ihm leid, dass er so hart sein musste. Also ein echter Wolf im Bett? Etwas anderes hatte ich von einem gutgebauten Typen wie ihm eigentlich auch nicht erwartet. Wozu also die Entschuldigung? Und was sollte die Bemerkung, dass er das nicht könne? Scheinbar hatten wir doch schon. Und über das Wie konnte man ja immer reden. Da war ich schon immer sehr flexibel gewesen.

Wenn ich doch bloß nicht dieses Vakuum im Hirn hätte! Vielleicht gab es Zeugen. Anscheinend hatte ich gestern Abend ja mehr als einen Gast gehabt. Möglicherweise konnte mir irgendeiner der Apfelkorn-Kipper, mit denen ich an der versifften Bar Brüderschaft getrunken hatte, weiterhelfen? Oder war Jan tatsächlich so ein Arsch, der eine Frau abfüllte, für die Kiste klarmachte und sich dann am nächsten Morgen schnell verpisste, während die Alte noch schlief? Nein, das konnte ich mir bei einem so feinen Menschen wie ihm wirklich nicht vorstellen. Wollte ich auch nicht. Aber irgendetwas in oder an dieser Nacht mit mir musste ihm Angst gemacht haben. Während ich über Anhaltspunkte nachdachte, was das gewesen sein könnte, biss ich abwechselnd von einer BiFi und einer eingelegten Gurke ab.

Mann, so einen Filmriss hatte ich lange nicht gehabt. Teufelszeug, diese friesischen Schnäpse. Und Maike konnte ich jetzt auch nicht anrufen, die war heute bei ihren Schwiegereltern zum Kaffee eingeladen. Also verschob ich das Grübeln auf später, holte mir die Fernbedienung und begann, durch die Kanäle zu zappen. Irgendwo musste doch eine Wiederholung von «Sissi» laufen oder etwas in der Art. Etwas, womit man sich so einen verschädelten Tag vertreiben konnte.

Später am Abend hatte ich vom Fernsehen die Nase voll und beschloss, wieder Kontakt mit der Außenwelt aufzunehmen. Also holte ich mir meinen Laptop ins Bett und checkte meine E-Mails. Ich hatte zwei neue Nachrichten. Die eine war von Elfie, einer Studienkollegin von Maike und mir, die ebenfalls die Uni geschmissen hatte, weil sie nach einem Praktikum bei einem regionalen Fernsehsender auf den Geschmack gekommen und inzwischen sehr erfolgreich als Filmemacherin unterwegs war.

Elfie teilte mir mit, dass sie demnächst auf Sylt drehen würde, und fragte an, ob ich nicht Zeit und Lust hätte, mich mit ihr zu treffen. Das war nicht nur eine tolle Idee, das war phantastisch! Denn Film und Sylt und Elfie – da musste sich doch ein toller und vor allem romantischer Heiratsantrag für

Maike draus basteln lassen! Ich hatte da gleich so eine Idee im Kopf. Würde ich mir später noch genauere Gedanken zu machen. Erst mal musste ich aber die zweite E-Mail lesen, die war nämlich von Maike, was ungewöhnlich war, denn normalerweise rief sie immer an, wenn sie etwas loswerden wollte.

Liebe Ina,
ich mag dich jetzt nicht anrufen, weil Sonntagnachmittag ist und du sicher einen verspäteten Mittagsschlaf eingelegt hast. Aber ich muss irgendwohin mit meinem Ärger, oder sollte ich besser schreiben: Kummer?
Ich war ja heute bei meinen zukünftigen «Schwiegereltern» zum Kaffeetrinken. Erst war alles wie immer, es gab tolle selbstgebackene Torte und war sehr gemütlich. Das kennst du ja von Pedes auch nicht anders.

Allerdings. Ich war schon einige Male zum sonntäglichen Kaffeeklatsch bei Familie Pede mit eingeladen gewesen. Da fühlte man sich wie in der Lindenstraße bei Mutter Beimer am Küchentisch. Nur in schön und elegant. Zwischen Tassen und Tellern mit Goldrand, passenden Kerzenhaltern und Blumen standen selbstgebackene Kuchen und Torten, dazu frischgeschlagene Sahne aus einer Kristallschale und Kekse und Schokolade, die auf einer Etagere angerichtet waren. Kurz: Der Tisch bot alles, was das Schlemmerherz begehrte.

Jörgen Pede war bei diesen Gelegenheiten nach seiner Auffassung im Freizeitlook gekleidet: Designerjeans und Poloshirt, gern in Pastellfarben. Er wusste genau, dass das seine herben Gesichtszüge und seinen braungebrannten Teint unterstrich. Er war schlank und durchtrainiert und trug sein graues Haar fast schulterlang. Wenn man Jörgen und Bendix Pede nebeneinander sah, konnte man kaum glauben, dass es sich um Vater und Sohn handelte. Der Vater sehnig, markant und immer eine Spur zu jugendlich gestylt für sein Alter. Und im Gegensatz dazu Bendix, der sich bei jeder Tortenschlacht als Gewinner bezeichnen konnte. Ich hatte ihn bei meinem letzten Besuch bei den Pedes dabei beobachtet, wie er sich unter dem gläsernen Esstisch unauffällig den Hosenknopf öffnete, um seinem Bauchansatz freie Bahn zu verschaffen.

Aber dann ist alles irgendwie ausgeartet, ohne dass ich es wollte. Ich bin so ausgeflippt, dass es mir jetzt schon wieder peinlich ist.

Mist, ich hätte doch mitgehen sollen, statt hier meinen Schädel zu pflegen.

Eigentlich hat alles angefangen, als ich den Sekt abgelehnt habe, den Jörgen mir einschenken wollte. Dann gab ein Wort das andere. Nur weil ich keinen Alkohol trank, dachten Bendix' Eltern, dass ich schwanger bin, und sind total ausgeflippt, von wegen Endlich! und Wie wunderbar! und Wann heiratet ihr denn?

Au weia, ja, dass die beiden scharf auf Enkelkinder waren, konnte ich mir lebhaft vorstellen. Maike offensichtlich nicht.

Ich meine, es ist doch nicht meine Schuld, dass Bendix nicht aus dem Quark kommt, was das Heiraten angeht. Aber als sie dann damit anfingen, wie sehr sie sich Enkelkinder wünschten, bin ich echt aus der Haut gefahren. Ich bin doch keine Baby-Maschine! Jetzt, wo das LatteMar so prima läuft, will ich doch nicht gleich wieder zu Hause sitzen und darauf warten, dass Bendix Feierabend macht, sondern erst mal meine Schulden bei Jörgen abbezahlen. Das habe ich ihnen auch knallhart gesagt. Ach, Ina, ich wünschte, du wärst da gewesen. Du hast immer so eine tolle Art, mit solchen Situationen umzugehen, und dir fällt dann immer das Richtige ein.

Ja, genau deshalb hatte ich auch alle beginnenden Beziehungen schnell wieder schön vergeigt, weil ich so unglaublich umsichtig war, was das ehrliche Wort anging. Und aus dem Grund hatte ich jetzt auch nur eine SMS auf meinem Handy und einen fetten, peinlichen Knutschfleck am Hals anstatt einen Lover mit zwei verschiedenfarbigen Augen in meinem Bett. Weil ich so unglaublich diplomatisch war. Bloß nicht drüber nachdenken.

Anne-Marie hat geweint, und Jörgen hat irgendeinen plattdeutschen Spruch gelassen von wegen: «Denn nich, nä. Dat wär ja ok to scheun gewesen.» Und Bendix hat wie immer schön die Klappe gehalten. Wenn der könnte, würde er, glaube ich, am liebsten seine Mami heiraten. Statt irgendeinen Kommentar zur Situation abzugeben, ist er auf die Toilette verschwunden. Da hat es mir echt gereicht, und ich bin gegangen. Und nun sitzen die drei wahrscheinlich zusammen, zerreißen sich das Maul über mich und wünschen sich, dass sie mich nie im Leben in die Familie aufgenommen hätten. Vermutlich kündigt mir Jörgen auch gleich morgen den Kredit für das LatteMar.

Tut mir leid, dass ich dich virtuell so vollheule, aber jetzt geht es mir schon besser. Wenn du Lust

hast, kannst du mich ja später noch anrufen. Ich möchte unbedingt wissen, wie es dir gestern auf dem Senderfest ergangen ist.
Ich knuddel dich,
deine Maike

Natürlich wollte ich den Rest der Geschichte auch noch hören oder zumindest wissen, ob Maike sich inzwischen beruhigt hatte. Außerdem brauchte ich dringend von einer Frau, die in einer festen Partnerschaft lebte, einen Rat, wie ich mit Jans SMS umgehen sollte. Also wühlte ich auf dem Fußboden nach meinem Handy, um das traurige Mädchen anzurufen. Nach dem zweiten Klingeln ging sie ran.

«Hey, Ina, schön, dass du dich meldest.»

«Ja. Ich habe gerade deine Mail gelesen. Klingt ja nach einem bunten Nachmittag, da kann ich nicht mithalten. Ich hatte nur ‹Unsere kleine Farm› und das ‹A-Team›, ganz ohne Schwangerschaften und Verlobungen. Geht's dir wieder besser?»

«Ja, ist schon okay. War halt ein klassischer Fall von Überreaktion. Bendix hat aber schon angerufen, der kommt auch gleich nach Hause. Und er hat gesagt, dass seine Eltern meinen Ausbruch gar nicht so schlimm fanden.»

«Was anderes hätte ich auch nicht erwartet, die lieben dich doch über alles. Wahrscheinlich hatten die schon Angst, dass Bendix irgendwann zu ‹Bauer sucht Frau› muss, damit er noch eine abbekommt. Hast du dir die Angebote da mal angesehen? Da haben sie mit dir doch wirklich Glück gehabt.»

Maike musste lachen und widersprach: «So ein Unsinn. Bendix ist ein wirklich toller Mann. Und mein Glück ist es, dass bisher keine von seinen ‹Bekanntschaften› – wie Anne-Marie immer sagt – sich die Mühe gemacht hat, mal so ein kleines bisschen unter der schlichten Oberfläche zu kratzen.»

«Und wenn ich dich daran erinnern darf: Du hast immer gesagt, du hast dich auch deshalb in Bendix verliebt, weil er so unbewegt sein kann. Den kannst du an die längste Schlange an der Supermarktkasse stellen und dann alles holen, was noch gebraucht wird, der bleibt da stehen und lässt sich auch nicht von den bösen Blicken der Menschen hinter ihm stören. Das hast du gesagt. Schon vergessen?»

Die ersten Wochen zwischen Maike und Bendix waren wie in einem schlechten Pilcher-Film gewesen. Und ich hatte kaum etwas davon vergessen, weil ich manchmal wirklich gern an der Stelle meiner Freundin gewesen wäre.

«Oder erinnere dich bitte mal an den Tag, als dieses unglaubliche Mistwetter war in Hamburg. Mit Eisregen und Frost bei minus 16 Grad, und unsere Heizung war ausgefallen. Da hat Bendix sich dicke Socken über die Stiefel gezogen, um nicht auszurutschen, und ist durch Schnee und Eis auf den Straßen geschliddert, um dich auf dem Schlitten in seine warme Wohnung zu ziehen. Während ich bei meinen Eltern unterkriechen musste, bis unsere Bude wieder warm wurde. Du wolltest diesen Kerl, und nun hast du ihn und musst damit klarkommen, dass er bei seinen Eltern immer noch der kleine Bubi ist und über diesen Status auch nie hinwegkommen wird.»

«Ja, weiß ich ja», klang es kleinlaut von der anderen Seite. «Aber trotzdem!»

«Maike, immer wenn dir nichts mehr einfällt, und du weißt, dass ich recht habe, dann sagst du: Aber trotzdem.»

Hörte ich da ein leises Kichern?

«Also, sag schon, hast du deinen Hinkelstein von Kerl tatsächlich bei Mami und Papi sitzen lassen? Ohne Abschiedskuss?»

Jetzt musste Maike tatsächlich lachen.

«Ja, der ist zu Hause geblieben und hat sich von Anne-Marie mit Gulasch füttern lassen.»

«Und eigentlich, meine liebe Maike, ist genau das dein Problem. Du bist sauer, dass dir das gute selbstgemachte Essen entgeht. Meinst du, ich könnte stattdessen hingehen, mir ist nämlich gerade sehr nach einer deftigen Mahlzeit …»

«Meinetwegen geh hin, aber dann bekommst du auch das Enkelkind.»

Na bitte, meine alte Maike war wieder da. Wenn der Humor zurück war, dann war der Rest auch nicht weit.

«Och nö, wenn ich dazu Bendix nackt angucken muss, dann verzichte ich lieber auf Hausmannskost. Lass mal.»

«Ina, du bist doch echt eine ganz blöde Ziege, ich weiß schon gar nicht mehr, warum ich immer denke, dass du meine beste Freundin bist, und warum ich mich überhaupt so lange mit dir unterhalte und nicht einfach nur noch ganz kurze E-Mails schreibe.»

«Wahrscheinlich, weil du deine liebe Freundin fragen

wolltest, ob sie einen schönen Abend hatte, ob sie sich auch ohne dich beim Senderfest amüsiert hat und ob sie vielleicht noch die Eroberung des gestrigen Abends neben sich auf dem Laken liegen hat?»

«Was? Du verarschst mich, oder?»

«Na, du bist ja eine echt tolle Freundin! Traust mir wohl nicht zu, dass ich irgendeinen dieser in Designershirts eingepackten Sylt-Fressen abschleppe, was? Da kennst du mich aber schlecht, ich hätte einen Kleinbus gebraucht, um die alle hierherbringen zu können.»

Maike lachte und nahm mich offensichtlich immer noch nicht so richtig ernst. Gut, das Design der Shirts von Reinhard und Wolfgang und Dieter und wie sie alle hießen, stammte wahrscheinlich noch aus der ersten Kollektion von Heinz Oestergaard für Quelle, aber ich hätte sie alle haben können. Alle! Und vermutlich würden sie auch alle noch hier liegen, mit Herzinfarkt oder Bandscheibenvorfall nach einer Nacht mit so viel Bewegung wie zuletzt beim Endspiel der Fußballweltmeisterschaft.

Aber Jan hatte hier gelegen. Das war nach seiner SMS wohl klar. Wenn die Nacht auch offensichtlich nicht ganz so glatt gelaufen war, wie ich gehofft hatte.

«Gut, also es ist so. Hier liegt keiner in meinem Bett. Jedenfalls jetzt nicht mehr. Ich kann es auch nicht beim Leben meiner Mutter bezeugen, aber alle Anzeichen sprechen dafür, dass hier kürzlich jemand gelegen hat, der nicht Ina oder Maike heißt.»

(Es hatte schon einmal eine Nacht gegeben, in der Maike der Meinung war, Bendix würde sich nicht genug für sie einsetzen, und in der sie bei mir geschlafen hatte, um ihrem Freund klarzumachen, dass sie auch ganz prima ohne ihn klarkäme. Damals hatte der Getränkehändler des LatteMar im Beisein von Bendix von ihr verlangt, die Rechnung sofort in bar zu bezahlen. Das sei eine neue Anweisung von ganz oben. Als Maike sich weigerte und schon dabei war, die Bio-Limonaden alleine wieder auf den Laster zu schleppen, hatte Bendix einfach seine Brieftasche gezückt und die Diskussion beendet.)

«Und: Ich habe einen Knutschfleck am Hals, fast so groß wie der Boden einer Coladose.»

Maike quiekte: «Das ist nicht dein Ernst. Von wem?»

Da hatte sie ohne Frage meinen wunden Punkt getroffen. «Ja, also, wenn ich ehrlich sein soll, dann ist es, was die Erinnerung angeht, in meinem Kopf gerade so leer wie beim Sonderverkauf von Jil Sander in den Regalen.»

«Was soll denn das heißen?» Maikes Stimme war kurz vor dem Überschnappen. «So etwas weiß man doch! Mit wem warst du denn gestern unterwegs? Da kann man doch im Ausschlussverfahren den Verursacher ermitteln!»

«Jetzt reg dich mal ab. Ich habe ja, sagen wir mal, eine gewisse Idee, wer es gewesen sein könnte. Beim ‹Tatort› würde man sagen: ‹Eindeutige Indizien weisen darauf hin, dass es nur ein ganz bestimmter Mann gewesen sein kann.› Unterwegs war ich mit Jan und mit seinem besten Kumpel, diesem Thomas oder Thorsten. Außerdem war noch die Praktikantin dabei, oder nee, warte. Beide Praktikanten und die Volontärin und die Assi vom Strüve. Dann unser Chef vom Dienst und noch ein paar andere aus dem Sender. Und etliche Herren fortgeschrittenen Alters, die entweder Geld in die Musikbox gesteckt oder den nächsten Apfelkorn geordert haben. Ich glaube, das war es wohl. Sonst niemand. Ach doch, unser Musikchef, Steffen Witte. Der Typ mit den roten Schuhen.»

«Den du so langweilig findest, ich erinnere mich. Und wer war es jetzt? Mach's doch nicht so spannend», forderte

Maike. Um sich gleich wieder zu berichtigen: «Nein, warte. Ich finde es heraus. Wie hat dir denn Jans Kumpel gefallen? Rein äußerlich?»

Bohhhh, solche Fragen mit einem Restkater zu beantworten, ohne Telefon- oder Publikumsjoker, das war schon ein hartes Stück Arbeit. Außerdem hatte ich nicht so richtig Lust auf ein Ratespiel und wollte lieber ein wenig mit meiner Eroberung angeben. «Warte mal, muss ich mal nachdenken, und das geht heute etwas langsamer. Du müsstest ihn eigentlich kennen. Das ist dieser Fotograf, der seinen Laden in der Strandstraße hat. Der war damals doch auch bei der Eröffnung vom LatteMar und hat geknipst.»

«Ach, du meinst den Matthiessen. Der kommt auch aus Hamburg oder hat da zumindest mal gelebt. Hat er mir bei der Eröffnung damals erzählt. Also rein optisch ist der ja nun nicht gerade ein Buckliger. So ein kleines bisschen der junge Cary Grant, oder? Jedenfalls ähnlich markant und gut aussehend.»

Ich war nicht sicher, ob wir tatsächlich über ein und denselben Mann sprachen.

«Mensch, Maike, keine Ahnung, jedenfalls hat sein Dreißiger-Jahre-Charme auf mich nicht so gewirkt. Ich kann dir versichern, dass dieser in deinen Augen so schöne Mann mir nicht nahe gekommen ist. Außerdem konnte ich ihn vom ersten Moment an nicht so richtig leiden. Und solange meine Erinnerung zurückreicht, hat der Typ kein einziges Wort mit mir gesprochen. Es war Jan!»

Maike war total aufgeregt. «Wahnsinn, du hast es tatsächlich geschafft! Glückwunsch, Süße. Aber wieso klingst du so, als würde es dich gar nicht richtig glücklich machen? Ist er 'ne Niete im Bett, gab es nur den Knutschfleck, oder hat er dir deine Chips-Vorräte weggefressen? Was ist das Problem?»

«Wenn ich das wüsste! Ich habe einen kompletten Filmriss, Maike. Ich kann dir noch sagen, dass wir in diese abgerockte Kneipe gegangen sind. Und wenn ich mich in meiner Wohnung umgucke, dann bin ich sehr sicher, dass die Party hier bei mir noch weitergegangen ist. Ich weiß aber leider nicht, in welcher Form. Vorhin habe ich eine SMS von Jan bekommen, in der er sich für die Nacht bedankt und erklärt, er kann das aber so nicht. Und es tut ihm leid.»

«Oh.» Schweigen am anderen Ende der Leitung.

Ich hatte die SMS extra abgeschrieben, um sie Maike am Telefon vorlesen zu können, und griff nun nach dem kleinen Zettel, den ich beim Grübeln und Kai-Pflaume-Gucken mit kleinen Herzchen bekritzelt hatte. Als ich fertig war, rief sie:

«Das Schwein! Das hätte ich nicht von ihm gedacht. Das tut mir leid für dich, Ina.»

«Moment mal. Ich glaube, das verstehst du falsch. Ich schätze, wir hatten eine tolle Nacht, und so ausgehungert, wie ich war, und so verknallt, wie ich in ihn bin, habe ich ihn wahrscheinlich überfordert. Ich bin ja schon fast gekommen, als mir der Azubi beim Frisör letzte Woche den Kopf massiert hat. Und so mit Kontrollverlust durch Alkohol würde ich für keine meiner Verhaltensweisen die Hand ins Feuer legen.»

Maike versuchte sanft zu widersprechen: «Meinst du nicht, dass du dir da etwas einredest? Für mich klingt das wie die typische Nachricht, mit der sich Männer am Morgen danach aus dem Staub machen.»

«Im Leben nicht! So ein Typ ist Jan einfach nicht, da bin ich ganz sicher. Ich habe da ein wirklich gutes Gefühl. Warte mal ab, übermorgen sehe ich ihn ja spätestens wieder. Ich kann mich noch dunkel daran erinnern, wenn man das erste Mal nach so einer Nacht wieder aufeinandertrifft, dann zeigen sich die wirklichen Gefühle. Wahrscheinlich war das alles etwas viel für ihn, und er will mir auch nicht zumuten, dass im Sender über uns gequatscht wird, deshalb zieht er sich jetzt erst mal zurück.»

Maike klang immer noch zweifelnd: «Ja, sicher, und vielleicht ist er verheiratet, Vater von Zwillingen und führt ein Doppelleben als Serienkiller auf dem Festland. Alles total wahrscheinlich.»

Jetzt war ich den Tränen nahe. Vielleicht sollte ich doch mal bei Kai Pflaume anrufen? Der könnte Jan und mich dann in die Sendung einladen, und ich würde für ihn singen. Maike hielt offenbar gar nichts von der Idee:

«Du und meine künftige Schwiegermutter, ihr habt auch zweimal ‹hier› gerufen, als der liebe Gott die Romantik verteilt hat, oder? Aber Anrufen ist ja immer eine gute Idee. Frag ihn doch einfach nach gestern Abend. Vielleicht hatte er ja ein kleines Gedeck weniger und erinnert sich noch an ein paar Details, die er dir erzählen kann. Also, für mich klingt das wie ein typisches Ina-redet-sich-das-Leben-schön-Szenario. Ich würde dir ja gönnen, dass du recht hast», sie seufzte, «aber du bist mit solchen Typen schon so oft auf die Nase gefallen, und ich wünsche mir für dich einfach auch mal einen netten Mann, der es wirklich ernst meint und erkennt, was für ein toller Mensch du bist. Wenn ich recht behalte, was ich in diesem Fall wirklich ungern würde, dann kannst du ja immer noch Steffen nehmen. Hässlich scheint der ja nicht gerade zu sein, und mit reichlich Schnaps im Blut kann man auch Langeweile wegsaufen in deinem Zustand.»

«Nie im Leben. Der ist ja noch langweiliger als Bendix.»

«Ey!»

«Ja, 'tschuldigung, hab es nicht so gemeint.»

«Du, ich muss jetzt Schluss machen, Bendix kommt gerade zur Tür rein.»

«Und, hat Mister Lover-Lover Champagner und Kaviar als Vorspiel mitgebracht?»

«Das nicht, aber wenn ich es richtig sehe, dann hat Anne-Marie das Abendessen eingetuppert. Das mache ich uns jetzt mal warm.»

«Wusste ich doch: Bei deinen zukünftigen Schwiegereltern hast du einen ganzen Felsen im Brett. Und was den Antrag angeht – da lass mal deine Freundin Ina machen.»

«Wie meinst du das denn? Muss ich mir Sorgen machen?»

«Quatsch, aber ich hab dir doch schon gesagt, dass ich finde, du sollst mal selber deinen knackigen Popo in Schwingung bringen, wenn es in der Sache vorangehen soll. Heute habe ich eine E-Mail von Elfie bekommen, und das hat mich auf eine ganz wunderbare Idee gebracht.»

«Elfie Mittmann? Von der habe ich ja ewig nichts gehört. Ist sie immer noch beim Fernsehen? Ach, die würde ich gerne mal wieder sehen!»

«Kannst du haben, sie kommt nämlich zum Drehen nach Sylt, und ich habe gedacht, dann treffen wir uns. Vielleicht bei dir im LatteMar, und ich erzähle euch von meiner Idee.»

«Super! Mach was mit ihr aus, wir können uns auch gerne am Strand treffen. Ich habe ja Tine, die kann für mich im Café einspringen. Und können wir dann morgen weiterquatschen, weil ich jetzt …»

«Ja, ich weiß, du musst jetzt deinem Freund das Essen auf deinem schönen, schlanken Körper anrichten, als Auftakt für eine sehr heiße Nacht!»

«Du bist ja nur neidisch.»

«Ja, klar. Gute Nacht, Maike.»

«Gute Nacht.»

Ich lag immer noch im Bett und verdrückte gerade ein paar Tränen, weil Kai Pflaume es wieder einmal geschafft hatte: Soeben hatte er einer Kino-Platzanweiserin aus Detmold aus irgendeinem Hut einen bolivianischen Lover gezaubert. SAT.1 hatte das Leben der jungen Frau mit dem praktischen Kurzhaarschnitt und dem selbstgestrickten Pullover mit Katzenmotiv bunter gemacht, und alle mussten weinen: die Detmolder Perle, der südländische Schöne und ich. Nur Kai Pflaume stand lächelnd neben dem flennenden Pärchen und moderierte die Werbepause an. Während ich noch überlegte, ob ich den Pflaume schon jemals hatte weinen sehen bei Heiratsanträgen, gruseligen Geschichten à la «Das-war-eine-schlimme-Zeit-in-unserer-Ehe» oder den gesungenen Liebesbotschaften, klingelte es. Jan!

Ohhh, was mache ich jetzt? Ich habe doch noch meine Schlafklamotten an! Wenn der mich so sieht! Ach, Quatsch, was redete ich da, war ja gar nicht die Türklingel, sondern das Handy. Sollte ich rangehen oder lieber die Mailbox anspringen lassen? Ohhh, ich wusste einfach nicht, was besser war.

Natürlich war ich neugierig zu erfahren, was er wollte. Auf der anderen Seite hatte ich Angst davor, ihm etwas Falsches zu sagen. Mir war schlecht. Ich konnte nicht rangehen. Ich brauchte Schokolade. Oder noch besser was Deftiges. Currywurst oder Pizza wären jetzt nicht schlecht. Ich drückte das grüne Knöpfchen auf meinem Handy.

«Hallo, hier ist Ina.»

Totenstille. Verdammt, ich hatte doch zu lange gewartet. Nun konnte ich nur hoffen, dass Jan mir eine Nachricht auf der Mailbox hinterließ, denn ich konnte ja schlecht anrufen und sagen: «Hey, ich habe einen Anruf in Abwesenheit von dir und wollte mal wissen, ob du etwas genommen hast, bevor du mir diese bescheuerte SMS vorhin geschickt hast.» So was ging wirklich überhaupt gar nicht.

Also wartete ich. Keine Nachricht auf der Mailbox. Was sollte das denn schon wieder? Er musste mir doch etwas zu sagen haben! Wahrscheinlich war es am besten, wenn ich jetzt einfach die SMS beantwortete. Dann war das Thema vom Tisch. Ich würde ihm signalisieren, dass ich die Nacht genossen hatte (wovon ich trotz meiner Alkoholdemenz einfach mal ausging) und selbstverständlich an einer Fortsetzung interessiert war. In unverfänglichem, aber eindeutigem Ton schrieb ich:

Ja, ich fand die Nacht wirklich schön. Lass uns bald einen Kaffee zusammen trinken und über alles sprechen.

Nachdem ich diese beiden Sätze gefühlte dreihundert Mal gelesen hatte, drückte ich auf Senden und schickte damit die Nachricht in Jans virtuellen Briefkasten. Nun kam es auf die Antwort der Antwort an. Ich wusste jetzt schon, dass ich nicht schlafen würde. Am besten erst einmal Pizza bestellen. Und Eis.

An einem Feiertag wie diesem, noch dazu bei Sonnenschein und Temperaturen über zwanzig Grad, war es noch ruhiger als sonst in der Redaktion. An den Schreibtischen gähnende Leere, der Kaffee in der Küche roch, als würde er bereits seit der Nachtschicht gewärmt werden. Irgendwo ertönte aus einem nicht abgeschalteten Radio der Wetterbericht: «Heute erwartet Sie ein wunderbarer Tag auf der schönsten Insel der Welt. Es bleibt heiter bei bis zu 24 Grad, Luft und Wasser haben etwa 18 Grad. Der Wind weht aus Nordwesten mit einer Geschwindigkeit von etwa 27 km/h ...»

Obwohl ich freihatte, war ich heute in den Sender gegangen. Wer weiß, vielleicht war Jan auch da? War zwar unwahrscheinlich, denn er hatte ebenfalls keine Schicht, aber womöglich trieb ihn ja dieselbe Sehnsucht wie mich. Verträumt ging ich an den einsamen Tischen im Großraumbüro vorbei und zog mir eine Cola light aus dem Automaten. Kaltes Koffein, genau das, was ich brauchte nach diesem verpennten Tag und einer recht schlaflosen Nacht.

«Moin, Ina, was machst du denn hier? Ich dachte, du hast heute gar keine Schicht. Laufen doch nur Bandsendungen, da hast du doch gar nichts zu tun.»

Klaas Brodersen hatte heute ausnahmsweise die frühe Nachrichtenschicht statt der Nacht. Wegen des Feiertags und des Senderfests hatte es in der Nacht durchgehend Musik gegeben, und der Dienst von Klaas hatte entsprechend später begonnen. Wäre ich doch besser erst noch eine Currywurst essen gegangen, dann wäre mir diese Begegnung erspart geblieben. Zu spät.

«Alles im Lot auf'm Boot, Puppe?», fuhr er fort. «Wie war denn die Party? Soll ja bei dir zu Hause noch ausgedehnt weitergegangen sein. Hat Dietrich erzählt, der hat vorhin kurz angerufen.»

Ich griff willkürlich nach irgendetwas, das auf meinem Schreibtisch lag, und versuchte den schnellen und unauffälligen Rückzug.

«Och ja, war nett. Spät halt dann irgendwann.»

Plötzlich meldeten sich meine Kopfschmerzen zurück, die auch ein Schluck der eiskalten Cola nicht lindern konnte, im Gegenteil. Dummerweise war es gerade ein paar Minuten nach der vollen Stunde, Klaas würde also so schnell nicht wieder im Studio verschwinden.

«Boh ey, gehste noch mal raus und kommst dann noch mal wieder? Ich hätte voll Bock auf Aknestäbchen und 'ne C-Wurst jetzt», plärrte er.

Plötzlich hatte ich das Gefühl, mich übergeben zu müssen.

Außerdem konnte ich dieses doofe Gesabbel nicht eine Minute länger ertragen.

«Nöö, Klaas, tut mir leid. Ich wollte nur schnell was holen, was ich in meinem Schreibtischcontainer vergessen habe, und muss eigentlich auch noch ein paar Mails beantworten, dann bin ich wieder weg. Wann kommt denn Jan heute?», fragte ich in beiläufigem Ton.

«Na, der wird wahrscheinlich mit einer Mieze, die von vorgestern übrig war, den Strandkorb zum Wackeln bringen. Der hat doch auch frei. Nach der Party will ja keiner hier den Sendemacker machen, noch dazu an einem Feiertag. Und für Wetter und Verkehr ist sowieso Jenny da.»

Ach ja, die junge Moderatorin aus Kiel, die erst seit kurzem zum Team gehörte und sich deshalb erst mal durch die Nachtsendungen am Wochenende dienen musste, bevor sie eine Sendung im Tagesprogramm moderieren durfte. Sehr schlank, sehr süß und sehr hassenswert in meinen Augen. Besonders, weil sie gerne am Sonntag den Nachtdienst machte, dann löste Jan sie nämlich mit seiner Frühsendung ab, und es gab morgens im Studio immer einen kleinen Plausch zwischen den beiden. Zum Glück hatte Strüve die Nachtsendungen bis auf wenige Ausnahmen an Feiertagen, nach Festen oder Konzerten aus Kostengründen abgeschafft.

«Also, Klaas, schöne Schicht noch, ich mach das mit den Mails doch lieber morgen, mir ist gerade noch was eingefallen, was ich unbedingt erledigen muss.»

«Ja, alles klaro – bis denne, Antenne. Vielleicht trinken wir morgen mal einen Kaffee zusammen, wenn du Schicht hast, bisschen quatschen zum Bleistift.»

Ich fühlte so etwas wie eine Gänsehaut im Innenohr – wo nahm der bloß diese uralten Sprüche her, die schon in den

Achtzigern kein Mensch witzig gefunden hatte? Aber mit etwas Glück hatte er den geplanten Kaffeeplausch bis morgen wieder vergessen.

Maike saß mir auf dem kuscheligen Sofa meiner Wohnung gegenüber, während ich es mir auf mehreren Kissen auf dem Fußboden gemütlich gemacht hatte. Als ich aus dem Sender gekommen war, war sie mir zufällig über den Weg gelaufen, und wir hatten kurz entschlossen einen Abstecher ins Café gemacht, Kuchen mitgenommen und waren dann zu mir gegangen. Schließlich gab es nach der Schattennacht bei mir und dem Omi-Opi-Kaffeeklatsch bei Maike reichlich Redebedarf.

Jetzt standen leere Kakaobecher und Teller zwischen uns. Maike war gerade dabei, den gestrigen Abend mit Bendix Revue passieren zu lassen:

«Also, er war der Meinung, dass seine Eltern es nur gut gemeint haben, als sie so abgegangen sind bei der Vorstellung, bald Oma und Opa zu werden. Die hätten am liebsten gleich seine alte Wiege vom Dachboden geholt und neu gestrichen. Am Schluss haben sie aber wohl eingesehen, dass sie etwas vorschnell gewesen waren, und sein Vater hat ihm tatsächlich noch eine Flasche Champagner für mich mitgegeben, als kleine Entschuldigung.»

«Und ist denn das Heiraten, oder besser gesagt, der Antrag nochmal auf den Tisch gekommen?», wollte ich wissen.

«Ja, allerdings. Unglaublich, aber wahr: Anne-Marie hat ihren Sohnemann mal richtig auf den Pott gesetzt.» Sie grinste. «Bendix konnte es gar nicht fassen, dass seine liebe Mami ihm gegenüber so einen Ton angeschlagen hat. Von wegen, dass ich so ein nettes Mädchen bin und er sich gefälligst mal ein wenig bemühen soll und so.»

«Super, dann melde ich deinen Freund jetzt mit Hilfe seiner Eltern bei Kai Pflaume an, da kann er dann ein traumhaft romantisches Lied für dich singen, mit gemeinsamen Erlebnissen, die sich nicht reimen, und Anne-Marie und Jörgen machen den Background-Chor. Das stelle ich mir ganz rührend vor.» Maike spuckte vor Lachen einige Kekskrümel wieder aus, aber ich war noch nicht fertig: «Oder er legt auf dem Sportplatz in riesigen Buchstaben die entscheidende Frage aus und schenkt dir dann einen Rundflug.»

«Also, ich habe mir auch schon Gedanken gemacht, so ist das ja nicht», sagte Maike nun. Sie konnte vor Lachen immer noch kaum sprechen: «Ich könnte einen Beutel Teelichter auf das Riesenrad auf dem Hamburger Dom schleppen und ihm dann ganz oben einen Antrag machen.»

«Und Bendix klammert sich die ganze Zeit an dir fest. Vergiss es, Maike, der geht doch wegen seiner Höhenangst nicht mal allein eine Düne hoch! Am besten, du behältst deine sparsamen Möchtegernideen erst mal für dich, ich habe mir nämlich inzwischen mit Elfie Gedanken gemacht. Aber dazu mehr, wenn wir uns zu dritt treffen.»

«Du machst es aber spannend! Dir ist schon klar, dass es was wirklich Ausgefallenes sein muss? Denn wenn ich nun schon selber loslege und nicht mal die Überraschung habe, dann muss es natürlich noch toller sein, als wenn es von Bendix käme.»

«Schon klar, obwohl Bendix mit Sicherheit auch ja sagen würde, wenn du bei euch zu Hause ein Teelicht auf die Fensterbank stellst und einen Post-it-Zettel mit der betreffenden Frage dranklebst.»

«Ja, und da wir mein Problem jetzt geklärt hätten, was ist mit dir und Jan?», wechselte sie das Thema. «Haben sich die schwarzen Löcher in deinem Gehirn inzwischen verflüchtigt?»

«Leider nein. So einen Blackout hatte ich das letzte Mal, als Charlotte uns bei ihrem Besuch diese Ecstasy-Pillen mitgebracht hat und wir die ganze Nacht Jägermeister in uns hineingeschüttet haben.»

Maike schüttelte sich bei der Erinnerung an diesen denkwürdigen Abend. «Also kannst du dich auch nicht daran erinnern, ob du irgendwelche Pillen genommen hast?», fragte sie.

«Nein, ich kann mich nicht an Pillen erinnern und auch nicht an Pimmel.»

«Ina, du bist entsetzlich! Wirklich. Ich mache mir hier ernsthafte Gedanken über dein Liebesleben, und du machst dich nur lustig.»

Ich steckte mir einen weiteren Schokoladenkeks in den Mund und schüttelte den Kopf. «Stimmt gar nicht. Ich bin nur inzwischen sicher, dass diese SMS ein Versehen war. Inhaltlich meine ich. Jan hat ja später auch noch versucht, mich anzurufen, da hat es ihm sicher schon wieder leidgetan, was er geschrieben hat. Du kennst das doch: Man wacht auf und hat einen dicken Kopf, und dann reagiert man schon mal anders, als man es gewöhnlich tun würde. Morgen sehe ich ihn in der Redaktion wieder, und dann wird alles ganz wunderbar sein. Da bin ich sicher.»

«Ich wünsche mir so sehr, dass du recht behältst. Aber ich habe einfach Angst um dich. Bist du sicher, dass Jan wirklich der Richtige ist?»

«Das haben wir doch nun schon so oft durchgekaut. Ich habe mich gleich im ersten Moment in ihn verliebt. Das kam ganz und gar aus dem Bauch. Und die Gefühle aus dem Bauch sind immer richtig. Das sagst du doch auch immer.»

«Ja.» Maike stöhnte. «Ich wünsch dir viel Glück. Aber irgendwie habe ich bei der ganzen Sache gar kein gutes Bauchgefühl.»

«Maike, in dieser Sache ist *mein* Bauch entscheidend. Und der ist deutlich größer als deiner.»

Das war so ein Aufwachen gar nicht nach meinem Geschmack. Maike und ich hatten den ganzen Tag miteinander verbracht, und als sie am späten Nachmittag zu ihrem Romantiker nach Hause gefahren war, hatte ich mir erst einmal Essen bestellt und war kurze Zeit danach erschöpft eingeschlafen, ohne die Sachen wegzuräumen. Das rächte sich jetzt. Der erste Geruch: kalte Pizza, oder besser: der kalte Karton einer Pizza, der noch immer neben meinem Bett stand, gemischt mit dem Duft von Vanille aus dem Halbliter-Eisbecher auf dem Fußboden, den ich nicht ganz geschafft hatte und in dem jetzt eine milchig weiße Suppe schwamm, gekrönt von den bunten Resten der M&Ms und der kleinen Marshmallows, die ich zur Verfeinerung dem langweiligen Eis zugefügt hatte. Wann würden die in dieser ollen Pizzabude endlich dahinterkommen, dass Fürst Pückler schon lange tot ist, und andere Eissorten als Vanille, Schoko und Erdbeere anbieten?

Es war noch dunkel und so windig, dass der Regen in Böen an mein Schlafzimmerfenster klatschte. Prima, heute also sprichwörtlich vom Regen in die Traufe. Erst durch dieses mistige Wetter zum Sender und dann die erste Begegnung mit Jan nach dieser undurchsichtigen Nacht. Ich quälte mich aus dem Bett und beschloss, dass heute so ein Tag war, an dem man ruhig mal im Schlafanzug in den Sender fahren konnte. Für Jan musste ich mich ja nun wirklich nicht mehr auftakeln. Wenn der mich nackt in Socken gesehen hatte, noch dazu mit einem Rest-Make-up à la Rocky Horror Picture Show, dürfte ihn jetzt nichts mehr erschrecken.

Also behielt ich die schwarze Baumwollhose mit passendem Shirt einfach an und zog eine Sweatjacke mit dem Aufdruck «Chris de Burgh – Footsteps» drüber. Zwei Nummern zu groß, aber sehr gemütlich. Hatte Steffen vom Promoter von Chris de Burgh bekommen. Allen anderen im Sender war es zu peinlich, in so einer Jacke auch noch Werbung für Mister Lady in Red zu machen, aber ich stand da drüber. Jemand, der mehr als 45 Millionen Platten verkauft hatte, verdiente es meiner Meinung nach, dass man sich nicht für ihn schämte. Bei mitreißenden Titeln wie «Don't pay the ferryman» konnte ich immer noch jedes Wort mitsingen, weil ich den Song damals als Zehnjährige im Radio aufgenommen hatte und heiß und innig liebte.

Schnelle Katzenwäsche und Zähne putzen, Gummistiefel über die Schlafihose und die gelbe Regenjacke an, und ab ging's. Das war wirklich ein Nachteil auf dieser Insel: Wenn es regnete, regnete es nicht nur, sondern wehte dazu auch noch heftig. Aus irgendeiner Richtung klatschte einem das feuchte Zeug immer in die Klamotten.

Wie doof musste man eigentlich sein, wenn man sich auf einer Nordseeinsel mit ständigem Wind aus wechselnden Richtungen dazu überreden ließ, einen Schirm zu kaufen? Fragte ich mich, als ich an den Anti-Regen-Angeboten in den Westerländer Schaufenstern vorbeifuhr. Und ob man eigentlich noch irgendwo diese Südwester bekam? So gelbe Regenhüte mit dicker Schnur zum Unter-dem-Kinn-Festzurren. So einen hatte ich als Kind mal gehabt, konnte ich mich noch gut dran erinnern.

Am größten Kaufhaus an der Strandstraße war der Wetterumschwung offenbar spurlos vorbeigegangen. Neben kleinkindgroßen Musterflaschen von Sonnencremes und Strandliegen wurden Bikinis und T-Shirts mit dem Scherenschnitt der Insel angeboten. Ganz sicher würde es auch heute einige durchgeknallte Urlauber geben, die unterm Sonnenschirm oder im Strandkorb, kuschelig eingehüllt in einen Bademantel, auf die Rückkehr des Sommers warteten. Und das konnte hier, an der Spitze Nordfrieslands, durchaus belohnt werden, denn die Sonne schien auf den knapp hundert Quadratkilometern der Insel rund 1750 Stunden im Jahr, also etwa 200 mehr als in Hamburg.

Noch aber hielt sich die Sonne gut versteckt, und ihre Kumpels, die Regenwolken, leisteten ganze Arbeit, um mir die Fahrradtour zum Sender noch schwerer zu machen, als sie ohnehin schon war. Als ich in der Maybachstraße ankam, schüttete es bereits wie aus Eimern, und so durfte ich, als ich vor dem Hotel in der Dünenstraße vom Sattel stieg, erst mal meine Schuhe ausleeren und in den Taschen meiner Regenjacke Fische zur Untermiete aufnehmen. So musste eine Woche anfangen. Was sollte einem jetzt noch Schlimmes passieren?

Während ich mit nassen und kalten Fingern versuchte, die dreistellige Zahl an meinem uralten Fahrradschloss einzustellen, um es an einem Schildermast anzuschließen, machte ich mir für die erste Begegnung mit Jan nach Tag X einen Plan. Ich könnte einfach so tun, als ob nichts gewesen wäre, ihm Kaffee holen und darauf warten, dass er etwas sagte. Aber vielleicht würde er dann denken, mir sei die Nacht auch unangenehm gewesen, und ebenfalls nichts sagen? Fest stand, dass er sich den ganzen freien Tag über nicht noch einmal gemeldet hatte, den Anruf ohne hinterlassene Nachricht konnte man ja wohl nicht zählen. War das ein gutes oder ein schlechtes Zeichen?

Ich könnte auch zum Angriff übergehen und ihn heute früh gleich mit einem Zungenkuss begrüßen, um damit klarzustellen, dass wir nun zusammengehörten. Aber dazu war ich nach dieser Regentour, ehrlich gesagt, zu geschwächt.

Als ich kurzatmig unter dem Dach angelangt war, hatte ich also überhaupt keinen Plan. Muss ich erwähnen, wie wenig erstaunt ich war, dass der Fahrstuhl mal wieder nicht funktionierte und die Hoteltechniker erst um sieben zum Dienst antrabten? Dachte ich mir.

Da kein Sauerstoffzelt vorhanden war, setzte ich mich in der Küche erst mal kurz auf einen der schmierigen, bunten Plastikstühle, bevor ich mich aus dem nassen Regenschutz schälte, den ich zunächst einmal einfach auf den Fußboden fallen ließ. In der Hoffnung, bei leichter Küchenarbeit einen Geistesblitz zu haben, füllte ich Kaffeepulver in die große Maschine, wusch die Kanne heute sogar mit Spülmittel aus und reinigte den Filter. Dann riss ich den zerfledderten «Wenn ihr eure dreckigen Tassen nicht in den Geschirrspüler räumt, dann gibt es kein sauberes Geschirr mehr»-Zettel von der Wand. Auch wenn das nicht wirklich gegen die Anspannung half, so tat es doch ein bisschen gut. Vielleicht sollte ich auch gleich alle Becher mit schwarzer oder blauer Innenlackierung gegen die Wand werfen? Schon nahm ich den ersten entsprechenden Tontopf aus der von Drecksgeschirr überlaufenden Spüle und suchte eine passende Stelle an der Wand, als Nacht-Klaas mich mit seinem Erscheinen fast zu Tode erschreckte.

«Moin, Ina. Naaa, bist du heute unsere kleine Küchenfee und spülst schön, denn pass ma auf, dass du dir keine Spüüüüülhände holst, hahahaha.» Und dazu machte er eine Bewegung wie Tilly aus der Spülmittelwerbung in den Siebzigern.

«Nö, ich überlege nur gerade, was mehr Krach macht: wenn ich den Pott gegen die Wand werfe oder gegen deinen Holzkopf.»

«Oh, die Zaubermaus hat ja heute früh eine Laune wie der Sonnenschein höchstpersönlich.» Klaas ging an den Kühlschrank, orientierte sich kurz, bevor er eine angebrochene Schale Fleischsalat herausnahm, auf der nicht sein Name stand, was ihn nicht daran hinderte, den Inhalt mit einem Löffel in seinen Mund zu schaufeln. Ich hatte vollen Blick auf Mayonnaise, Wurst- und Gurkenstückchen, weil Klaas nicht aufhörte zu reden, während er aß: «Bohh ey, ich hab so einen Hunger. Ich hatte nur noch 'ne große Tafel Schoki, und danach braucht man ja dann erst mal was Deftiges. Ist das deiner gewesen? Du guckst so, aber is ja dann auch egal, oder? Is ja besser, wenn *ich* mir die Kalorien reinhaue, oder?»

Na wunderbar, welcher Armleuchter saß denn da heute am «Programm-für-Ina-Regler»? Musste ich mir von diesem Doofi auch noch sagen lassen, ich sei zu dick?

«Klaas, mag sein, dass ich fett bin, aber du bist blöd. Ich kann abnehmen – was kannst du?»

Damit nahm ich meine nasse Jacke und meine durchgeweichte Tasche vom Fußboden und ließ ihn einfach stehen. Der Kaffee war sowieso noch nicht durchgelaufen.

An meinem Schreibtisch legte ich die Sachen ab und startete mein tägliches Ritual, das hieß: Computer hochfahren, Wetter ausdrucken und ins Studio bringen und Sendeplan für die Frühsendung bereitlegen. Gerade als ich die Tageszeitungen unten am Empfang vom Hotel abholen wollte, hörte ich, wie sich Schritte näherten. Männerschritte, ganz eindeutig. Und sie näherten sich sehr schnell meinem Platz. Was war zu tun?

Ins Studio flüchten ging nicht. Wenn ich zur Toilette wollte, musste ich an den Postfächern vorbei, und von da kam gerade jemand. Für eine Flucht aus dem Fenster war es erstens noch zu regnerisch und ich zweitens viel zu unsportlich. Und da trat … Torben auch schon um die Ecke.

«Ina. Morgen. Ist irgendetwas nicht in Ordnung? Du siehst ja aus, als hättest du ein Gespenst gesehen.» Torben zog seine wind- und regendichte Fahrradjacke aus und hängte sie über den Stuhl am Nachrichten-Schreibtisch.

«Ich, ach, ich hab mich nur über Klaas geärgert, der ist ja wirklich so was von hohl, da ist ein Schokoweihnachtsmann gar nichts dagegen. Keinen Arsch in der Hose, aber immer der Erste beim Scheißen. Das nervt doch echt.»

Torben verzog keine Miene, sondern vertiefte sich in die Nachrichtenmeldungen. Wahrscheinlich hatte er mir gar nicht zugehört, sondern war in Gedanken schon bei Barack Obama und ähnlich interessanten Figuren des aktuellen Nachrichtengeschehens. Immerhin brummelte er noch so etwas wie: «Kennst ihn doch.»

Ich sag ja, ein wunderbarer Wochenanfang, und wenn

Arschlöcher fliegen könnten, dann wäre die Redaktion ein Flughafen.

«Morgen, ist der Kaffee schon durch? Ich frier heute so, ich brauche dringend was Heißes zu trinken.»

Huch, vor lauter Ärgern hatte ich ganz vergessen, mir einen endgültigen Plan für die Begegnung mit Jan zurechtzulegen. Und nun war es zu spät. Schnell stand ich vom Schreibtischstuhl auf, um in die Küche zu gehen, und wischte mit meinem zarten Hinterteil einen Kasten mit CD-Rohlingen vom Regal an der Seite. Der Krach veranlasste sogar den immer entspannten Torben zu einem: «Mann, wie soll man sich denn da konzentrieren, pass doch auf!»

Jedenfalls hatte ich jetzt Gelegenheit, meinen roten Kopf tief in die Dunkelheit unter den Schreibtisch zu stecken, die CDs einzusammeln und wieder in ihre Plastikhüllen zu packen. Von hier unten konnte ich ungefährdet Auskunft geben:

«Kaffee läuft, bring ich dir gleich rein.»

«In Ordnung. Danke.»

Dann hörte ich die Studiotür zuklappen und atmete aus. Au Backe, wie sollte ich diesen Morgen denn überstehen? Und war das gerade eine Erscheinung oder tatsächlich mein Mister Sexy gewesen? Keine Spur von «Wir hatten eine tolle Nacht»-Benehmen. Aber wahrscheinlich war es tatsächlich so, dass er unsere Beziehung hier im Sender nicht öffentlich machen wollte.

Ich tat sehr beschäftigt, schob Altpapier hin und her, klebte neue Kugelschreiber unter meinen Schreibtisch und holte schließlich den Kaffee aus der Küche, um damit ins Studio zu gehen. Endlich ein guter Grund, um mit Jan ins Gespräch zu kommen.

Es lief gerade «Touch me», ein Riesenhit aus den Achtzigern von Samantha Fox, unglaublicher Disco-Mist, aber genau das Richtige für einen Sender, bei dem immer alle und alle immer in Urlaubsstimmung sind: «Touch me, touch me, I wanna feel your body, your heartbeat next to mine». Jan zog sich die Kopfhörer herunter und nahm mir den Kaffeebecher ab. «Danke.»

Damit drehte er sich gleich wieder um und machte auf der ausgedruckten Liste mit den Songs der Sendung einen Haken hinter Samantha Fox, damit die Dame auch später ihre Gema-Gebühren bekam.

Wie genau war dieses «Danke» nun gemeint gewesen? Bezog es sich nur auf das Heißgetränk oder auf unsere gemeinsame Nacht? Wäre schön, wenn bei solchen Aussagen über dem Kopf des Betreffenden eine Lampe blinken würde: rot, wenn der Inhalt der Worte negativ gemeint ist, grün bei positiver Aussage. War aber nichts mit Lampe an. Also was nun, Rückzug oder Sturm?

Jan pustete in seinen Kaffeebecher, nahm einen Schluck, stellte ihn dann auf dem kleinen Tisch ab und warf einen Blick auf die Anzeige im Ablaufmonitor, um zu checken, wie lange die Frau mit den zwei tollen Singstimmen noch nach Berührung verlangen würde.

Jetzt! Letzte Chance, Ina!

«Ja, ich muss dann auch mal wieder weitermachen», sagte er, «kannst du mir bitte den Sprecher von den Nachtraben gleich schon mal auf die Leitung legen, ich würde gern vor dem Interview noch ein paar Sachen mit ihm besprechen.»

«Ja klar, mach ich gleich, Namen und ein paar Infos habe ich dir auch ausgedruckt, die müssten in deinem Fach gelegen haben.»

Jan nahm sich den Kopfhörer, nickte mir aber noch zu. «Ja, hab ich gefunden. Danke.»

«Okay, ich ruf den dann mal an.»

Na klasse, das war ja nicht mal ein richtiger Rückzug, das war … das war … das war gar nichts. Höchstens ein Grund zum Heulen! Hatte wirklich gar nicht so gewirkt, als ob die gemeinsame Nacht einen positiven Nachhall bei Jan hinterlassen hatte. Nicht einmal einen Blick auf den Knutschfleck hatte er geworfen, beziehungsweise auf das rotkarierte Halstuch, das ich schnell noch umgebunden hatte, um die Spuren zu tarnen. Da war ich ja schon im Gemeindeamt beim Ausweis-Verlängern liebevoller angesprochen worden. Ich hätte flennen können, aber wollte ich mich vor den Kollegen in den Nachrichten wirklich zum Affen machen? Nein. Also stopfte ich mir Schokolade und noch mehr Schokolade in den Mund, um auf andere Gedanken zu kommen, und versuchte meine Arbeit zu machen.

Die sogenannten Nachtraben sollte ich vielleicht auch gleich mal verhören. Wenn die nachts unterwegs sein konnten, um Jugendliche aufzuklären und bei Bedarf Kondome zu verteilen, dann konnten die mir vielleicht auch erklären, wie man mit Männern umging, die nach einer Liebesnacht ein undurchsichtiges Verhalten an den Tag legten.

Ich hatte mich den ganzen langen Morgen nicht mehr getraut, Jan auf unsere gemeinsame Nacht und den Abend davor anzusprechen. Ob es daran lag, dass der Restalkohol noch nicht ganz verrauscht war oder ich einen kleinen Anfall von Wahnsinn hatte, immerhin war ich so schlau und mutig, ihm einen kleinen Zettel ins Fach zu legen, bevor ich nach Hause ging.

Er war nach seiner Sendung bei Strüve im Büro verschwunden, wahrscheinlich, um nochmal zu klären, ob die Möbelhäuser in den Interviews beim Fest auch ausreichend gewürdigt worden waren. Da ich ihn ja nun aufgrund seines wichtigen Termins wirklich nicht persönlich fragen konnte, schrieb ich also einen kurzen Brief, in dem ich ihm erklärte, dass meine Mutter mir immer unglaubliche Survival-Kisten mit Lebensmitteln schicke, die man als Single (Zaunpfahl!) unmöglich allein bewältigen könne, und ob er sich nicht an der Vernichtung in Form eines Mittag- oder Abendessens beteiligen möchte, dann könne man auch in Ruhe über alles reden. Zur Sicherheit hatte ich ihm nochmal meine Handynummer dazugeschrieben.

Ehrlich gesagt, war mir immer noch nicht ganz klar, wie die SMS nach der Partynacht gemeint war, mittlerweile hatte ich aber in meinem kleinen Hirn etwa tausend Möglichkeiten auf ihre Wahrscheinlichkeit hin überprüft. Könnte ja zum Beispiel sein, dass Jan dachte, ich hielte ihn jetzt für einen schlimmen Aufreißer, der die Situation ausgenutzt hatte, und dass er sich mir gegenüber nicht in einem so schlechten Licht darstellen wollte und schon gar kein Interesse daran hatte, dass ich im Sender mit der Geschichte hausieren ging. Oder aber er hatte in der Nacht nach Fesselspielen gegiert, bei denen ich nicht mitmachen wollte. Möglich war auch, dass er eine Latexallergie hatte und auf meine eingelagerten Kondome im Lauf der Nacht eine schlimme und hässliche allergische Reaktion gezeigt hatte, die er von mir nicht behandeln lassen wollte. Um über diese ganzen Probleme einmal in aller Ruhe zu sprechen, wäre so ein Essen doch ein ganz wunderbarer Neuanfang.

Während ich also, vor mich hin träumend, die Treppen hinunterging, hätte ich beinahe diesen Fotoheini Thorsten, Jans besten Kumpel, umgerannt.

«Hoppla, wo schwebst du denn mit deinen Gedanken?», fragte er.

Hoppla? Von welchem Stern des vergangenen Jahrhunderts kam der denn? Das hatte man doch höchstens noch in «Vom Winde verweht» gesagt, wenn der Reifrock unterm Kleid hervorlugte.

«'tschuldige, ich bin einfach müde, diese Frühschichten hauen einen echt um. Willst du zu uns?», erwiderte ich.

«Zu euch?»

Mann, der Typ hatte aber auch echt nicht viele Zellen unter seinem frischgeföhnten Pony. Eine Ladezeit wie ein Atari-Computer.

«Zum Sender? Dem Radio? Dem Laden, der die Party vor drei Tagen geschmissen hat? Dem Ableger von Möbel-Strüve, der deinem besten Kumpel sein Gehalt zahlt? Dem ...»

«Schon gut. Entschuldige bitte vielmals, ich habe deinen Namen vergessen. Ich weiß, das ist schrecklich unhöflich, aber wenn ich mich richtig erinnere, habe ich auch kein Kärtchen von dir bekommen, oder?»

Der Typ hatte ja echt einen an der Glocke. Gutes Benehmen schön und gut, aber das war ja nun wirklich aus der Mottenkiste.

«Kärtchen? Also, mit meinen Kreditkarten bin ich auch echt eigen, die gebe ich nicht so gern aus der Hand. Und ich heiße immer noch Ina.»

Eine blöde Frage verdiente eine blöde Antwort. Wir hatten doch fast die halbe Nacht miteinander verbracht. Wobei – wenn ich mich recht erinnerte, hatte Thorsten Gerdas Kneipe nach einem Anstandsbier verlassen, vermutlich, um seinen neuen Schwarm Sylvie zu sichten. Egal, sollte der Typ mich doch für die letzte Dorftussi halten. Wer auf Sylvie abflog, konnte mir ohnehin nichts abgewinnen. Außerdem wollte ich jetzt schnell etwas einkaufen, dann nach Hause, aufräumen und mein kleines Heim herrichten, falls Jan sich noch melden würde. Könnte ja sein, dass er gleich heute zum Essen kam.

Aber Thorsten ließ so schnell nicht locker. Stellte sich so auf die Treppe, dass ich schon extrem auf Kuschelkurs hätte gehen müssen, um an ihm vorbeizukommen, und darauf war ich jetzt auch nicht gerade aus. Der hatte Duftwasser aufgelegt, das man sicher noch bis oben in die Redaktion riechen konnte, und wenn ich nun ganz nah an ihn heranrücken würde, dann bekäme ich womöglich eine Nasenschleimhautvergiftung oder Schlimmeres.

«War doch ein netter Abend mit uns allen, oder?», sagte er. «Wobei, diese Gastwirtschaft, wie ich zugeben muss, doch etwas enttäuschend war – obwohl ich sie ja vorgeschlagen hatte. War halt das Erstbeste, was uns über den Weg gelaufen ist. Die Weinauswahl war eher dürftig. Aber du bist wohl sowieso nicht so die Weintrinkerin, oder? Bei dir zu Hause gab es ja auch mehr die härteren Sachen zu trinken. Soll noch festlich weitergegangen sein, nachdem ich weg war.»

Bohhhhh, was wollte der Typ von mir? Merkte der nicht, dass ich sofort und auf der Stelle wegwollte?

«Ach, wenn der Alkoholgehalt stimmt, dann trink ich auch mal einen Wein», sagte ich. «Gut, dass wir drüber gesprochen haben, das erinnert mich daran, dass ich dringend meine Schnapsvorräte auffüllen muss. Also, wenn ich mal dürfte?» Dabei deutete ich einen Schritt in seine Richtung an. Endlich checkte er es und ließ mich vorbei.

«Ja, dann will ich dich nicht aufhalten. Also, wenn du Lust hast, dann lass uns doch mal zusammen etwas trinken, oder ich koch uns was Schönes. Da kann ich mich dann für deine Gastfreundschaft revanchieren.»

Was redete der denn da? Und was sollte diese Baggernummer? Stand dieser Thomas, Thorsten oder wie auch immer etwa doch auf mich? Hatte er von Sylvie schon eine Abfuhr bekommen und suchte jetzt einen Notnagel?

Zumindest war ihm dieses Gespräch jetzt offensichtlich auch etwas unangenehm, denn die von teurer Creme verwöhnte Haut nahm eine dezent rote Tönung an, bevor er weiterstotterte:

«Also, ich koche, glaube ich, ganz gut, sagt Jan jedenfalls, der isst ja schon mal bei mir, und wir trinken mal einen zusammen nach Dienstschluss. Da könntest du ja mal mitkommen, wenn du magst.»

Na, das eröffnete nun natürlich vollkommen neue Perspektiven. Scheinbar wusste der Mann, dass ich etwas mit Jan laufen hatte, und wollte uns nun gemeinsam bekochen, um sich sozusagen an der jungen Liebe der anderen zu laben. Wahrscheinlich war er für Jan so etwas wie ein seelischer Mülleimer – so wie Maike momentan für mich? –, und die beiden hatten unsere gemeinsame Nacht bereits in allen Details besprochen. Am Ende wusste der mehr über die schicksalhafte Begegnung mit SMS-Krönung als ich. Ich beschloss, dass unter diesen Umständen Freundlichkeit vielleicht nicht schaden konnte.

«Das ist aber nett. Ja, mal gucken, muss ich mal mit Jan sprechen, und dann machen wir was aus. Danke. Jetzt muss ich aber wirklich los.» Und damit huschte ich an der personifizierten Duftwolke vorbei zum Ausgang.

Als ich gerade an meinem Fahrradschloss herumprokelte und mich wieder einmal darüber wunderte, dass noch niemand eins erfunden hatte, bei dem man nicht ewig damit beschäftigt war, mit einem puppenhauskleinen Schlüssel ein winziges Schloss zu treffen oder drei amöbengroße Zahlen in die richtige Reihenfolge zu drehen, piepte mein Handy. Eine SMS von Jan!

`Liebe Ina, vielen Dank für deine Nachricht. Ja, wir sollten miteinander reden. Aber heute passt es nicht. Jan`

Was sollte das denn? Jetzt stiegen mir die Tränen in die Augen. Das konnte doch nicht sein Ernst sein! Keine lieben Grüße, keine SMS-Küsse, kein einziges nettes Wort. Hatte Maike doch recht mit ihren schlimmen Ahnungen? Nein, das konnte nicht wahr sein. Sicher war das Gespräch mit Strüve schlecht gelaufen, und der Alte hatte seinen Unmut komplett bei Jan abgeladen. Und der wiederum gab den Ärger jetzt ungefiltert an mich weiter. Ja, so musste es sein. Immerhin wollte er mich treffen. Ich wischte mir die Tränen aus dem Gesicht und beantwortete die Nachricht.

`Lieber Jan, das ist schade. Sollte sich doch noch etwas ergeben, findest du mich zu Hause. Du weißt ja, wo ich wohne.`

Und dann segelte ich auf meinem kleinen Fahrrad erleichtert und ein wenig wie auf Wolken Richtung Supermarkt. Irgendwie wusste ich, dass alles gut würde.

Ich hatte reichlich eingekauft, schließlich musste man ja auf alle Eventualitäten vorbereitet sein. Also hatte ich neben Schokolade, Chips, BiFi, Miracoli und Ferrero Küsschen auch je eine Flasche Prosecco, Rot- und Weißwein mitgenommen. Ich konnte mich nicht mehr erinnern, ob Jan während der Sause in der Kneipe und anschließend bei mir zu Hause roten oder weißen getrunken hatte. Sollte es Bier gewesen sein, dann müsste ich halt notfalls nochmal schnell zur Tanke radeln. Gut gelaunt und trotz des frühen Aufstehens fast gar nicht müde, verließ ich den Supermarkt und versuchte, die unförmigen, prallgefüllten Plastiktüten sicher auf dem Gepäckträger meines Fahrrads zu verstauen.

«Kann ich helfen?»

Während ich mich noch wunderte, dass mich jemand ansprach – denn alle, die ich auf Sylt kannte, schliefen oder arbeiteten um diese Zeit kurz nach High Noon –, stand auch schon Steffen neben mir.

«Hast ja ganz schön viel eingekauft, bekommst du Besuch?»

«Ach, man braucht ja so dies und das, auch wenn der Haushalt noch so klein ist. Kennst du ja, Putzmittel, Toilettenpapier, lauter Dinge, die immer gleich die Einkaufstüten vollmachen.»

Was ging es diesen Langweiler an, wen ich zum Abendessen eingeladen hatte? Heute trug unser Musikchef rote Cowboystiefel zur Jeans und ein T-Shirt mit dem Aufdruck: «Ich glaub, ich hab Tinnitus im Auge, ich seh hier nur Pfeifen!» Er grinste und zeigte auf den Flaschenhals des Perlweins.

«Bei dir möchte ich auch mal geputzt werden.»

«Nee, klar, also ...» Klar war vor allem, dass ich mich hier schön um Kopf und Kragen redete. Quatschte von Putzmittel und Klopapier, und aus den Tüten lugten überall die Buddeln und Kartoffelchips-Tüten heraus. Schon etwas peinlich. Aber was überfiel der mich auch hier einfach so, und wieso war der Penner nicht in seinem Büro und packte CDs aus Blisterpacks?

«Ich mache heute einen Hörtag, habe mir eine Kiste neuer CDs mitgenommen, um schon mal für unsere nächste Kraftrillen-Sitzung vorzusortieren. Aber erst mal muss ich noch in den Buchladen da vorne.»

Waren wir verwandt, oder warum textete der mich gerade mit seiner ganzen Geschichte zu? Was den Nichtgehalt an Wissenswertem anging, war das ja schlimmer als der achtzigste Geburtstag meiner Oma. Ich musste zusehen, dass ich Steffen schnell wieder loswurde.

«Also, um ganz ehrlich zu sein, ich habe immer keine Lust, so oft einkaufen zu gehen», sagte ich, «und dann wird es meist etwas problematisch auf dem Fahrrad. Aber man hat es halt erledigt, wenn du verstehst, was ich meine.»

Steffen nickte: «Absolut. Ist ja auch immer so voll hier in Westerland in den Supermärkten. Aber wenn man kein Auto hat, kann man natürlich auch schlecht nach Tinnum oder List zum Lebensmitteleinkaufen fahren. Wenn du willst, bringe ich dich gleich nach Hause, ich muss nur noch eben ein Buch abholen, mein Wagen steht hier gleich um die Ecke.»

Während ich noch überlegte, wie ich elegant aus der Nummer herauskam, machte es quietsch und ratsch, und der Henkel einer Einkaufstasche war gerissen. Na klasse! Der schöne Weißwein verteilte sich auf der Westerländer Promenade, und eine Dame jenseits der sechzig in Designerkostüm und Lackpumps hüpfte angeekelt zur Seite. Der Wein hatte immerhin fast sieben Euro gekostet, war also nicht irgendeine Plörre, die Leberfraß verursachte. Trotzdem war es ziemlich eklig, die nassen Schokoladentafeln, Parmesanpäckchen und Sahnebecher aus der Lache zu retten. Und wohin jetzt damit?

Steffen hatte tatkräftig mit angepackt. «Ich mach dir einen Vorschlag: Ich nehme diese beiden Tüten mit», er griff zu denen mit Henkel, die ich neben meinem Fahrrad abgestellt hatte, «und du gehst nochmal einkaufen, was dir fehlt und was du sonst nicht auf dem Rad transportieren kannst, und dann treffen wir uns gleich hier um die Ecke neben dem Fischladen. Da habe ich mein Auto abgestellt. Ich hole mein Buch ab und fahre dich dann nach Hause, okay?»

Da hatte ich ja wohl kaum eine Wahl. Zumindest nicht, wenn ich auf meinen Besuch gut vorbereitet sein wollte.

Ohne den Weißwein wäre es ja vielleicht noch gegangen, aber ohne Sahne und Schokolade auf gar keinen Fall. Super war, dass ich durch dieses kostenlose Taxi gleich ein paar Flaschen auf Vorrat einkaufen konnte. Günstige Gelegenheiten sollte man nicht ungenutzt vorüberziehen lassen. Was mich das als Gegenleistung kostete, erfuhr ich allerdings auch sofort:

«Dafür bekomm ich dann aber auch einen Kaffee bei dir, okay?»

Sprach es und verschwand mit meinen Einkäufen. Na klasse, Ina, was für ein Tag: Alkohol verschwendet, eine seltsame Einladung zum Essen bei Jans bestem Kumpel eingefangen und nun auch noch die größte Schlaftablette des Senders an der Backe. Kein Wunder, dass mir plötzlich ganz übel wurde.

Na, da hatte ich mir ja schön was aufgehalst. Nun saß der Mann mit den roten Schuhen auf meinem kleinen Sofa und guckte sich in aller Ruhe um. Gut, Steffen hatte mich bis vor die Haustür gefahren und die Tüten unters Dach getragen, und zwar alle fünf. Ich hatte die Gelegenheit genutzt, um noch einige Kleinigkeiten einzukaufen, die man immer gebrauchen konnte, die aber auf dem Fahrrad tatsächlich schwer zu transportieren waren. Zum Beispiel Dosen mit gebackenen Bohnen, ein 825-Gramm-Glas Nutella, verschiedene dänische Gurkensalatsorten, eingelegte Rote Bete, Tiefkühlpizza, Eiscreme und eine Kiste leichte Cola. Aus dem Buchladen hatte Steffen mir sogar ein Lesezeichen mitgebracht, und zwar ein besonders schönes.

«Kann man ja immer mal gebrauchen, oder?»

Hätte natürlich auch sein können, dass ich eine legasthenisch geprägte Tussi war, die höchstens mal im Goldenen Blatt die Bildunterschriften zusammenrätselt. Das konnte er aufgrund unserer seltenen Begegnungen beim Inselradio eigentlich nicht beurteilen. Tatsächlich fand ich es aber eine nette Geste, dass er an mich gedacht hatte, und da ich meine Krimiseiten sonst mit Papiertaschentüchern und Werbeprospekten markierte, konnte ich Lesezeichen wirklich immer gebrauchen. Aber nun wurde offensichtlich Dankbarkeit erwartet.

In meiner Wohnung angekommen, hatte ich die Einkäufe im Schneckentempo ausgepackt und in den Schränken und Regalen verstaut, aber auch mehrfach von mir ausgestoßene leidenschaftliche Gähner wurden von Steffen stoisch ignoriert. Also gut: «Möchtest du vielleicht einen Kaffee trinken?»

Steffen legte die CD aus der Hand, die er gerade aus dem Regal gezogen hatte, natürlich eine voll peinliche «Kuschelrock», und grinste mich an: «Interessanter Musikgeschmack. Ich hatte bisher gedacht, wir sind ziemlich auf einer Wellenlänge, aber da schlummern ja ganz dunkle Geheimnisse in deiner musikalischen Vergangenheit. Ja, gerne, mit Milch und Zucker.»

Gut, dann würde ich mal den schlechtesten Kaffee meines Lebens aufbrühen, damit dieses Gastspiel hier schnell ein Ende hatte. Nebenbei gesagt, hatte ich echt keinen Bock, mich von einem Typen, dessen große Leidenschaft rote Schuhe zu sein schienen, wegen meiner CD-Auswahl anmobben zu lassen. «Ach, die Kuschelrock meinst du? Die hat hier mal irgendein ehemaliger Lover liegenlassen.»

«Der scheint ja öfter da gewesen zu sein, ich sehe hier nämlich Kuschelrock 7 und 9 und – ach, hier ist noch eine. Und was hat es mit dem Howard-Carpendale-Album auf sich? Auch von einem Ex-Freund? Oder hattest du sogar mal was mit Howie?»

Ich holte Becher und Zucker aus dem Schrank und Milch aus dem Kühlschrank. Warum hatte ich diese ollen Scheiben nicht auch längst bei eBay reingestellt oder dem Roten Kreuz gespendet? (Weil bei eBay niemand auf solche CDs bieten würde und die Sammler vom Roten Kreuz mich vom Hof jagen würden?) Carpendale musste einfach sein. Wenn Steffen da allerdings weiter rumstöbern würde, dann würde über kurz oder lang auch sicher ein Spruch zu «Die besten deutschen Schlager» und zu «Zwei auf einer Bank» von Gitte & Rex folgen. Aber besser, er hatte die Dinger in den Griffeln als Jan. Hatte gar nicht dran gedacht, dass ich da noch ein wenig an meinem Image arbeiten musste. Sobald diese Nervbacke wieder verschwunden war, konnte ich gleich mal das Schlimmste aussortieren. Und Carpendale würde ich einfach in einen geschlossenen Schrank legen.

«Die Howie-Platte habe ich, glaube ich, mal geschenkt bekommen oder für irgendeine Party gekauft, weiß ich nicht mehr so genau. Hab ich schon seit Ewigkeiten nicht mehr in der Hand gehabt.»

Genau, war mindestens schon zwei Tage her, dass Howie für mich «Es regnet in Durban» gesungen hatte, das war so schön traurig und besinnlich und immer das Richtige, wenn man gerade in einer melancholischen Stimmung war.

Als der Kaffee durchgelaufen war, nahm ich die Kanne und die zwei Becher und ging zu Steffen, der inzwischen eine CD von Mando Diao eingelegt hatte.

«Hast ja doch noch etwas gefunden, was dir gefällt. Schade, mir wäre ja jetzt mehr nach Udo Jürgens gewesen.»

Steffen sprang sofort auf: «Ehrlich? Das hättest du doch sagen können, dann …»

Über diesen beknackten Gesichtsausdruck konnte ich mich kaum noch einkriegen. Der Mann war ja zu richtigen Regungen fähig!

«Quatsch, Mann. War nur Spaß. Ich habe gar nichts von Udo Jürgens.»

Ich stellte Milch und Zucker auf den Tisch und einen Teller mit Keksen und Schokolade dazu. Die ganze Anstrengung – erst der Versuch, Steffen abzuwimmeln, dann der Small Talk – hatte mich vollkommen unterzuckert. Das musste umgehend mit fetten Kalorien ausgeglichen werden. Also machte ich es mir auf dem Fußboden bequem, nahe dem Tisch und mit dem Rücken an der Wand. Bloß nicht mit Steffen zusammen auf dem weichen Sofa sitzen.

«Und das sagt die Frau mit der größten Kuschelrock-Sammlung, die ich je in einem Privathaushalt gesehen habe! Also, ich finde ja, man sollte zumindest ‹Ich war noch niemals in New York› haben, und vielleicht das ‹Ehrenwerte Haus›.»

«Wie bitte?» Ich war gerade sehr mit den Keksen beschäftigt.

«Na, Udo Jürgens. Finde ich tatsächlich ganz okay. Und wenn man auf Partys auflegt, geht's meistens erst richtig ab, wenn da so ein Mitsingklassiker von Udo Jürgens oder Carpendale gelaufen ist.»

«Das sind aber auch echte Kracher. Und was auch noch geht, ist ‹Marleen› von Marianne Rosenberg.»

«Ja, oder ‹Sieben Fässer Wein› von Roland Kaiser.»

Wir konnten uns kaum noch halten vor Begeisterung, welche beknackten, aber partytauglichen Musikstücke uns einfielen. Wie viele Feste hatten wir erlebt, auf denen ausgerechnet diese Musik die Stimmung gerettet hatte! Ehrlich gesagt, war ich aber schon ein wenig erstaunt, dass Steffen in der Schlagerszene so zu Hause war. Vermutet hätte ich eher, dass er auf die ganz schlauen Mucker wie zum Beispiel Tocotronic oder eher die sanften Denker wie Sven Regener von Element of Crime stand.

«Das wundert mich jetzt aber, dass du dich mit deutschen Schlagern so auskennst», sagte ich, während ich uns Kaffee einschenkte. «Wirfst mir vor, ich hätte eine schwarze Seite, was die Musik meiner Jugend angeht, und outest dich hier als absoluten Kenner der deutschen Populärmusik. Schon erstaunlich, dass so einer wie du durchs Strüve-Kontrollsystem durchgerutscht ist.»

«Na, ganz im Gegenteil», erwiderte Steffen. «Strüve steht total auf deutschen Schlager, hat sich aber immerhin etwas schlau gemacht, bevor er mit seinem großen Inselradio-Traum losgelegt hat. Dabei hat er herausgefunden, dass Urlauber auf Partys zwar gerne mal die eine oder andere olle Kamelle hören, im Radio aber auf gar keinen Fall den ganzen Tag lang. Und am Strand schon gar nicht. Da geht höchstens Neue Deutsche Welle.»

«Au ja, ‹Carbonara› oder ‹Blaue Augen›, aber so was haben wir doch auch kaum im Programm.»

Steffen mischte sich in seinem Becher eine hellbraune Milchsuppe mit Zucker und schüttelte den Kopf. «Stimmt, aber das ist auch gar nicht so einfach unterzubringen. Stell dir mal vor, ‹Ich geb Gas, ich will Spaß› von Markus und gleich danach … na, zum Beispiel … ja, zum Beispiel hier Mando Diao, das kriegt man ja gar nicht weggejingelt. Da knallt ein Sound auf einen komplett anderen, und das hört sich dann an wie Erdbeereis auf Hering. Geht gar nicht. Es kommt auf die richtige Mischung an. Und das sieht dann auch der Chef ein. Ich versuche ja, wo es passt, diese alten Hits einzuplanen, mit denen wir alle tolle Erinnerungen verbinden, und die sanfteren gehen ja auch, aber es darf …»

«… auch nicht weh tun», vollendete ich seinen Satz.

«Ja, sonst kommt der Meister nämlich höchstpersönlich in die heiligen Hallen der CDs und Schallplatten und bringt uns etwas aus seinem ganz privaten Rundfunkarchiv mit. Und da ist es dann egal, wem das Schmerzen bereitet, das kann ich dir sagen!»

Ich war fassungslos: «Du machst Spaß, oder? Der Strüve bringt doch nicht seine eigene Musik von zu Hause mit in den Sender?»

«Doch, das macht er. Ist alles schon vorgekommen. Wenn er beim Frühstück Musik hört, die ihm so gar nicht in den Kram passt, macht er einen kleinen Schlenker an seiner Musiktruhe vorbei und marschiert dann auf direktem Wege in mein Büro. ‹So, Herr Witte, hier habe ich Ihnen mal eine schöne Musigg mitgebracht, wenn ich die früher in der Zentrale aufgelegt habe, hat sich der Absatz glatt verdreifacht›, sagt er dann und präsentiert mir seine Auswahl.»

Ich lag fast auf dem Boden. Steffen hatte Tonfall, Gestik und Mimik des dicken Strüve echt perfekt drauf.

«‹Wenn die Leute mehr Möbel kaufen bei so einem schönen Stück Musigg›», fuhr er fort, unseren Chef nachzumachen, «‹dann kann das ja für unsere Hörer auch nichts Schlechtes sein. Und dieses Gejaule von heute früh um 8 Uhr 12, das möchte ich hier in meinem Programm künftig nicht mehr hören, Herr Witte. Ich denke, da verstehen wir uns.›» Steffen stellte sich hin, um den Senderchef noch besser imitieren zu können. Er winkelte die Arme an und tat so, als würde er mit abgeknickten Ellenbogen seinen Hosenbund hochziehen. Genau so stand der Dicke morgens immer am Tisch für die Redaktionskonferenz. Und je aufgeregter er wurde, desto häufiger zog er sich so die Hose nach oben. Zum Piepen.

«Und was für Schätze hat er dir da schon so mitgebracht?»

«Na, da war schon einiges dabei, was ich lieber aus meiner musikalischen Erinnerung gestrichen hätte: ‹Take It Easy Altes Haus› von Truck Stop, ‹Resi, i hol di mit mei'm Traktor ab› von Wolfgang Fierek, und ganz schlimm war mal ‹Erinnerung› von Angelika Milster.»

«Ach, das kenn ich, das ist die deutsche Fassung von ‹Memories› aus Cats, oder?»

Steffen nickte: «Ganz genau, gruselig. Und nun stell dir doch bitte mal vor, du liegst in deinem Strandkorb und ahnst nichts Böses, summst vielleicht noch die letzten Takte von ‹Boat Behind› von den Kings Of Convenience, und dann – paff – ‹Aus-ge-brannte Wirk-lich-keit … von kallll tem Rauuch um-gehhhh-ben …›. Hat ja alles seine Berechtigung, aber doch bitte nicht in einem Programm wie unserem.»

Steffen war nicht nur ein toller Strüve, er hätte auch sofort als Angelika-Milster-Imitator auftreten können.

Und so verplauderten wir den ganzen Nachmittag und hörten uns durch uralte CDs. Erst als Steffen mich noch auf eine Pizza einladen wollte, spürte ich plötzlich, wie müde ich war. Ich musste mich unbedingt erst mal ein Stündchen hinlegen. Also bedankte ich mich artig für das Tütenschleppen, woraufhin Steffen beteuerte, dass es ihm wirklich nichts ausgemacht habe und dass ich ihn gerne wieder als Lebensmitteltaxi missbrauchen dürfe, auch ohne zerrissene Tüten. Und als ich dann im Bett lag, neben mir das Handy, auf dem weder eine neue Nachricht noch ein Anruf von Jan eingegangen waren, da war ich plötzlich sehr traurig und sehr einsam.

Nachdem Maike und ich uns am nächsten Abend hinterm Hotel Maritim endlich die gefühlten zweitausend Stufen zur Düne hochgequält hatten, wurden wir mit einem phantastischen Ausblick belohnt. Am Horizont konnte man ein Fährschiff erkennen, und während sich vorn am Strand die Wellen brachen, deren Spitzen wie steifgeschlagene Sahne auf den Sand klatschten, lag das Meer weit draußen da wie gebügelt. Der Himmel war wie von Nolde gemalt, in zartem Blau mit verwischten weißen Wattewölkchen. Die Sonne war bereits kurz davor unterzugehen, und der Wind pustete, wie den ganzen Tag schon, eiskalt vom Meer her unter unsere Jacken. Typisches Sonnenbrandwetter: Da dachten die Touristen in ihren Partnerlook-Windjacken nicht daran, dass die Sonne mit voller Kraft strahlte, und sahen dann abends aus wie die Hummersauce im Fischbrötchen bei Gosch.

Wir hatten uns mit Elfie in einer Strandbar oben auf der Düne verabredet, und auf dem Weg dorthin brachte ich Maike auf den neuesten Stand der Dinge.

«Männer sind wirklich seltsam», begann ich. «Ich meine, Steffen war doch immer so langweilig und unscheinbar, und plötzlich wächst der total über sich hinaus. Der hat den Strüve nachgemacht, ich hab mich echt weggeschmissen vor Lachen.»

«Da kannst du mal sehen», sagte Maike. «Wie ich immer sage: Zweimal hingucken hat auch noch keinem geschadet. Aber ehrlich gesagt, bist du genauso seltsam, Ina. Erst redest du nur von Jan und wie verliebt du in ihn bist. Dann meldet der sich nicht, und plötzlich ist Steffen der Mann der Stunde.»

«Quatsch! Steffen ist ein total netter Kerl, und ich gebe lediglich zu, dass ich mich in einem Menschen geirrt habe. Ich habe ihn bisher ja kaum wahrgenommen, und wenn, dann höchstens als Nervbacke. Dabei ist er eigentlich ganz süß. Aber eben eher so der Kumpeltyp, verstehst du? Verliebt bin ich in Jan. Daran hat sich überhaupt nichts geändert.»

Maike grinste. «Bei *der* Auswahl an Männern bist du wahrscheinlich noch vor mir verheiratet.»

«Ja, Maike, sicher. Das ist auch mein großer, großer Plan. Ganz viele klarmachen, damit dann am Schluss auf jeden Fall einer übrig bleibt, der mich will. Wie stelle ich es nur an? Vielleicht probiere ich es einfach mal mit einem Kuss bei Steffen – und der verwandelt sich dann in Richard Gere und knattert mit mir in einem Cabriolet durch die Strandstraße. So wird es sein.»

«Aber wenn du mal ganz ehrlich bist», entgegnete Maike, «dann ist das mit Jan doch eher eine Schwärmerei. Du hast dir vielleicht eingeredet, dass du in ihn verliebt bist. Kein Wunder: Alle finden ihn super, er sieht besser als durchschnittlich aus und war seit langem das erste männliche Wesen, das richtig nett zu dir war. Aber denk doch mal nach – du und so ein geschniegelter Typ: Passt das? Vielleicht ist es doch ganz gut, dass er sich nicht bei dir meldet. Es wäre dir doch viel zu anstrengend, dich jeden Morgen schminken und in ein Etuikleid werfen zu müssen. Oder hast du darüber nie nachgedacht?»

Inzwischen waren wir an der Strandbar angekommen und suchten uns einen windgeschützten Platz direkt hinter der riesigen Glasscheibe auf der Terrasse, durch die man auf Dünen, Strand und das bewegte Meer schauen konnte. Neben unserem Tisch war eine klimaschädliche Wärmelampe aufgestellt, unter der es schön kuschelig war. Und für die absoluten Schattenparker hatte die Strandbar bunte Wolldecken auf die Stühle gelegt.

Maike wartete immer noch auf eine Antwort.

«Nö. Habe ich nicht. Wieso sollte ich auch über meine Klamotten nachdenken, wenn Jan mich so lieben würde, wie ich bin? Ich habe eher nächtelang überlegt, wie es wohl wäre, wenn diese wunderbaren Lippen mich endlos küssen und diese tollen zweifarbigen Augen mich verliebt ansehen.»

«Ina, du bist und bleibst eine Träumerin. Und das finde ich auch ganz wunderbar an dir. Aber um mal ein wenig Realität einzustreuen, was läuft denn da wirklich zwischen dir und diesem Steffen?»

«Was soll da laufen? Er hat sich benommen wie ein Gentleman und mir meine Einkaufstüten nach Hause gefahren. Und dann hatten wir einen ganz netten Nachmittag. Er hat süße Grübchen, und wir haben viel gelacht. Ich glaube, wir verstehen uns gut. Punkt. Das war's auch schon. Und außerdem geht es heute um dich, weshalb wir mein nicht vorhandenes Liebesleben jetzt auch mal abhaken können – bekommt man hier mal eine Karte?»

Wie aufs Stichwort kam eine junge Kellnerin mit der Speisekarte angerauscht und fragte nach unseren Getränkewünschen. Anstatt schwarzer Kostümchen mit weißen Schürzen trugen die Mitarbeiter dieses Ladens hippe Poloshirts in Meeresfarben mit dem Aufdruck der Bar. War ja schließlich Sylt und nicht Eppendorf. Und auch die Speisekarte war ein typisches Beispiel für die Kombination Insel plus Seeblick plus hippe Kellner – übersetzt also: wenig Auswahl zu Preisen, bei denen man doppelte Portionen vermutete, aber nur halbe serviert bekam.

«Sucht euch was aus, geht alles auf Spesen», sagte eine Stimme hinter uns. Kurz darauf ließ sich Elfie schwer atmend auf einen freien Stuhl an unserem Tisch fallen. «Könnte mal ein junger, attraktiver Arzt kommen und mich beatmen?» Sie schnaufte und lehnte sich schließlich über den Tisch, um erst mich und dann Maike fest in die Arme zu schließen. «Meeeensch, Maike, Ina! Ist das toll, euch zu sehen und zu knuddeln! Mann, ich hab euch vermisst!»

«Das haben wir auch, und wie!» Es war großartig, endlich wieder mal zu dritt zusammen zu sein!

Nachdem wir die Begrüßungszeremonie hinter uns gebracht hatten, sagte Elfie: «Bohhh, also meinetwegen hätten wir uns auch irgendwo direkt in Westerland treffen können, dann wäre ich gar nicht auf die Idee gekommen, über diese Monstertreppe zu klettern. Die Aussicht ist toll, aber deshalb bin ich ja nicht hier. Puhhhhh.»

«Du hättest gar nicht die hundert Stufen laufen müssen, sondern auch ganz bequem vom Westerländer Strandübergang auf der Promenade herspazieren können», erklärte Maike lachend.

Elfie war wirklich gestraft mit ihrem Namen, denn an ihr war so gar nichts elfenhaft: dicke, rote Haare, praktisch kurz geschnitten, größer als der Durchschnittsmann und mit einem Hinterteil gesegnet, von dem sich so manches Brauereipferd noch die sprichwörtliche Scheibe hätte abschneiden können. Hinzu kam, dass sich Elfie schon seit der Schulzeit in immer neue Lebensphilosophien und Ansichten hineinsteigerte, die sie dann gern ungefragt allen Mitmenschen aufdrückte. So waren wir bestens informiert über Buddha, aus der Zeit, in der Elfie sich die Haare ganz abrasiert hatte und ausschließlich in einer roten Kutte in die Uni gekommen war. Während der fleischlosen Phase unserer Freundin hatten wir uns alles über vegetarisches Leben anhören müssen und waren zu Makramee- und Yoga-Kursen mitgeschleppt worden. Denn Elfie war in allem leidenschaftlich, nicht nur, was neue Lebensentwürfe betraf, sondern auch in Bezug auf Freundinnen. Wen sie einmal in ihr großes Herz geschlossen hatte, der blieb drin, für immer und ewig.

Rein äußerlich war der aktuelle Trend nicht festzumachen. Elfie trug eine abgeschnittene Jeans mit einem knallroten Batik-T-Shirt, das schon bessere Tage gesehen hatte, dazu einen lila Seidenschal und sandalenartige Schuhe, die jedem Orthopäden ein Lächeln ins Gesicht zaubern würden.

«Du bist ja immer noch so ein Spacken.» Elfie betrachtete Maike von oben bis unten, verharrte dann mit dem Blick in Bauchhöhe und grinste. «Ich hab gedacht, du stopfst dir hier in deinem eigenen Café von morgens bis abends Torte rein oder lässt dich jedenfalls mal von deinem Heini schwängern …»

«Jetzt fang du nicht auch noch damit an!», protestierte Maike. «Und im Übrigen heißt mein Freund Bendix, das weißt du auch ganz genau.»

«Klaro, aber wieso fange ich auch damit an? Hat die liebe Elfie da in ein fettes Wespennest gepikt? Machen die Schwiegereltern einen auf Omi-und-Opi-wollen-so-gerne-ein-Baby, oder gehen dir deine Eltern mit der Nummer auf den Sack?» Typisch Elfie: Sie kam sofort zur Sache. Noch während sie sprach, winkte sie die Kellnerin heran, um sich eine doppelte Cola zu bestellen und nach einer weiteren Speisekarte zu fragen.

Ich kam Maike zu Hilfe und versuchte in wenigen Worten, die aktuelle Situation zu umreißen:

«Also, eigentlich haben die Eltern von Bendix damit angefangen. Die haben nämlich noch eine elektrische Eisenbahn im Keller und planen bereits den ersten Ausflug ins Legoland.»

«Stimmt ja gar nicht!» Maike schlug mir scherzhaft auf den Arm. «Du übertreibst. Ehrlich gesagt, haben Bendix und ich auch schon über Kinder gesprochen, aber …»

«Aber unsere liebe Freundin Maike möchte den althergebrachten Weg gehen: verloben, verheiraten und dann erst Familie gründen», vollendete ich den Satz.

Elfie nickte verständnisvoll: «Insgeheim träumen wir ja alle davon, aber bei wem klappt das schon? Und wenn ich Ina richtig verstanden habe, ist dein Bendix nicht so ein Romantiker, dass er jeden Tag mit einer neuen Liebeserklärung nach Hause kommt?»

Maike nickte. Die junge Kellnerin brachte unsere Getränke und fragte nach Essenswünschen. Nachdem wir bestellt hatten, zog Elfie sich unter dem Tisch die ergonomisch geformten Bequemschuhe aus und streckte sich. «Haaach, ist das ein schönes Fleckchen Erde hier.» Dabei zog sie geräuschvoll Luft durch die Nase ein. «Irgendwer hat mal gesagt, wenn Männer heiraten, dann denken sie: Hoffentlich ändert sie sich nie! Und wenn Frauen heiraten, dann denken sie: Hoffentlich kann ich den noch ändern!»

«Ich will Bendix ja gar nicht ändern, ich wünsche mir nur ab und zu ein klitzekleines bisschen mehr Romantik und Gefühl und einen schönen Antrag.»

Elfie nahm einen Schluck Cola, der selbst einem Bauarbeiter große Ehre gemacht hätte, und widersprach: «Aber du liebst ihn doch so, wie er ist. Ich kann mich jedenfalls an Telefonate erinnern, in denen es nur hieß: Bendix dies und Bendix das, Bendix ist der Klügste, Bendix hat so ein unglaubliches Organisationstalent, Bendix findet immer einen Parkplatz, Bendix hat ein Händchen für tolle Möbel, Bendix ...»

Maike hielt sich die Ohren zu und musste lachen.

Ich gab Elfie recht: «Ja, da musst du gar nicht lachen. Genau solche Sachen hast du gesagt. Deshalb verstehe ich auch nicht, wieso ihr beide nicht einfach einen Termin festlegt, und dann wird geheiratet. Aber bitte, ich habe gesagt, ich helfe dir, und hatte da so einen Ansatz im Kopf, den Elfie gleich in eine phantastische Idee umgesetzt hat. Du kennst doch den Film ‹Tatsächlich Liebe›, oder? Mit Hugh Grant und Keira Knightley. Und hast du zufällig noch den Film von dir und Bendix aus eurem Frankreichurlaub vor zwei Jahren zu Hause?»

Und dann erklärte ich Maike, worin unser Plan bestand, und je länger der Abend dauerte, desto mehr nahm die Sache Gestalt an. Als wir uns Stunden später trennten, hatten Elfie und ich unser Ziel erreicht: Unsere Freundin würde heute glücklich einschlafen, denn das Problem, das sie seit Wochen umtrieb, hatte sich mit großer Wahrscheinlichkeit endlich gelöst.

Gute drei Wochen waren vergangen, in denen sich die Lage in Sachen Jan nicht gerade verbessert hatte. Ich war wie gewohnt jeden Morgen in den Sender gestiefelt, hatte inzwischen meinen Kleiderschrank von vorne bis hinten und wieder zurück vorgeführt und war sogar jeden Tag extra sieben Minuten früher aufgestanden, um ein klein wenig Make-up aufzulegen. Jan hatte darauf jedoch gar nicht reagiert. Und das war noch übertrieben. Er redete nur das Nötigste mit mir, stellte an manchen Tagen sogar für zwei Musiktitel am Stück das Musikprogramm auf Automatik, um seinen Kaffee selbst aus der Küche holen zu können. Zu meiner Einladung hatte er nichts mehr gesagt, und auch zum Thema «Wir müssen reden» waren weder eine neue SMS noch ein Anruf von ihm gekommen.

Noch dazu hatte die doofe Jenny dauernd in seinem Studio rumgelungert. Angeblich, um ihm beim Arbeiten zuzusehen und für ihre eigenen Sendungen noch etwas zu lernen. Was zur Folge hatte, dass es in den vergangenen Tagen keine Gelegenheit gab, Jan unter vier Augen zu sprechen.

Einmal, als ich knapp davor war – er war nach der Sendung allein in der Küche, und ich kam dazu –, wurden wir sogar vom strunzigen Klaas gestört, der einen Termin bei Strüve hatte. In seiner polterigen Art war er Sekunden nach mir reingekommen und hatte in Konzertlautstärke gerufen: «Lamuhr, Lamuhr – wie der Franzose sagt. Da sind ja meine süßen Früh-Sender. Na, habt ihr beiden jetzt Feierabend und macht es euch zu Hause noch ein wenig gemütlich?» Ich war knallrot geworden, Jan stand stocksteif und stumm vor der Kaffeemaschine, als Klaas ihm blöde grinsend auf die Schulter klopfte. Bevor es noch peinlicher wurde, war ich lieber schnell auf der Toilette verschwunden.

Nun saß ich hier bei Arko mit einer Packung der zweitbesten Geleebananen der Welt (die besten gab es in der Süßwarenabteilung von Karstadt in der Mönckebergstraße in Hamburg. Meine Mutter schickte sie mir manchmal, aber der Vorrat war längst aufgefuttert) und wartete auf Maike. Ich hatte sie in den vergangenen Tagen nicht gesehen und kaum gesprochen, weil sie Bendix zu einer Reisemesse nach Berlin begleitet hatte. Wie immer ein klein wenig zu spät, kam sie jetzt in das Café gehetzt.

«Hey, Süße, tut mir leid», sagte sie. «Ich wollte gerade los, da kam die Getränkelieferung. Das konnte ich Tine nun wirklich nicht allein machen lassen.»

Sie drückte mich kurz, ließ ihre Handtasche auf den Boden neben den Barhocker fallen und sah mich fragend an. «Mir ist sowieso nicht klar, wieso wir uns hier treffen und nicht einfach draußen vorm LatteMar quatschen können.»

Während ich mir die letzten beiden Geleebananen in den Mund stopfte, versuchte ich ihr gleichzeitig zu erklären: «Mmmmpf, Geleebananen, mmmpf, Kaffee, mmmfp, schlecht und, mmmpf. Deswegen …»

«Na, jetzt ist mir einiges klar. Sag mal, kannst du vielleicht mal aufhören, diesen Schrott in dich reinzustopfen? Zumindest, während wir reden? Ich bestell mir jetzt einen Kaffee, willst du auch einen? Mit Sahne?»

Ich schob die leere Süßwarenpackung an den Rand des Tisches und schüttelte den Kopf. «Nö, irgendwie vertrage ich Kaffee gerade nicht so gut. Habe es in letzter Zeit vermutlich etwas übertrieben. Ich würde ein Wasser nehmen. Und bring mir doch noch so eine Packung von den Bananen mit. Ich verspreche auch, ich esse sie erst auf dem Heimweg.»

Maike stand kopfschüttelnd auf und ging zum Tresen, um Getränke und meinen Spezialwunsch zu bestellen. Am Nebentisch saß ein Typ in Jeansjacke, Cordhose und Kappe mit dem Aufdruck einer norddeutschen Biermarke. Sein Kumpel, der sich äußerlich nur durch die Biersorte auf der Kappe von ihm unterschied, setzte sich mit einem Becher dazu.

«Hey», sagte der eine.

Pause.

Dann: «Und sonst?»

«Ja, und du?», erwiderte der andere.

Mit an Sicherheit grenzender Wahrscheinlichkeit handelte es sich um zwei Nordfriesen.

In der Zwischenzeit hatten sich zwei Touristenpärchen in identischen Windjacken auf der anderen Seite des Tisches niedergelassen. Einer der Männer mit Pudelmütze regte sich darüber auf, dass er und seine «Putzi» bei der Wattwanderung auf Föhr im vergangenen Jahr so unglaublich viel hatten rennen müssen. Total anstrengend sei das gewesen, und die Wattführerin habe auch so gar keine Geduld gehabt. Deshalb sei man dieses Jahr lieber nach Sylt gereist.

Hätte die Führerin das Paar doch einfach durchs Wattenmeer schlendern lassen, bis die Flut sie eingeholt hätte, dachte ich. Dann müsste ich mir jetzt nicht diesen Quatsch anhören. Da kam Gott sei Dank Maike mit einem Kaffeebecher, einer kleinen Flasche Mineralwasser und den Geleebananen zurück.

«Wie war es in Berlin?», fragte ich.

«Ach, wie Messen so sind. Unglaublich viele Leute, es ist warm und laut in den Hallen, und man läuft den ganzen Tag so viel herum, dass man danach das Gefühl hat, man hat quadratische Füße. Habe ich dir ja schon gesimst. Abends haben wir dann versucht, ein wenig die Stadt zu erkunden, einmal waren wir sogar im Kino. War nett. Aber mich interessiert viel mehr, wie es mit deinem Gigolo weitergegangen ist. In deinen Nachrichten hast du dich ja ziemlich bedeckt gehalten. Kommst du voran mit deinem Knutschfleckmann?»

Ich musste mir tatsächlich die Tränen verkneifen und nahm schnell einen Schluck Wasser, bevor ich in der Lage war, von meinen Looser-Tagen in der Redaktion zu berichten.

«Maike, wahrscheinlich hattest du doch recht, und Jan ist ein Arschloch. Erst habe ich ja gedacht, der ist gar nicht so und will mich nur vor den Kollegen im Sender schützen. Oder dass ich in unserer gemeinsamen Nacht vielleicht irgendwas total Doofes gesagt oder gemacht habe, was ihm nicht gefallen hat. Und als wir uns am ersten Arbeitstag nach dem Fest wiedergesehen haben, da hat er mir ja sogar eine SMS geschrieben und mich quasi zum Reden aufgefordert. Aber seitdem: gar nichts!»

«Was meinst du damit, gar nichts? Ihr seht euch doch jeden Tag im Sender, da muss sich doch mal die Gelegenheit ergeben, das Thema anzusprechen.»

«Ja, das habe ich auch gedacht. Aber Jan ist wie ausgewechselt. Wir konnten nicht ein einziges Mal ungestört miteinander reden, weil immer jemand von den Kollegen dazwischengeplatzt ist. Ehrlich gesagt, liegt es aber nicht nur an den Kollegen. Er vermeidet es geradezu, mit mir allein zu sein, spricht nur noch das Nötigste mit mir, will lediglich seine Unterlagen für die Sendung oder fragt nach den Gewinnen für die Spiele. Stattdessen quasselt er ewig mit Jenny …»

«Was für eine Jenny?» Maike nahm einen Schluck von ihrem Kaffee und sah mich aufmerksam an.

«Na, diese neue Nachtmoderatorin, die ihre Sendung immer vor Jan hat. Wenn sie fertig ist, bleibt sie immer noch eine halbe Stunde bei ihm im Studio auf ihrem knackigen Hintern sitzen. Oder sie kommt einfach so vorbei und guckt sich an, wie er das so macht, der erfolgreiche Mister Morningshow, um sich noch richtig was abzugucken, wie sie sagt.»

«Würde ich auch so machen, wenn ich noch nicht lange in dem Job wäre.»

«Ja, natürlich. Und dass die Tante aussieht, als würde sie nächste Woche zur Endausscheidung von Germany's Next Topmodel fliegen, spielt da ja auch keine Rolle.»

Maike setzte ihre Kaffeetasse ab und sah mich mütterlich an: «Redest du dir da nicht wieder was ein?»

«Ja. Nein. Vielleicht. Auf jeden Fall sind dann auch meistens schon die anderen Kollegen da, und es ergibt sich einfach nicht mehr die Gelegenheit, zu sagen: ‹Du, war ja eine heiße Nacht mit uns beiden, aber was genau hat dich denn so gestört? Wollte ich, dass du mir Tiernamen gibst? Oder habe ich vielleicht von dir verlangt, dass du eine Schwesterntracht trägst?›»

Maike kicherte: «Gut, mag ja alles sein, aber du hättest ihn zum Beispiel auch mal anrufen können, nachmittags oder am Abend. Die Handynummer hast du doch.»

«Habe ich alles versucht, aber wahrscheinlich hat er meine Nummer auch eingespeichert und sieht, wenn ich es bin. Auf jeden Fall ist er nicht rangegangen.» Ich musste noch einmal schlucken und etwas trinken, um weitersprechen zu können. «Ach, ich weiß auch nicht mehr, was ich machen soll. Ich kann ihm ja auch nicht nach dem Dienst auflauern, ihm eine Schaufel über den Kopf ziehen und dann in meine Wohnung abschleppen, um ihn da zur Rede zu stellen.»

«Ach, vielleicht ist das gar keine so üble Idee. Ich könnte mich mal umhören, ob Bendix ein paar Macker kennt, die dich unterstützen. Wenn ich mich recht erinnere, hat Jörgen Kontakte in die Hamburger Nachtclubszene. Du verstehst, was ich meine.» Maike schenkte mir ein Lächeln, um die Ironie zu verdeutlichen. «Aber nun mal im Ernst: Du weißt ja ohnehin, was ich von dieser ganzen Geschichte halte. Für mich klang das von Anfang an so, als ob er erst mal etwas Abstand von dir möchte. Und zwar richtigen Abstand im Sinne von: ‹Ich will nicht dein Freund oder dein Loverboy sein.›» Sie legte ihre Hand auf meine und versuchte mich zu trösten. «Vielleicht ist es am besten, wenn du das endlich mal akzeptierst. Diese gewisse Nacht ist jetzt fast vier Wochen her. Jan redet nicht mit dir, ruft dich nicht an und will dich auch nicht treffen. Geht dir also aus dem Weg. Klingt für mich nicht nach der richtig heißen Liebe, tut mir leid.»

Ich schniefte in meine Serviette. Auf einmal wollte das ganze Elend der vergangenen Tage per Flüssigkeitstransport an die Oberfläche. Und dann diese blöden Billigserviettenimitate im Café: glatt, glitschig und beim ersten Tropfen Schnodder gleich zerrissen. Wie sollte man da denn vernünftig heulen können?

«Ina, hör auf, dir was vorzumachen», sagte Maike. «Diese Nacht zwischen euch war für Jan wahrscheinlich ein Ausrutscher, bedingt durch Alkohol. Du selbst hattest auch reichlich getankt – so viel, dass du dich noch nicht mal erinnerst, was eigentlich passiert ist. Dann kam eins zum anderen, und hinterher tat es ihm leid. Ist uns doch allen schon mal passiert nach so einer Party.»

Ich schüttelte den Kopf. «Mir nicht! Ich war zwar immer diejenige, die auch mit angestoßen hat, aber am nächsten Morgen war ich jedes Mal traurig, wenn niemand außer mir im Bett lag. Abgesehen davon ist diese Geschichte wirklich anders, weil ich in Jan verliebt bin. Was mache ich bloß falsch? Ich bin wahrscheinlich einfach zu fett. Kein Wunder, dass alle Typen abhauen, die mich nackt gesehen haben.»

Maike schlug mir sanft auf die Schulter und zeigte auf die leere Packung auf dem Tisch. «Wenn du dich weiter von derartigem Obst ernährst, dann wirst du auf jeden Fall fett, so viel ist mal sicher.»

Beim Blick auf die Geleefrüchte in Schokolade ging es mir schon etwas besser. «Die sind so lecker, das glaubst du gar nicht! Da hatte ich heute Morgen beim Aufwachen schon einen Janker drauf. Weißt du, irgendwie zieht mich Jans Verhalten wirklich ganz schön runter. Abends kann ich nicht einschlafen, weil ich die ganze Zeit grüble, wie ich im Sender an ihn rankomme oder ob ich ihm doch nochmal eine SMS schreiben soll. Wenn dann am nächsten Morgen der Wecker klingelt, bin ich natürlich supermüde, und das bleibt auch den ganzen Tag so. Vor Kummer ist mir schon ganz schlecht, wenn ich aufstehe, und stell dir vor: In der letzten Woche habe ich im Sender nicht eine BiFi gegessen, und auf Kaffee habe ich auch keinen Bock mehr.»

Jetzt stellte Maike ihren Becher lautstark auf dem Tisch ab und starrte mich an. «Bist du etwa schwanger?»

«Quatsch!»

«Ich frage ja bloß. Hast du verhütet in dieser gewissen Nacht?»

«Maike. Ich bin nicht schwanger.»

«Aber die Pille nimmst du nicht?»

«Nee, damit habe ich schon lange aufgehört. War mir zu teuer ohne festen Freund. Aber ich habe immer Gummis in der Nachttischschublade, griffbereit sozusagen, in allen Farben und Geschmacksrichtungen.»

«Danke, das war mir jetzt tatsächlich etwas zu viel Information.»

Während wir ein paar Minuten schweigend nebeneinandersaßen, wurde mir auf einmal doch etwas anders. Was, wenn Maike recht hatte? An die Möglichkeit, schwanger zu sein, hatte ich noch gar nicht gedacht, sondern hatte mein abnormales Essverhalten, die Müdigkeit und Anfälle von morgendlicher Übelkeit ausschließlich auf die bevorstehenden Begegnungen mit Jan geschoben. Da fiel mir ein: Wann hatte ich eigentlich das letzte Mal meine Regel?

«Wann hattest du eigentlich das letzte Mal deine Regel?», fragte Maike, als könnte sie Gedanken lesen.

«Ist schon länger her», antwortete ich kleinlaut.

Jetzt ließ sie nicht mehr locker. «Also, nur mal angenommen, du hättest nicht verhütet, dann wärst du jetzt ungefähr in der vierten Woche. Da ist es schon möglich, dass einem mal schlecht wird oder dass man entweder keinen Appetit oder Heißhunger hat. Und müde ist man angeblich sowieso von morgens bis abends.» Sie ließ ihren Blick bedeutungsschwer über die Geleebananen schweifen.

Mir waren unterdessen Heißhunger und Liebeskummer auf einen Schlag vergangen. «Scheiße! Was für eine Scheiße! Daran habe ich noch gar nicht gedacht! Was mache ich denn jetzt? Ich muss Jan anrufen, so viel ist sicher.» Ich fischte mein Handy aus der Tasche, um das wichtige Gespräch mit dem werdenden Vater nicht länger aufzuschieben.

«Nun warte erst einmal ab.» Maike nahm mir das Handy aus der Hand. «Du weißt doch noch gar nicht, was Sache ist. Und wenn du ihm jetzt mit einer Schwangerschaft kommst, die sich dann am Ende nur als Fettsucht herausstellt, meinst du, dass Jan dich dann entführt und mit dir eine Weltreise auf einem Viermaster macht? Vielleicht geht es dir ja einfach nicht gut, weil du etwas Falsches gegessen hast oder zu viele von diesen Geleedingern. Oder du bekommst eine Grippe oder so. Ist ja alles möglich. Nur weil einem der Kaffee nicht mehr schmeckt, bekommt man ja nicht gleich ein Baby. Wenn das so wäre, dann würde ich nämlich jede Menge schwangerer Frauen kennen.»

Aber Maikes Worte zogen an mir vorbei, ohne dass ich richtig zuhören konnte. Meine letzte Regel war mindestens vier Wochen her. Oder sogar fünf? Ehrlich gesagt, habe ich nie zu den Frauen gehört, die darüber Buch führen. Irgendwann bekam ich eine bestimmte Art von Bauchschmerzen, sodass ich wusste, in ein paar Stunden ging es los, und dann wartete ich einfach, bis es wieder aufhörte.

«Am besten machst du heute noch einen Test», unterbrach Maike meine Gedanken. «Der gibt dir sofort Gewissheit. Dann musst du nicht mehr grübeln und kannst weiter überlegen, was zu tun ist – falls du tatsächlich schwanger bist.»

«Aber stell dir das doch bitte mal vor!», erwachte ich plötzlich aus meiner Schockstarre. «Der Vater redet kaum mit mir, den Job kann ich dann auch knicken, und überhaupt: Was mache ich denn allein mit einem Baby in Westerland? Ich bin doch gar nicht in der Lage, mich um das Kind zu kümmern. Manchmal habe ich ja nicht mal was für mich selber im Kühlschrank. Ab wann kann man Babys denn mit Pizza füttern? Und außerdem – dann werde ich ja noch fetter!»

«Ina, mach einen Test, bevor du dich wahnsinnig machst. Kannst du in jeder Apotheke kaufen, oder hier nebenan in der Drogerie. Kostet mittlerweile weniger als zehn Euro. Ich finde, das ist gut investiertes Geld.»

«Ach, woher weißt du das denn so genau? Habe ich da was verpasst?»

Maike verdrehte die Augen. «Vor ein paar Monaten hatte ich mal den Verdacht, dass da was im Busch sein könnte, also habe ich mir so einen Test geholt. War aber Fehlalarm. Zum Glück.»

«Na, herzlichen Dank. Du machst mir Mut.»

Die beiden schweigsamen Einheimischen am Nebentisch hatten ihren Kaffee ausgetrunken und standen nun wortlos auf. Gleichzeitig. Als würden sie sich telepathisch verständigen. Einer von beiden neigte sich zu mir, tätschelte meine Hand und sagte: «Rutkomen sin de jümmers all, dor mut man sich gor nich um kümmern. Un Modder ward man nich – dat is man, hett min Modder jümmer secht.» Vermutlich hatte der Mann seit seiner Schulzeit nicht so viel am Stück geredet. Verstanden hatte ich ihn nicht.

Maike schob mir die Geleebananen über den Tisch. «Er hat gemeint, rausgekommen sind sie noch immer alle, da muss man sich nicht drum kümmern. Und Mutter wird man nicht, das ist man, hat seine Mutter immer gesagt.» Damit steckte meine beste Freundin ihr Portemonnaie in die Tasche und räumte unser Geschirr zusammen. «Komm, wir gehen. Ich muss sowieso zurück ins LatteMar. Du holst dir jetzt diesen Schwangerschaftstest hier nebenan. Dann liest du dir schon mal ganz genau durch, wie das funktioniert, und wenn du willst, komme ich nachher vorbei und helfe dir.»

«Ja, das wäre schön. Auch, weil du mich dann davon abhalten kannst, in die Nordsee zu gehen oder mich vor einen Autozug zu werfen, falls das Ergebnis positiv ausfällt.»

Jemand Berühmtes hat Relativität mal so erklärt: Wenn man als junger Mann fünf Minuten neben einer alten Frau auf einer Parkbank sitzt, dann kommt einem die Zeit relativ lang vor. Wenn man als alter Mann fünf Minuten neben einer jungen Frau auf einer Parkbank sitzt, dann kommt einem die Zeit relativ kurz vor. Im Moment war ich der junge Mann neben der alten Frau. Bildlich gesprochen.

Ich hatte mir in der Drogerie einen Schwangerschaftstest gekauft. In der Apotheke zu stehen und zu sagen: «Guten Tag. Ich brauche einen Stäbchentest», war mir einfach zu peinlich gewesen. Am Ende hätte die freundliche Fachkraft noch erwidert: «Was Sie brauchen, meine Liebe, sind eher eine ausgeklügelte Diät und eine professionelle Ernährungsumstellung.» Und dann hätte sie mir auch gleich die Geleebananen abgenommen und durch einen fettarmen Eiweißriegel ersetzt. In der Drogerie hingegen konnte ich den Test zwischen Shampoo, Vitaminbonbons, Toilettenpapier und Zahnpasta unauffällig auf das Band legen und nach dem Bezahlen schnell in meiner Einkaufstasche verschwinden lassen.

Als ich zu Hause ankam, konnte ich es natürlich nicht abwarten, bis Maike so weit war. Das konnte ja noch Stunden dauern. Außerdem hatte ich lange genug gewartet. Jan musste schließlich auch wissen, was Sache war. Also war ich umgehend in meinem kleinen Bad verschwunden, hatte die Gebrauchsanweisung auf dem Päckchen gelesen und immer wieder Heulattacken gehabt. Schließlich riss ich mich zusammen und traute mich, wie angewiesen auf den kleinen Streifen zu pieseln.

Nun wartete ich, dass sich in der Anzeige auf dem Stäbchen etwas veränderte. Inzwischen schon gefühlte Stunden. Bei einer Schwangerschaft sollte ein Plus-Zeichen in dem kleinen Display erscheinen, bei reiner Fettleibigkeit würde ich ein Minus sehen können. Ausgerechnet jetzt klingelte es an der Haustür. Kam Maike also doch noch rechtzeitig! Ich nahm das Stäbchen und rannte mit offener, bloß mit den Händen zusammengehaltener Hose zur Tür.

«Hey, ich hab heute früher Schluss gemacht und Kuchen eingekauft. Ich wollte mich nur für neulich … Ohh, ich komme wohl gerade etwas ungelegen?»

Steffen stand vor der Tür. Mit einem Paket vom Bäcker in der einen und einem Strauß bunter Blumen in der anderen Hand. Er starrte mich an wie ein grünes Männchen vom anderen Stern. Kein Wunder: Verheult, mit ungewaschenen Haaren, die in alle Richtungen abstanden, mit offener Jeans und dem Teststäbchen in der Hand, war ich von einem eleganten Auftritt à la Herzogin von Kent weit entfernt. Allerdings war mir noch nicht ganz klar, wem von uns beiden mein Auftritt peinlicher war.

Steffen fand die Sprache als Erster wieder: «Ist wohl besser, wenn ich ein anderes Mal wiederkomme. Ich hätte vorher anrufen sollen, tut mir leid. Hier, die sind für dich.» Er hielt mir die Blumen hin.

Als ich ihm den Strauß abnehmen wollte, geriet ich mit meinen vielen Händen durcheinander. Schließlich musste ich ja auch noch den Hosenbund irgendwie festhalten, damit ich nicht plötzlich in meiner rosa Snoopy-Unterhose vor ihm stand. Dabei ließ ich das Teststäbchen fallen.

Steffen stand immer noch mit ausgestrecktem Arm da und guckte auf das schmale Plastikteil auf dem Fußboden. Das kleine Anzeigenfeld, auf das ich in den vergangenen Minuten gestarrt hatte wie die Schlange auf das Kaninchen, war auch aus einer schwindelerregenden Höhe von knapp unter zwei Metern deutlich zu erkennen. Und auch das Pluszeichen darauf.

«Scheiße! Verdammte Kacke! Ach neeeeeee.» Ich ließ mich einfach auf den Boden, neben den Schwangerschaftstest, fallen und fing wieder an zu heulen. Was war schon ein Comic-Schlüpper gegen einen positiven Schwangerschaftstest? Und was war eigentlich schlimmer? Dass Steffen jetzt wusste, dass ich schwanger war, oder dass ich hier heulend vor ihm saß? Er sah nicht gerade so aus, als ob er den Test für einen simplen Kugelschreiber hielt.

Die roten Schuhe rührten sich nicht vom Fleck. Wie vom Schlag getroffen stand Steffen vor mir mit seinen Blumen und dem Kuchen, während ich total unelegant auf der Türschwelle sitzen blieb und heulte wie ein Kleinkind, dessen Eis gerade auf den Boden gefallen war. Passenderweise trug er heute zu einer sehr gebraucht aussehenden Jeans und dunkelroten Cowboystiefeln ein lila T-Shirt mit weißem Aufdruck: «Nur Mut, auch Zwerge haben klein angefangen».

Plötzlich schluchzte ich all meinen Kummer heraus. Ich weinte, weil Jan mich in den vergangenen Wochen nahezu wie Luft behandelt hatte, obwohl ich ihn doch so sehr liebte. Ich weinte, weil ich nicht wusste, ob ich in der Lage war, ein Kind großzuziehen. Ich weinte, weil ich jetzt wahrscheinlich auch mit so einem bescheuerten Helm Rad fahren musste, um meinem Kind als gutes Beispiel zu dienen. Ich weinte, weil Maike nicht hier war. Ich weinte, weil ich fett war und jetzt noch fetter wurde. Und ich weinte, weil Steffen nicht verschwand und die Situation für mich immer peinlicher wurde.

Jetzt ließ Steffen die Blumen fallen und setzte sich neben mich. Er legte mir den Arm um die Schultern und machte «Schhhhh, schhhhhhh». So wie meine Mutter das früher auch getan hatte, wenn ich ausgeflippt war, weil wieder mal ein Paket mit hässlichen Klamotten von meinem Cousin angekommen war und ich deshalb keine neue Mädchenjeans mit rosa Glitter bekommen sollte.

Tatsächlich war unser Musikchef ein guter Tröster. Er roch schön. Irgendwie nach Butterkeksen und Weichspüler. Und es fühlte sich gar nicht mal schlecht an, so in seinen Armen all den Dreck der vergangenen Wochen wegzuflennen.

«Komm. Wir gehen erst mal nach drinnen, und dann erzählst du mir, was eigentlich los ist und warum du so verzweifelt bist.» Steffen zog mich sanft vom Fußboden hoch und schob mich in meine Wohnung. Er schloss die Tür hinter uns, wies mich vorsichtig in Richtung Sofa, drückte mich in die weichen Polster und deckte mich zu. Dann ließ er mich einfach weiter schluchzen und weinen und schniefen, reichte mir lediglich ein Papiertaschentuch nach dem anderen und suchte anschließend in meinen Schränken nach einer Vase für die Blumen. Den Kuchen wickelte er aus und stellte das Tablett auf den kleinen Tisch am Sofa. Mit etwas Abstand setzte er sich neben mich.

Irgendwann hatte ich mich wieder einigermaßen im Griff. Wenn ich ganz fest an die reichhaltige Kuchenauswahl dachte und nicht an die Szene vor der Tür eben, dann ging es mir schon fast wieder gut. Damit war es allerdings vorbei, als Steffen den Schwangerschaftstest aus der hinteren Hosentasche zog und ebenfalls auf den Tisch legte. «Also, nicht dass ich mich damit auskennen würde, aber ich vermute mal, das ist kein Fieberthermometer.»

Er schluckte, traute sich nicht, mich anzusehen, und starrte stattdessen auf die Torten- und Kuchenstücke, die er mitgebracht hatte und die ohne Zweifel für die gesamte Belegschaft des Hotels Mirabell gereicht hätte. Dann drehte er sich seitlich zu mir, zog die Beine an, umfasste seine Knie mit den Armen und sah mich an. «Und wenn ich deine Reaktion richtig deute, dann bist du schwanger?»

Reden ging noch nicht. Nicken schon. Steffen wurde einen Hauch blasser im Gesicht und starrte gegen die Wohnzimmerwand, als hinge dort ein echter Picasso. Ich heulte weiter.

«Mein lieber Mann, das ist ja echt ein Ding!», stöhnte er.

Er sah mich durchdringend an und rutschte wieder ein kleines Stück von mir weg. Was er jetzt wohl von mir dachte? Langsam konnte ich wieder ruhiger atmen und mir sogar vorstellen, wo in meinem Wohnzimmer jetzt bitte das große Erdloch entstehen sollte, in dem ich gern verschwinden würde.

«Ich meine, wenn du jetzt diesen Test gemacht hast, dann ist es ja wahrscheinlich noch ganz frisch, und deiner Reaktion nach zu urteilen, wusstest du es vorher auch nicht», fuhr er fort. «Also kann ich wohl annehmen, dass es nicht gerade ein Wunschkind ist. Bist du etwa überfallen worden?»

Jetzt sah er besorgt aus und griff nach meiner Hand. Das rührte mich und machte mich gleich noch ein wenig trauriger. Auf der anderen Seite war das vielleicht die Idee: ein Überfall! Darauf war ich noch gar nicht gekommen. In meinem Kopf spielten sich wilde Szenen ab. Ich würde einfach allen erzählen, ich sei abends noch am Strand joggen gewesen und ein wildfremder Mann sei über mich hergefallen. Und nun sei ich von dem Typen, den ich nicht kannte und vermutlich nie wiedersehen würde, schwanger. Damit hätte ich das Problem, ein klärendes Gespräch mit Jan führen zu müssen, elegant umschifft. Auf der anderen Seite würde mir so eine Geschichte bei meinem Aussehen wohl sowieso niemand glauben. Ich holte tief Luft, zog den Rotz hoch und wischte mir mit dem Ärmel übers Gesicht.

«Nee. Überfall kann man nicht gerade sagen. An dieser Art Überfall war ich wohl mit schuld, auch wenn ich mich nicht mehr richtig daran erinnern kann. Ich bin sogar verliebt in den Vater. Aber geplant war das ganz sicher nicht so.»

Jetzt war es raus. Und Steffens Hand wieder weg. Der hätte nicht belämmerter aus der Wäsche gucken können, wenn ich ihm erzählt hätte, ich sei Praktikantin im Weißen Haus gewesen und in meinem Bauch würde jetzt die Präsidentenbrut heranwachsen. Er nuschelte etwas wie: «Realität ist eine Illusion, die aus Mangel an Alkohol entsteht», und fragte: «Hast du hier irgendetwas zu trinken?»

Der von Steffen höchstpersönlich in meine Wohnung getragene Vorrat an Wein und Sekt war längst von Maike und mir vernichtet worden. Ich schniefte nochmal und schüttelte den Kopf.

«Ach, klar», sagte er. «Du trinkst ja dann wohl auch keinen Alkohol mehr. Soll ich uns einen Kaffee machen?»

Er stand auf und ging nachdenklich zu meiner kleinen Küchenzeile, um die Kaffeemaschine startklar zu machen. «Wo hast du denn Filter und Kaffeepulver?»

«Für mich lieber nicht, von Kaffee wird mir momentan schlecht. Jetzt weiß ich natürlich auch, warum. War bei meiner Mutter auch so, als sie mit mir schwanger war. Aber wenn du für dich einen machen willst – ist beides in dem schmalen Schrank über der Spüle.»

Steffen nahm ein Päckchen Filtertüten und die Blechdose mit dem Kaffeepulver heraus. Er drehte mir immer noch den Rücken zu, als er mich fragte: «Kenne ich den Vater?»

Bisher hatte ich mein Geheimnis gut gehütet. Niemand im Sender wusste, wie sehr ich in Jan verknallt war. Aber jetzt war ja sowieso alles egal. Alle würden sehen, wie ich mich von einer durchschnittlichen jungen Frau in eine kugelrunde Ich-bin-zwei-Öltanks-Mumie verwandeln würde. Und natürlich würden mich alle zu meiner Schwangerschaft beglückwünschen und wissen wollen, wer der Vater war. Im Grunde konnte ich da ebenso gut gleich mit der Wahrheit herausrücken.

«Jan.»

Steffen zählte gerade löffelweise Kaffeepulver in den Filter. Jetzt drehte er sich zu mir, mit einem fassungslosen Gesichtsausdruck. «JAN JESSEN?»

Er stand so verdutzt in meiner kleinen Küche, als hätte ich gesagt: Homer Simpson. Also, sooo unattraktiv bin ich ja nun auch wieder nicht, dass ein Kindsvater wie Jan nicht zu mir passen würde. Steffen aber machte immer noch ein Gesicht, als ob er mir eher ein Verhältnis mit Strüve zugetraut hätte als mit Deutschlands Lieblingsmoderator.

«Du warst bei vier.» Ich machte ein Zeichen Richtung Kaffeelöffel, und er schaufelte weiter. Bei acht Ladungen schloss er die Dose wieder und stellte sie in den Schrank zurück. Dann schaltete er die Kaffeemaschine ein und setzte sich mir gegenüber auf den Fußboden.

«Du bist mit dem Grömaz ins Bett gegangen?»

Ich hatte mich inzwischen immerhin so weit beruhigt, dass ich wieder ganze Sätze herausbringen konnte, ohne sofort erneut in Tränen auszubrechen.

«Wieso Grömaz?»

«Größter Moderator aller Zeiten, so nennen wir Jan im Sender. Weil er von Strüve behandelt wird wie ein Gott. Darf alles, bekommt alles, kann selber über redaktionelle Inhalte und sogar über die Musik in seiner Sendung bestimmen. Der hat so viele Sonderrechte wie kein anderer Moderator, weil der Chef ihn so toll findet, und das macht manch einen natürlich neidisch, auch wenn Jan ein netter Kerl ist.» Steffen nahm sich ein Stück Mohnkuchen vom Tortentablett, biss hinein und legte es auf einen Teller, bevor er mich kopfschüttelnd ansah.

«Aber wie bist ausgerechnet du an ihn geraten? In all den Jahren, seit ich ihn kenne, hat der noch nie eine an sich rangelassen. Und da waren schon echte Schnitten dabei. Von Jan stammt übrigens auch der Spruch: ‹Kein Samenaustausch innerhalb einer Kostenstelle.›»

«Was willst du denn damit sagen? Dass ich zu hüftbreit gebaut bin für so einen tollen Mann? Oder muss man für einen wie ihn Size Zero tragen und Körbchengröße Doppel-D? Bin ich so grauenvoll, dass man bei der Vorstellung an Sex mit mir roten Ausschlag am ganzen Körper bekommt? Oder verdient eine durchschnittliche Tante wie ich generell schon mal höchstens so einen Typen wie Klaas?»

Steffen verschluckte sich am Kuchen, hustete und wedelte mit der Hand. Schnell stand er auf, trank an der Spüle ein Glas Wasser und schenkte sich einen Becher Kaffee ein, der inzwischen durchgelaufen war.

«Quatsch. Das hast du vollkommen falsch verstanden. Du bist alles andere als durchschnittlich! Aber gerade deshalb wundere ich mich ja so, dass dieser glatte Charme von Jan bei dir ankommt: immer wie frisch geduscht und gerade vom Frisör zurück, manikürte Fingernägel und Maßhemden, und nie schlecht gelaunt. Der hat doch überhaupt keine Ecken und Kanten. Ich hätte dir da einfach mehr … mehr … ja, vielleicht etwas mehr Niveau zugetraut.»

Wut ist manchmal etwas wunderbar Befreiendes. Plötzlich war mir gar nicht mehr zum Heulen zumute, stattdessen hatte ich Lust, zu schreien oder Steffen kräftig eine runterzuhauen, um mich abzureagieren. Aber Gewalt ist ja auch nicht immer eine Lösung.

«Na, herzlichen Dank. Das Niveau hat Ausgang heute und für die nächsten neun Monate. Und wahrscheinlich auch danach», sagte ich. «Ich glaube nämlich nicht, dass Jan mich mit dem Kind sitzenlässt. Ich habe mich eben einfach in ihn verliebt. Ihn gesehen, und PENG! So etwas ist dir ja sicher noch nie passiert.»

«Doch, klar.» Steffen wurde kleinlaut. Schnell setzte er sich neben mich aufs Sofa. «Tut mir leid. Ich wollte dir nicht weh tun. Und wie gesagt, Jan ist ein netter Kerl.» Für einen kurzen Moment sah es so aus, als ob er wieder meine Hand nehmen wollte, dann zog er seine aber zurück und griff stattdessen nach dem Schwangerschaftstest, der immer noch auf dem Tisch lag. «Aber eins verstehe ich nicht: Wenn du so verliebt in Jan bist und er scheinbar auch in dich – sonst wäre das Ergebnis hier ja wohl anders ausgefallen –, warum heulst du dann? Das sah mir nicht nach überschäumender Freude einer werdenden Mutter aus.»

Nach diesen Worten musste ich mich verdammt zusammenreißen, um nicht gleich wieder loszuplärren. Also konzentrierte ich mich ganz stark auf schöne Dinge wie Sahnepudding und Vollmilchschokolade mit ganzen Erdnüssen und versuchte, Steffen die Situation zu erklären.

«Ach, Mensch. Ich weiß es doch auch nicht. Das Ganze muss in der Nacht nach dem Senderfest passiert sein, als wir hier bei mir noch weitergefeiert haben. Das Problem ist bloß, dass Jan seitdem kaum noch mit mir redet, er ist fast schon abweisend. Es könnte also sein, dass er vielleicht gar nicht in mich verliebt ist und über diese kleine Überraschung nicht gerade erfreut sein wird. Ich habe keine Ahnung, was in der Nacht genau passiert ist. Aber er hat mir am nächsten Morgen eine SMS geschickt, und danach konnte ich mir ziemlich gut zusammenreimen, dass er hiergeblieben ist. Und sonst habe ich in den vergangenen Monaten mit niemandem geschlafen. Mit anderen Worten, es kommt nur er als Vater in Frage. Vielleicht habe ich in der Nacht ja auch etwas Blödes zu ihm gesagt ...»

Steffen sah jetzt sehr nachdenklich aus. «Das Dumme ist, dass ich dir da leider auch nicht so richtig weiterhelfen kann, ich habe nämlich auch so gut wie keine Erinnerung an die Nacht. Muss ziemlich einen über den Durst getrunken haben, ist mir vorher auch noch nie so passiert. Ich weiß nur noch, dass wir in dieser Kneipe angefangen haben, mächtig viel zu trinken. Da waren aber doch auch noch andere aus dem Sender dabei.»

«Ja, aber ich war in keinen von denen verliebt. Wieso sollte ich also mit jemand anderem ins Bett gegangen sein? Das würde mir niemals passieren, auch nicht, wenn ich noch so betrunken bin. Jan ist der Einzige, der in Frage kommt.» Und nach einer kurzen Pause: «Vielleicht erzähle ich ihm erst mal gar nichts von der Schwangerschaft und warte, wie sich das zwischen uns weiterentwickelt.»

«Du spinnst wohl!» Jetzt wurde Steffen heftig. So viel Energie hatte ich ihm gar nicht zugetraut. Eben noch war Jan der nette Kollege, jetzt mutierte er für Steffen zum Frauenverächter und unverantwortlichen Alimentezahler. «Wenn er dir ein Kind angehängt hat, dann muss er gefälligst auch dazu stehen! Du musst auf jeden Fall mit Jan darüber reden. Schließlich hat er einen genauso großen Anteil an der Situation wie du. Und wenn er nichts mit dir zu tun haben will, dann ist er zwar ein Arschloch, muss dich aber mindestens finanziell unterstützen.»

Schon wieder musste ich heulen. Wenn Jan mit mir nichts zu tun haben wollte? Ja, was würde ich dann machen? Alleinerziehende Mutter, wie sich das schon anhörte! Randgruppe in Deutschland – hartzen und RTL2 gucken, konnte ich gleich schon mal mit anfangen. Ich war schwanger! So eine Scheiße. Die nächsten Ostereier würde ich aller Voraussicht nach schon unter einem Babybettchen verstecken können. Und nächstes Jahr im Sommer könnte ich mit dem Kleinen in der Nordsee planschen.

Und überhaupt: Was wohl meine Eltern dazu sagen würden, dass sie Oma und Opa wurden? Na, die erste Frage wäre ganz sicher die nach dem Vater. Und Maike?

Steffen störte meinen tränenunterstützten Gedankengang, indem er mir ein Taschentuch reichte, diesmal eins von sich. Ein richtiges Stofftaschentuch. So etwas hatte ich zum letzten Mal bei der Beerdigung meiner Oma gesehen, als mein Opa sich geschnäuzt hatte.

«Danke.» Ich schnaubte meinen ganzen elenden Rotz in

den ehemals weißen Stofflappen und versuchte mich zu beruhigen.

«Tut mir leid, ich wollte nicht so ausrasten», sagte er jetzt. «Aber du musst wirklich mit ihm sprechen. Das geht nicht, dass du dich jetzt so klein machst und nur darauf wartest, was vielleicht passiert und wie es mit euch weitergeht. Vielleicht liege ich mit meiner Meinung ja auch völlig daneben, und Jan ist total verliebt in dich und freut sich auf das Baby. Was weiß denn ich, wieso der nicht mit dir spricht? Aber wenn ich Vater werden würde, dann würde ich auch davon wissen wollen und mitentscheiden.»

«Wie meinst du das denn? Mitentscheiden?»

«Na, alles. Zunächst natürlich, ob du das Kind willst.»

«Ob ich das Kind will? Du meinst abtreiben? Hast du sie noch alle? Das würde ich nicht einmal überlegen, wenn Strüve der Vater wäre.»

«Hör mir doch zu, Ina. Ich bin der Letzte, der dir eine Abtreibung einreden will. Ich bin nur der Meinung, dass der Vater in alle Entscheidungen mit einbezogen werden sollte. Man redet miteinander, man tauscht Argumente aus, und all das hilft einem dann, die Situation klarer zu sehen. Du musst Jan in die Verantwortung ziehen und herausfinden, ob er tatsächlich bereit dazu ist, Vater zu werden.»

Ich rückte noch ein Stück weiter von ihm ab. «Was soll das denn heißen? Nur weil du Jan nicht leiden kannst …»

«Ich kann ihn ja leiden! Ich finde nur, dass er sich in seinem lockeren Single-Leben ganz gut eingerichtet hat und es genießt, bergeweise Fanpost aus seinem Fach zu ziehen.»

«Daran ist ja auch nichts falsch.»

«Nein, es ist nichts falsch daran, Single zu sein.»

«Ich hab ja gesagt, wahrscheinlich liegt es an mir. Bestimmt habe ich ihn zu sehr unter Druck gesetzt, weil ich so glücklich war, dass es endlich geklappt hat mit uns, und ihm in der besagten Nacht gleich einen Heiratsantrag gemacht oder sogar sofort von Kindern angefangen und ihm damit Angst gemacht oder …»

«Ina, mal angenommen, du hast alles richtig gemacht. Was wäre dann die Lösung? Er hat einfach keinen Bock auf eine feste Beziehung, schon gar nicht mit einer Kollegin. Das ist es, was ich denke. Und wenn du es noch genauer wissen willst, dann bin ich der Meinung, dass du viel zu gut für Jan bist.»

Das musste ich erst mal schlucken. Wenn ich ehrlich war, waren Steffens Argumente nicht ganz von der Hand zu weisen. Ich hatte selbst schon gesehen, wie Jan mit leuchtenden Augen an seinem Postfach gestanden und sich besonders gefreut hatte, wenn die Fans ein Foto mitgeschickt hatten. Und niemand im Sender konnte eine Geschichte von Jan und einer Beziehung berichten, auch nicht außerhalb des Kollegenkreises. Das hatte ich mit Hilfe von Maike gründlich recherchiert. Theoretisch konnte das natürlich auch das Gegenteil bedeuten, nämlich dass bisher einfach nicht die Richtige aufgetaucht war. Aber heißt es nicht, die richtige Frau ist die, mit der man ein Kind bekommt? Wahrscheinlich völliger Blödsinn, und Steffen hatte recht. Es gab nur eine Möglichkeit, es herauszufinden.

«Gut, ich rede mit ihm», sagte ich.

«Braves Mädchen.» Steffen griff nach dem Kuchentablett. «Wie wäre es jetzt erst einmal mit einer kleinen Stärkung? Ich wusste nicht, was du gerne magst, deshalb habe ich einfach verschiedene Stücke ausgesucht. Schokoladentorte, Käsekuchen, Mohnkuchen, Schweineohr, Amerikaner, Apfelkuchen und Donauwelle, was darf es denn sein?»

«Erst mal die Donauwelle.»

Während Steffen mir das Kuchenstück auf einen Teller legte, versuchte er, mir Mut zuzusprechen und mich zu trösten. «Ich mache dir jetzt einen Kakao, und dann überlegen wir zusammen, wie es bei dir weitergeht. Und wenn Jan dir nicht helfen will, bin ich ja auch noch da. Die Nachbarin meiner Eltern hat auch gerade ein Baby bekommen, ich weiß also bestens Bescheid über die neuesten Modelle bei Kinderwagen und Babybettchen und stehe mit meinem Fachwissen jederzeit zur Verfügung.» Er versuchte fröhlich zu klingen, aber aus irgendeinem Grund hatte ich immer noch das Gefühl, dass er Jan nicht leiden konnte, auch wenn er das Gegenteil beteuert hatte.

Es war dann noch ein entspannter und gemütlicher Nachmittag geworden. Steffen und ich hatten fast den ganzen Kuchen aufgegessen, vielleicht auch, um nicht mehr so viel reden zu müssen. Denn immer, wenn das Gespräch auf das Baby oder Jan kam, musste ich wieder anfangen zu weinen. Also gab es Torte, Kaffee beziehungsweise Kakao und dazu einen lustigen Disney-Zeichentrickfilm, den Steffen mitgebracht hatte, «Oben», die Geschichte einer Freundschaft zwischen einem alten Mann und einem kleinen Jungen. Rührend, aber ohne die entscheidenden Reizworte in meiner Situation, sprich: keine Babys und keine romantischen Pärchen. Irgendwie hatte mich Steffens Anwesenheit beruhigt und mir Mut gemacht.

Als er dann gegangen war, lag ich mit – in doppeltem

Sinne – dicker Wampe auf meinem Sofa und starrte auf das Plus-Zeichen auf dem Teststäbchen. Ich würde also Mama werden. Das hatte ich mir auch mal anders vorgestellt. Wenn Maike und ich früher über die Zukunft nachgedacht hatten, dann waren da immer Kinder vorgekommen. Aber eben auch immer die Väter dazu. Wir hatten von Einfamilienhäusern mit Garten geträumt, von gemeinsamen Nachmittagen auf der Terrasse und gemütlichen Grillabenden, von Terminen bei der Kosmetikerin, während unsere Männer mit unseren Söhnen beim Fußballtraining waren. So weit die Träume. Willkommen im wirklichen Leben, Ina! In einem Leben ohne Ehemann, ohne eigenen Garten, geschweige denn Grill, ohne Haus und ohne schwangere Freundin. Aber bald mit eigenem Baby.

Ich versuchte mir vorzustellen, wie ich schwanger aussehen würde und wo in dieser winzigen Wohnung ein Kinderbett und ein Laufgitter Platz finden würden. Sah mich mit einem Säugling auf einer Decke am Strand liegen. Mitten in meinem Traum, in dem ich gerade einen ultramodernen Kinderwagen auf der Westerländer Promenade herumschob, klingelte es plötzlich an der Tür. Das ging ja heute hier zu wie beim Schlussverkauf bei H. B. Jensen in der Friedrichstraße.

«So, da bin ich. Tut mir leid, dass es später geworden ist. Hast du den Test besorgt?»

Meine nichtschwangere Freundin stürmte an mir vorbei in die Wohnung und zog dabei ihren Blazer aus, den sie achtlos auf einen Sessel warf.

«Du kommst zu spät, Maike.»

«Ich weiß, habe ich doch gesagt, dass es mir leidtut. Pede senior kam gerade angestapft, als ich gehen wollte. Macht er ja gerne mal, unangekündigt auf einen Klönschnack hereinschneien. Aber ich konnte ihn schlecht vor die Tür setzen.»

«Ja, aber deine schwangere Freundin, die kannst du natürlich gerne warten lassen.»

Ich setzte mich aufs Sofa und versuchte, sehr beleidigt auszusehen. Maike brauchte einen Moment, um zu begreifen, was ich da gerade gesagt hatte.

«Du hast den Test schon gemacht!»

Ich hielt das Stäbchen hoch.

«Du bist wirklich schwanger?» Nach einem kurzen Moment des Kampfes zwischen Schock und Freude, der deutlich auf ihrem Gesicht zu lesen war, hatte die Freude gewonnen. «Mensch, Ina, das müssen wir feiern! Wieso hast du mich nicht angerufen, dann hätte ich Champagner mitgebracht.» Sie setzte sich zu mir und umarmte mich so fest, dass ich fast keine Luft mehr bekam, dann hielt sie mich wieder ein Stück von sich weg und schaute mich unsicher an.

«Oder willst du das Kind nicht?»

«Spinnt ihr eigentlich alle? Natürlich will ich das Kind. Und ich habe dich nicht angerufen, weil man so eine Neuigkeit nicht am Telefon verkündet. Außerdem muss ich mich selber erst mal an den Gedanken gewöhnen.»

«Wieso denn alle? Hast du etwa schon mit Jan gesprochen? Was hat er gesagt, wieso ist er nicht hier?»

Ich schüttelte den Kopf und machte es mir auf dem Sofa gemütlich.

«Nö. Steffen war vorhin hier.»

«Euer langweiliger Musikchef? Was wollte der denn schon wieder?»

«Kaffee trinken. Er hatte sogar Kuchen eingekauft. Und so langweilig ist der wirklich nicht», verteidigte ich meinen neuen besten Kumpel auf der Insel. «War eine etwas blöde Situation, ich hatte gerade den Test gemacht und auf das Ergebnis gewartet, als es an der Tür klingelte. Ich dachte, du wärst es, und habe aufgemacht. Dabei ist mir der Test aus der Hand gefallen, direkt vor seine Füße, mit dem blauen Plus-Zeichen, und ich habe angefangen zu heulen und …»

«Himmel, dich darf man aber auch wirklich nicht allein lassen.»

«Steffen war aber sehr lieb. Ich hab ihm alles erzählt …»

«Alles? Auch, dass du in Jan verknallt bist?»

«Ja, auch das. Und er ist nun nicht ganz so verliebt in ihn wie ich, aber wir haben lange geredet, und ich denke, ich sollte mit Jan sprechen.»

Maike ließ sich schnaubend ins Sofa zurückfallen. «Was für eine Erkenntnis! Und dazu hast du Steffen gebraucht? Selbstverständlich musst du mit ihm reden. Am besten gleich. Ruf ihn an.»

Offenbar war Maike jetzt doch etwas verstimmt, dass sie es nicht als Erste erfahren hatte. Aber war das meine Schuld?

«Maike, nicht am Telefon. Ich verspreche dir, ich rede mit ihm, aber lieber persönlich. Ich habe ihm schon eine SMS geschickt, nachdem Steffen gegangen war.»

«Und da hast du ihn mit Papi angesprochen und ihn gefragt, ob seine Eltern den Kinderwagen bezahlen?»

Ich schubste Maike auf die andere Seite des Sofas. «Natürlich nicht. Ich habe ihm geschrieben, dass es etwas sehr Wichtiges zu besprechen gibt, dass ich es bedauerlich finde, wie wenig wir in den vergangenen Tagen miteinander geredet haben, und ob wir uns außerhalb des Senders treffen können.»

«Und das hat alles in eine Textnachricht gepasst?»

Es piepste. Mein Handy, das auf dem Tisch lag, leuchtete kurz auf und zeigte eine neue Nachricht an. Gleichzeitig griffen wir danach, aber Maike war schneller. Als ich versuchte, ihr das Handy aus der Hand zu reißen, drehte sie sich von mir weg.

«Ohhh, eine Nachricht vom werdenden Vater!»

«Gib her. Was schreibt er? Trifft er sich mit mir?»

Maike reichte mir das Telefon. «Lies selbst.»

`Du hast recht. So geht es nicht weiter. Hast du morgen Zeit? Dann komm doch gegen 6 zu mir nach Hause. Lg Jan`

«Yes!» Ich machte ein Siegeszeichen. «Wusste ich es doch. Jan geht es genau wie mir. Er ist total unglücklich mit der Situation und will alles ins Lot bringen. Wenn er den ersten Schock überwunden hat, wird er sich wahnsinnig freuen, dass er Papa wird.»

Maike versuchte meine Freude zu dämpfen. «Ina. Süße. Das kannst du doch aus so einer Nachricht gar nicht rauslesen. Da steht nichts von verzehrender Leidenschaft nach deinem Körper oder von Liebe, die ihn um den Verstand bringt.»

«Du musst natürlich gleich wieder alles miesmachen.»

«Nein, ich mache gar nichts mies. Ich versuche nur, dich auf eine mögliche Enttäuschung vorzubereiten. Es könnte ja immerhin auch sein, dass es Jan nervt, wie du jeden Tag im Sender so um ihn herumschleichst. Vielleicht will er dich nur bitten, endlich mit dem Stalken aufzuhören.»

«Also, von Stalken kann ja wohl keine Rede sein! Ich rufe ihn nicht an, ich schicke ihm keine Nachrichten, und vor seiner Haustür habe ich auch noch nie campiert.»

«Aber du weißt, wo er wohnt!»

«Ja, entschuldige mal, natürlich weiß ich das. Ich weiß auch, wo mein Chef wohnt. Und nun, wo er mich zu sich nach Hause eingeladen hat, hat es sich ja auch als sinnvoll erwiesen, dass ich die Adresse aus unserem Senderverzeichnis herausgesucht und schon mal ausprobiert habe, ob ich die Strecke gut mit dem Fahrrad schaffe.»

«Ina, du spinnst doch. Du weißt schon, dass Stalking inzwischen in Deutschland ein Straftatbestand ist und man dafür in den Knast kommen kann?»

«Immerhin ist Jan der Vater meines Kindes. Da ist es mein gutes Recht, zu wissen, wo ich mal wohnen werde und wo unser Kind aufwächst.»

«Ja, natürlich. Das neue Klingelschild mit euren beiden Namen hast du wahrscheinlich auch schon in Auftrag gegeben. Hast du auch schon eine gemeinsame Grabstätte für euch gemietet? Der Friedhof hier ist ja nicht groß, da ist es besser, wenn man rechtzeitig vorsorgt.»

Ich versuchte, nicht beleidigt zu sein, aber Maike war noch nicht fertig mit ihrer Predigt. «Du solltest nur darauf gefasst sein, dass es auch ganz anders laufen kann, mehr will ich dir doch gar nicht sagen. Vielleicht hängt Jan auch an seinem Single-Leben und denkt nicht im Traum daran, eine eigene Familie zu gründen. Kann sein, dass er wie Norman Bates mit seiner Mutter in einer Bude haust, in deren Ecken sich alte Zeitschriften und leere Plastikflaschen türmen.»

«Nun übertreib mal nicht. Du hast wohl zu viel RTL 2 geguckt. Jan ist kein Messie. Hast du ihn dir mal genauer angesehen? Da hängt nicht ein überflüssiger Faden an ihm herunter. Im Gegenteil, er ist immer wie aus dem Ei gepellt, und riechen tut er auch so phantastisch.»

Maike gab nicht auf. «Es gibt auch Massenmörder, die ihre Opfer mit besonderen Duftstoffen betören.»

«Also, nun hör aber auf. Norman Bates, Massenmörder, als Nächstes erzählst du mir, dass Jan ein Vampir ist und mich aussaugt, wenn ich morgen noch nach Mitternacht bei ihm bin.»

«Das würde zumindest erklären, warum er schon seit Jahren diese Frühsendung moderiert, ohne an dem ständigen Schlafmangel sichtlich zu altern. Denn Vampire brauchen keinen Schlaf, und seit Stephenie Meyers Büchern gehen sie sogar ganz gewöhnlichen Beschäftigungen nach, anstatt den ganzen Tag im Sarg herumzuliegen.»

Ich gähnte. «Schlaf ist ein gutes Stichwort. Sei mir nicht böse, aber ich würde mich jetzt gerne hinlegen. Wir können ja morgen telefonieren. Aber nicht so früh.»

«Wieso? Du stehst doch immer lange vor mir auf.»

«Morgen schlafe ich aus. Ich habe mich vorhin im Sender für die nächsten Tage krankgemeldet. Keinen Bock auf eine weitere peinliche Begegnung mit Jan, bevor wir nicht gesprochen haben. Nachher rutscht mir wieder etwas vollkommen Unüberlegtes heraus. Ich möchte lieber morgen Abend ganz in Ruhe mit ihm reden.»

Maike gab mir einen Kuss auf die Stirn. «Wirst ja doch noch vernünftig auf deine mütterlichen Tage. Ich hab dich lieb und freu mich für dich. Und ganz egal, wie es morgen läuft, ich bin für dich da, das weißt du ja. Mach dir nicht zu viele Gedanken. Dat löppt sik all torecht, sagt Jörgen Pede immer. Und wenn man einfach mal lockerlässt, dann findet sich wirklich das meiste von ganz allein. Wirst schon sehen.»

«Ich mache mir gar keine Sorgen, jetzt nicht mehr. Erst mal werde ich ein bisschen schlafen und mich von dem Schock erholen. Und morgen mache ich es mir gemütlich, rüsche mich auf und fahre dann zu Jan. Wenn es nicht zu spät wird, rufe ich dich danach noch an.»

«Du kannst mich auch anrufen, wenn du über Nacht bei ihm bleibst. Schick mir in jedem Fall eine SMS, damit ich weiß, dass es dir gutgeht, okay? Hast du eigentlich deine Mutter schon angerufen?»

«Ich bin doch nicht wahnsinnig! Du kennst doch meine Mutter. Wenn ich der erzähle, dass ich schwanger bin, dann quetscht die mich erstens gleich nach dem Vater aus und fängt zweitens an, es überall herumzuerzählen. Und dann wird sie wahrscheinlich losrennen und Kuscheltiere und Strampler einkaufen. Womöglich kommt sie sogar her, um zu überwachen, dass ich auch ausreichend Obst und Gemüse esse. Wie es aussieht, werde ich ja noch eine ganze Weile schwanger sein.»

«Wie du meinst.» Maike nahm ihren Blazer, dann stopfte sie mir die Decke unter die Beine. «Brauchst du noch etwas?»

«Maike. Ich bin nicht krank. Es geht mir gut. Ich würde jetzt gern noch ein wenig durch die Programme zappen, vielleicht von Supernanny Saalfrank noch ein paar Details zur ‹Stillen Treppe› erfahren, damit mein Kind sehr wohlerzogen wird, und dann schön schlafen.»

«In Ordnung.» Sie gab mir noch einen Kuss auf die Stirn, aber irgendwie schien sie sich nicht richtig trennen zu können.

«Tschüss, Maike.»

«Ja, tschüss, dann, und pass auf dich auf.»

Dann ging Maike, zog die Tür hinter sich zu, und ich schaltete den Fernseher ein, um mich mit dem Schicksal anderer Leute von meinem eigenen abzulenken.

Ich hatte fast bis mittags geschlafen und musste beim Aufwachen kurz überlegen, ob all die Dinge wirklich passiert waren. In meinem Traum hatte ich Jan gesehen, wie er einen Babysitz auf meinem Fahrrad festschraubte. Ich hatte Babys gesehen, die durch Butterkeksberge krabbelten, und meine Mutter, wie sie am Handgelenk die Temperatur eines Milchfläschchens testete. Als ich die Augen öffnete, lag das Teststäbchen immer noch neben meinem Bett, unterbrach die bunten Bilder und schleuderte mich zurück in die Wirklichkeit.

Einen kurzen Moment zog ich in Erwägung, endlich das Schlafzimmer aufzuräumen, das immer noch Spuren der Senderparty trug, dann entschied ich mich aber dagegen. Schließlich hatte ich Wichtigeres zu tun. Heute Abend war ich bei Jan eingeladen, da musste ich phantastisch aussehen, und das bedeutete: Ich brauchte etwas Neues zum Anziehen, denn alles, was in meinem Schrank hing, kannte er bereits. Und alles, was er noch nicht kannte, passte mir schon jetzt nicht mehr.

Also sprang ich unter die Dusche, legte ein leichtes Make-up auf, zog meine gemütlichen Holzbotten, ein altes Sweatshirt mit dem Aufdruck eines Fußballsponsors, das ich mal auf dem Flohmarkt gekauft hatte, und eine Jogginghose an (das Allerbeste, wenn man neue Sachen anprobiert: schnell raus und rein, ohne Schnürbänder und dergleichen). Dann machte ich mich auf den Weg in die Friedrichstraße.

Westerland ist für Menschen mit meinem Gehaltsdurchschnitt und ohne geerbtes Vermögen eigentlich nicht das richtige Shopping-Pflaster. Aber auch hier gibt es die einschlägigen Ketten mit Billigklamotten, und Maike sagt immer: «Billige Modestücke kombiniert mit Klassikern, die gern etwas edler ausfallen dürfen, so macht man Mode.» Bei ihr sahen die Sachen auch wirklich immer toll aus. Mir hingegen fehlte es vermutlich einfach an Geld für die klassischen Design-Blazer, mit denen Maike ihre Billig-Shirts aufpeppte.

Das Shoppen fiel zuerst wenig erfolgreich aus: Alles, was ich bci Pimkic und New Yorker über meine drallen Arme streifte, saß wie eine Pelle auf der Wurst. Und für ein Outfit aus einer der Boutiquen, in denen die Verkäuferinnen aussahen wie in «Sex and the City» und in denen es ohnehin kaum Kleidungsstücke in Größe 40 plus gab, hatte ich nicht genug gespart. Schließlich fand ich immerhin einen knielangen schwarzen Stretchrock, der zwar auch mehr als eng saß, aber ganz passabel aussehen könnte, wenn man eine schicke Tunika oder eine lange Bluse drüberzog. Und natürlich würde ich andere Schuhe tragen, denn meine Holzklotzen hätten sogar ein Michalsky-Kleid optisch in den Keller gezogen. Vorteil an dem Stretchstoff war auch, dass mir das Stück noch in ein paar Monaten passen würde, wenn das kleine Wesen in meinem Bauch mehr Raum beanspruchte.

In einer kleinen Boutique in der Elisabethstraße fand ich schließlich auch noch eine Longbluse in einem wunderbaren Türkis, deren tiefer Ausschnitt meine Brüste betonte, die tatsächlich schon mehr in Richtung Pamela Anderson gingen als noch vor zwei Wochen. Die Farbe brachte meine Augen zum Leuchten, sagte die Verkäuferin. Ja, ich musste zugeben, die Schwangerschaft stand mir jetzt schon. Nun aber schnell ab nach Hause, damit mich niemand aus dem Sender traf. Schließlich hatte ich mich krankgemeldet, obwohl ich mich, offen gestanden, schon viel besser als gestern fühlte.

Nachmittags rasierte ich mir dann die Beine, zog die schönste Unterwäsche an, die ich in meinem Schrank fand (man konnte nie wissen), schminkte mich und brachte meine störrischen Haare mit Hilfe verschiedener Gummibänder und Schleifen in einen ansehnlichen Zustand. Maike und Steffen hatten im Lauf des Tages mehrfach SMS geschickt und mich gefragt, ob es mir gutgehe und ob ich irgendetwas brauche, sodass ich mich umsorgt und relativ zufrieden fühlte. Es war ein tolles Gefühl, Freunde zu haben, die für einen da waren.

Als es dann endlich so weit war, verspürte ich ein nervöses Gefühl im Magen. Ich bestellte ein Taxi, obwohl man die Strecke auch auf dem Fahrrad bewältigen konnte, aber es war sehr windig, und ich hatte keine Lust, mit zerzausten Haaren und zerlaufenem Make-up die frohe Botschaft zu verkünden. Außerdem war der Rock zum Radeln zu eng, und ich war schwanger.

In der Stadumstraße wechselten sich rote Klinkerhäuser aus den Siebzigern mit neuen Reetdachhäusern mit blauen

Fensterrahmen und weißen Holztüren im Friesenstil ab. Jan wohnte in einem modernen Mehrfamilienhaus mit sechs Parteien, das wie so viele Häuser auf der Insel von einer Hagebuttenhecke umgeben war. Pinkfarbene Blüten leuchteten zwischen grünen Blättern und verströmten einen fast betäubenden Abendduft. Links und rechts der Eingangstür waren Terrakottakübel mit blau blühenden Hortensien aufgestellt. Eine weiße Holzbank lehnte an der Hauswand, im Garten standen eine Hollywoodschaukel und eine Wäschespinne. Es war still in der Straße, nur ein paar Urlauber, die, beladen mit Strandmatten und Wasserbällen, auf dem Weg zu ihrer Ferienbehausung waren, störten mit ihrem Geplapper die andächtige Ruhe.

Ich holte noch einmal tief Luft, bevor ich das kleine weiße Türchen öffnete, das mich über einen gepflasterten Weg durch den gepflegten Vorgarten, an Blumenbeeten vorbei, zur Haustür führte. Obwohl der Zentralstrand sicher fünf Querstraßen entfernt war, konnte man das Meeresrauschen bis hierher hören. Während ich das obere Klingelschild drückte, auf dem «J. Jessen» stand, sprach ich mir innerlich Mut zu. Der Türöffner summte nach wenigen Sekunden, und ich ging ins Haus.

Wow, man musste wirklich gut verdienen als Moderator! Dieser Hausflur sah fast besser aus als mein Wohnzimmer. Auf jeden Fall sehr viel eleganter. Schiefergraue Fliesen, weißgestrichene Wände mit großformatigen, indirekt beleuchteten Schwarz-Weiß-Fotos mit Inselmotiven – man hatte den Eindruck, in einer Galerie zu sein. Einen Fahrstuhl gab es nicht, deshalb musste ich die drei Stockwerke nach oben laufen. Unglaublich, Bilder an den Wänden, die vermutlich mehr gekostet hatten als meine gesamte Wohnungseinrichtung, aber keine Kohle mehr für einen Fahrstuhl.

«Hallo. Schön, dass du da bist. Ich dachte schon, es klappt vielleicht nicht, weil du heute nicht im Sender warst.» Jan stand in der Tür und lächelte mich an. Was für ein Mann! Ich konnte mich kaum entscheiden, ob ich zuerst in das blaue oder das braune Auge gucken sollte. Hoffentlich würde das Kind diese Augen erben.

«Komm rein, Thorsten hat uns etwas zu essen gekocht.»

Ach ja, der Fotograf. Mit einem Anflug von Enttäuschung betrat ich den kleinen, aber sehr hellen Flur von Jans Wohnung. Auch hier die Fotos, die ich schon im Hausflur gesehen hatte.

«Wir können gleich essen. Setzt euch doch schon mal hin», rief jemand – offensichtlich Thorsten – aus der Küche. Der war hier? Meinetwegen konnte er ja gern für uns kochen, aber beim Essen musste er dann doch nicht unbedingt dabei sein. Schließlich hatte ich mich auf einen besinnlichen Abend zu zweit gefreut und nicht auf einen Dreier. Na, das ging ja gut los.

Jan nahm mir den Mantel ab und hängte ihn an eine moderne Wandgarderobe aus Metall. Dann überreichte ich ihm die mitgebrachte Flasche Wein; ein Schnuller als Gastgeschenk war mir dann doch zu aufdringlich erschienen. Ich wollte Jan auf die sanfte Tour mit der neuen Situation konfrontieren.

«Tolle Bilder.»

«Ja, oder? Hat Thorsten gemacht. Im Erdgeschoss sind zwei Ferienwohnungen, und die Urlauber nehmen sich ganz gern so eine Erinnerung an Sylt mit nach Hause. Ist für Thorsten ein gutes Zusatzgeschäft.»

Jan schob mich den Flur entlang, an einer geschlossenen Tür vorbei, und hörte nicht auf zu reden, was mir recht war. So kam es nicht zu peinlichem Schweigen.

«Also, das ist das Schlafzimmer, da vorn die Gästetoilette, und hier ist mein Wohn-, Arbeits- und Esszimmer.»

Ich folgte ihm in einen sehr großen Raum, in dem drei Wände in einem hellen Grau gestrichen waren, die vierte, an der ein weiß glänzender, prachtvoll gedeckter Esstisch stand, lila. Große Metallkübel mit Grünpflanzen trennten das Zimmer optisch in Wohn- und Arbeitsbereich. Ein moderner Schreibtisch aus Glas mit einem zugeklappten Laptop stand vor dem Fenster, durch das man einen wunderbaren Blick Richtung Bahnweg hatte. Mit etwas Phantasie konnte man sogar die Dünen erkennen.

Auf einem kleinen Regal unter der Fensterbank waren Akten und kleine weiße Ikea-Pappkästen untergebracht. Rechts davon stand ein Sessel mit Fußschemel, wie ihn Dr. House in der gleichnamigen Fernsehserie in seinem Büro hatte. Ich wusste, dass das irgendetwas Designtes, sehr Teures war, Bauhaus-Stil oder so. Sah aber trotzdem ganz gemütlich aus. Komplettiert wurde der Wohnbereich durch ein kuscheliges helles Sofa, einen an die Wand montierten Flachbildschirm und eine Hi-Fi-Anlage, die jeder Diskothek zur Ehre gereicht hätte. Während ich in aller Ruhe das Zimmer checkte, hatte Jan bereits die lilafarbenen Kerzen angezündet, die in silbernen Leuchtern auf dem Esstisch standen.

«Setz dich doch. Was möchtest du trinken? Ein Glas Prosecco vielleicht oder einen kühlen Weißwein?»

«Hast du auch eine Cola light?»

«Ja, natürlich. Ich bin gleich zurück.»

Ich setzte mich auf einen der unbequemen Lederstühle am Esstisch, an dem sich die Erben eines bekannten Designers sicher immer noch dumm und dämlich verdienten, und versuchte, aus der Situation schlau zu werden. Erst redete Jan gar nicht mit mir, dann lud er mich zum Essen ein – und nicht einfach so zu einer Backofenpizza oder frischbestellten China-Spezialitäten, sondern zu einem Mahl, das es, zumindest der Dekoration nach zu urteilen, bei uns zu Hause höchstens an Weihnachten gab. Mit Kerzen auf dem Tisch, drei Bestecken an jedem Teller und unzähligen Gläsern.

Gut, ich hatte ihn mit meiner SMS quasi dazu aufgefordert zu reagieren, aber er hätte sich ja auch zu einem schnellen Plausch in der Senderküche mit mir verabreden können. Da wären wir allerdings zusammen mit Klaas oder Torben auch nicht mehr Leute gewesen als heute Abend. Denn es war ganz offensichtlich für drei Personen gedeckt – Thorsten also nicht nur als Koch für diesen Abend eingeplant, was meinen Plan ziemlich durcheinanderbrachte. Solange der hier war, konnte ich Jan unmöglich von meiner Schwangerschaft erzählen. Das ging diesen geschniegelten Typen ja nun wirklich gar nichts an. Es war also dringend Zeit für Plan B: Wie konnte ich Thorsten so schnell wie möglich loswerden, um Jan endlich für mich alleine zu haben? Doch da platzten auch schon die Gastgeber mitten in meine Überlegungen. Jan brachte das Glas mit meiner Mädchen-Cola, darin Eiswürfel und ein Zitronenscheibchen. Thorsten hinter ihm hatte zwei Suppenteller in der Hand, die er auf die silbernen Untersetzer auf den Tisch stellte, bevor er mich begrüßte.

«Ina! Ich freue mich, dass es geklappt hat. Entschuldige bitte, dass ich so unhöflich war und dich nicht gleich begrüßt habe, aber dann wäre mir die Suppe angebrannt. Fangt doch schon mal an, ich bin gleich wieder da.»

Jan stellte die Cola vor mir ab, nahm dann eine Flasche Weißwein aus einem Kühler und schenkte mir ein, noch bevor ich ablehnen konnte. Nachdem er auch die anderen Weingläser gefüllt hatte, setzte er sich mir gegenüber.

«Guten Appetit», sagte er und legte sich die Serviette auf den Schoß.

«Guten Appetit.»

Obwohl mir der eigentlich vergangen war. Auf der anderen Seite: Es gab Kartoffelsuppe mit Krabben, die wirklich ganz köstlich duftete. Und nun war es ja mal so, wie es war, und ich konnte Thorsten schlecht vor Jans Wohnungstür setzen. Jedenfalls nicht jetzt gleich. Nicht, bevor ich gesehen hatte, was es sonst noch so zu essen gab.

Gute zwei Stunden später hatte ich mich durch ein wirklich köstliches Menü gefuttert und war dem kleinen Ding in meinem Bauch sehr dankbar, dass mir immer nur früh am Morgen schlecht wurde. Nach der Suppe hatte Thorsten weitere drei Gänge serviert und dem Nachtisch auch noch Pralinen folgen lassen. Zunächst hatte es einen Salat von gegrilltem Spargel und Spinat, garniert mit Pinienkernen und kleinen, köstlichen Käsewürfeln gegeben. Danach Bandnudeln mit Muscheln und Salamischeiben (ich musste mich belehren lassen, dass es Fettuccine mit Jakobsmuscheln und Cabanossi waren) nach einem Rezept aus der Sansibar. An Sahne war da jedenfalls nicht gespart worden, und ich hatte Bekanntschaft mit Nori gemacht – Algenblättern, die auch zwischen den Nudeln klemmten. Als der Hauptgang aufgetischt wurde, war ich eigentlich schon satt. Aber der gebratene Zander mit Bratkartoffeln war so lecker, dass ich alles wegfutterte. Auch den Nachtisch, einen Butterscotch-Pudding mit Vanille und frischen Himbeeren, konnte ich auf keinen Fall stehenlassen. Allein der Duft löste in meinem Gaumen wahre Niagarafälle aus. Den Wein hatte ich allerdings unter immer neuen Ausreden abgelehnt, genau wie den Dessertwein und angebotenen Kaffee zum Abschluss des Essens.

Thorsten hatte witzige Geschichten über die Kunden in seinem Fotostudio zum Besten gegeben und verraten, wie viel Geld man mit Bildern von Prominenten verdienen konnte, die man in besonderen Situationen überraschte. So war er zum Beispiel ganz zufällig Zeuge einer kleinen Hauerei zwischen einer Schauspielerin und ihrem Freund geworden, der etwas mit Fußball zu tun hatte. Die Fotos von der Heckenschlacht hatten ihm so viel Geld eingebracht, dass er Jan den Dr.-House-Sessel schenken konnte. Großzügiges Geschenk für den besten Kumpel, dachte ich. Hatte Jan in letzter Zeit vielleicht einen runden Geburtstag gehabt? Aber ging mich ja nichts an. Und schließlich hatte *ich* ein Geschenk zu bieten, das nicht zu toppen war.

Inzwischen hatten wir auch den Nachtisch schon beinahe verdaut, und ich nippte an meinem eisgekühlten Champagner. So ein kleiner Schluck würde schon nicht schaden. Ein netter Abend war es bisher gewesen – bis auf die Tatsache, dass ich so gut wie gar nicht mit Jan allein gewesen war. Höchstens, wenn Thorsten wieder mal für ein paar Minuten in der Küche verschwand, um die leergefutterten Teller wegzuräumen und den nächsten Gang aufzutragen. Also genau genommen auch nicht anders als im Sender, nur, dass Essen und Atmosphäre hier viel besser waren.

Jan war die ganze Zeit über sehr freundlich, fast wie ausgewechselt. Während er beim Inselradio kaum mit mir gesprochen hatte, wollte er heute Abend alles über meine Familie wissen und wie ich überhaupt nach Sylt gekommen war. Für einen gebürtigen Insulaner natürlich nicht nachvollziehbar, dass man in einer Stadt wie Hamburg auch ein Leben führen konnte. Wo ich am liebsten an den Strand ging, wollte er wissen, und welches hier mein liebstes Restaurant sei.

Er fragte mich nach meinen liebsten Filmen aus und nach Büchern, die ich gern gelesen hatte. Er wollte wissen, wie lange ich Maike schon kannte und wo wir in Hamburg gewohnt hätten. Wenn man es genau bedachte, fragte er mich also nach jedem belanglosen Scheiß, den man auch einer zufälligen Bekanntschaft auf einer langen Bahnfahrt aus der Nase ziehen würde, damit man möglichst kurzweilig am Zielort ankam. Und da waren wir nun ja wohl. Im übertragenen Sinne. Denn es sah ganz danach aus, dass dieser Abend bald zu Ende gehen sollte. Die Frage, die ich mir innerlich stellte, nämlich ob nun erwartet wurde, dass ich gehe oder Thorsten die Biege machen würde, beantwortete er gleich selbst.

«So, ich habe in der Küche alles aufgeräumt. Der Geschirrspüler läuft noch. Ich würde dann mal rübergehen, den Rest kannst du ja auch ohne mich aufräumen. War nett mit dir, Ina. Komm doch bald mal wieder. Soll ich dir noch ein Taxi rufen?» Er stand lächelnd in der Tür zum Wohnzimmer, rieb sich die Hände, die er sich augenscheinlich gerade eingecremt hatte, und sah mich fragend an.

«Och nö, du, ist nicht nötig. Ich trink hier noch ganz in Ruhe aus, wenn es Jan recht ist, und dann laufe ich nach Hause. Ist ja nicht so weit.»

«Okay. Dann wünsche ich noch einen angenehmen Abend. Gute Nacht, Jan, der Champagner steht im Kühlschrank, wenn ihr noch Nachschub möchtet. Den Rotwein nehme ich mit nach drüben zu mir.»

Jan erhob sich von dem Designerstuhl und nickte Richtung Sofa. «Wenn du magst, setz dich doch da rüber, Ina, da ist es etwas bequemer. Ich bringe Thorsten nur kurz an die Tür.»

Ich winkte Thorsten zu, bedankte mich noch artig für das

köstliche Essen und sah den beiden hinterher, bevor ich mich in den wirklich sehr gemütlichen Sessel fallen ließ, die Pumps abstreifte und meine Füße auf dem Schemel davor ablegte. Hier ließ es sich die nächsten neun Monate aushalten. Während ich es mir bequem machte, versuchte ich die beiden Männer zu belauschen, die noch an der Wohnungstür standen und etwas tuschelten. Ich konnte aber nur einzelne Satzfetzen von Thorsten verstehen. «Ehrlich sein», «nicht weiter» und «nettes Mädchen», glaubte ich zu verstehen. Super. Das nette Mädchen war ja wohl ich, und nett ist die kleine Schwester von scheiße, oder? Bei Thorsten schien ich einen sensationellen Eindruck hinterlassen zu haben. Aber auf den kam es schließlich auch nicht an.

Ich schaute mich in dem großen Zimmer um und versuchte mir vorzustellen, wo man hier am besten ein Kinderbettchen aufstellen konnte. Ob die Bücherborde und CD-Schränke hinten an der Wand festgedübelt waren? Sonst müssten wir das nachholen, denn wenn unser Kind laufen lernte und sich dabei an den Regalen festhielt, könnten sie womöglich umfallen und das Kind unter sich begraben. Und über den kleinen Tisch mit den vielen Schnapsflaschen müssten wir auch nochmal reden. Der konnte auf keinen Fall so stehen bleiben, auch wenn das sehr lässig aussah. Kindgerecht ging anders. In meine Überlegungen hinein hörte ich die Tür ins Schloss fallen, dann kam Jan lächelnd ins Wohnzimmer zurück.

«So. Wie ich sehe, hast du es dir etwas bequemer gemacht. Ja, also, dann … dann lass uns doch noch etwas zusammen trinken.»

Jan wirkte ohne Thorsten auf einmal sehr viel weniger entspannt. Fast verklemmt. So, als wäre es ihm am liebsten, wenn er seinen Kumpel noch einmal kurz zurückholen könnte, zumindest bis ich gegangen war. Männerfreundschaften waren mir schon immer ein Rätsel gewesen. Wenn sie zu zweit auftauchten, waren sie immer das Selbstbewusstsein in Person, aber alleine … Da haperte es erst mal mit der Konversationsfähigkeit.

Ich überlegte, wie ich Jan schonend und gleichzeitig liebevoll die Nachricht überbringen konnte, dass wir bald zu dritt sein würden. In der Zwischenzeit hatte er sich sein Weinglas vom Tisch geholt, setzte sich nun aufs Sofa und versuchte, einen lässigen Eindruck zu machen. Was ihm kein bisschen gelang. Er saß da, als würde er gleich einen Einlauf oder eine Darmspiegelung bekommen. Die gute Laune war mit Thorsten nach nebenan gegangen, was meine Mission in Sachen Vaterschaft nicht gerade einfacher machte. Jetzt nahm er einen tiefen Schluck Wein, schenkte sich nach und trank weiter. Dann stellte er das Glas abrupt ab und sah mich an.

«Ina!»

Pause. Trinken. Pause. Das war ja ein Auftakt wie in einer ARD-Vorabendserie, wenn der Herr Baron sich endlich seiner großen Liebe, dem Hausmädchen, offenbarte. Ich war ehrlich gespannt, was jetzt folgen würde. Vor allem aber war ich ganz sicher, dass seine Nachricht meine auf keinen Fall übertreffen konnte.

«Ina, also es ist so. Ich habe dich heute eingeladen, weil ich es einfach nicht mehr ausgehalten habe, wie wir im Sender miteinander umgehen. Du erwartest offensichtlich Dinge von mir, die ich nicht erfüllen kann. Das habe ich dir auch schon in dieser gewissen Nacht gesagt, nach dem Senderfest. Aber mein Eindruck ist, dass du mir damals nicht richtig zugehört hast. War auch vielleicht zu viel Alkohol im Spiel.»

Gut. Offensichtlich konnte sich einer von uns beiden an diese verhängnisvollen Stunden erinnern. Wenn das, was mein Gastgeber da absonderte, auch nicht gerade nach einer Liebeserklärung klang.

«Weißt du», fuhr er fort, «ich habe einfach eine andere Vorstellung davon, wie eine Beziehung aussehen soll. Und meine und deine Vorstellungen liegen eben ganz weit auseinander, da wird es ganz sicher niemals eine Verbindung geben, die diese Vorstellungen zusammenführt. Verstehst du das?»

Was sollte dieses ganze Gerede eigentlich? Das lief doch gerade in die komplett falsche Richtung hier. Ich wollte, dass Jan mich küsste. Dass er mir sagte, dass alles, was in den vergangenen Wochen passiert war, ein großer Irrtum war und von heute an ein ganz anderer Lebensabschnitt begann. Er und ich, und das sei genug für den Rest unseres Lebens. Um das Geschwafel abzukürzen, griff ich in meine Handtasche und warf das Teststäbchen mit Schwung auf den Tisch zwischen uns. Der Stab rutschte über die Tischplatte, kollidierte mit der Weinflasche, drehte sich zweimal um sich selbst und blieb dann wie ein stummer Vorwurf in Kunststoff direkt neben Jans Glas liegen. Er starrte auf das blaue Plus-Zeichen.

«Ich frag dich jetzt mal: Verstehst du das?», sagte ich.

«Ist das ein Schwangerschaftstest?»

«Ja, mit Sicherheit ist das kein Cocktail-Rührstab.»

«Du bist schwanger?»

Jan sah verwirrt aus, ratlos, aber auch ein wenig besorgt. «Ach so, deswegen hast du auch keinen Wein getrunken? Wann ist es denn so weit?»

Tat der nur so blöde, oder hatte der wirklich keinen Schimmer? Womöglich dachte er, dass es mehrere Typen gab, die abwechselnd von mir durch die Laken gezogen wurden, sodass das mit der Vaterschaft sowieso nicht eindeutig zu klären wäre. Offenbar brachte er das Teststäbchen und seine Person nicht in einen direkten Zusammenhang.

«In etwa acht Monaten.»

«Ja, herzlichen Glückwunsch! Das freut mich für dich. Und für den Vater natürlich auch – kenn ich ihn?»

«Ja, mein Lieber. Dann hol doch mal einen großen Spiegel und proste dir zu.»

Jan rutschte auf dem Sofa ein Stück nach vorn, stellte sein Glas ab und grinste mich an. «Du denkst, ich wäre der Vater?»

Ich hatte Angst, dass ich wieder anfangen würde zu heulen, sobald ich weitersprach. Anscheinend war die Vaterfreude bei Jan nicht so ausgeprägt, wie ich gehofft hatte. Aber immerhin ein Lächeln. Oder Lachen?

«Ina, ich hab dich wirklich gern.»

Au Backe, wenn Reden so begannen, dann wusste ich schon, worauf das hinauslief: Es war sehr schön, aber lass uns lieber Freunde bleiben. Wir wollen doch mit dumpfem Sex nicht alles kaputtmachen. Dafür ist mir deine Freundschaft viel zu wertvoll, blablablabla …

Jetzt stieg der Klumpen aus meinem Magen doch langsam in Richtung Kehle. Jan rutschte etwas näher an mich heran und legte seine Hand auf mein Knie. «Aber ich bin nicht in dich verliebt. Und deshalb würde ich auch nie mit dir …»

«Hast du aber, das ist ja wohl der beste Beweis.» Ich zeigte auf den Test. «Ich habe es nachgelesen im Internet. Diese Teststäbchen sind zu 99 Prozent sicher in ihrem Ergebnis. Oder meinst du, ich hab das blaue Plus da selber draufgemalt? Ich kann ja verstehen, dass du vielleicht beim Senderfest etwas viel getrunken hast und dich dann zu etwas hast hinreißen lassen, das dir hinterher leidgetan hat, aber dass du dich jetzt mit so einer Scheißnummer versuchst, aus deiner Vaterschaft herauszureden, das hätte ich dir wirklich nicht zugetraut!»

So, zu spät. Zu viel geredet, der Kloß war auf direktem Weg vom Hals bis in die Tränendrüsen gewandert und drückte nun alles an Flüssigkeit heraus, was zur Verfügung stand. Und das war nach einem Menü mit gefühlten zwölf Liter Wasser als Begleitung einiges. Eigentlich wollte ich nur noch weg hier. Nach Hause in mein Bett. Aber erst sollte Jan mich noch etwas leiden sehen. Vielleicht hatte er es gar nicht so gemeint, dass er mich nicht liebte. Immerhin wurde er jetzt Vater, und bis das Kind da war, konnten wir uns noch viel besser kennenlernen, und dann würde er all meine liebenswerten Eigenschaften entdecken, und wir würden beide sehr laut lachen, wenn wir an diesen Abend zurückdachten.

Jan setzte sich zu mir auf die Sessellehne und legte unbeholfen seine Hand auf meine Schulter. Er streichelte mich sanft. Immerhin ein Anfang. Gut, dass ich die schöne Unterwäsche angezogen hatte und nicht den gemütlichen Sarah-Kay-Schlüpper.

«Ina, ich verrate dir jetzt mal etwas, was du auf gar keinen Fall weitererzählen darfst. Denn wenn das herauskommt, dann bin ich vermutlich sofort meinen Job beim Inselradio los.»

Gut so! Jetzt würde er mir endlich unsere heiße Zeugungsnacht in allen Details schildern. Und das Geheimnis lüften: Er trug Socken beim Sex, er konnte nur bei Musik von Roland Kaiser einen hochkriegen, er konnte nur im Dunkeln bei offenem Fenster. Ich war gespannt auf skandalträchtige Enthüllungen des Grömaz und weinte etwas leiser, um nichts zu verpassen.

«Ich kann nicht der Vater deines Kindes sein, weil ich nie mit dir geschlafen habe.»

Ich zeigte auf das Stäbchen und schluchzte zur Bestätigung noch einmal nachdrücklich.

«Ja, dass du schwanger bist, das will ich ja gar nicht bestreiten. Aber es kann nicht von mir sein. Ina, ich bin schwul! Ich lebe seit mehr als acht Jahren mit Thorsten zusammen, und wir behalten das für uns, damit unser lieber, spießiger Senderchef mich nicht vor die Tür setzt mit seinen konservativen Vorstellungen. Deshalb haben wir getrennte Wohnungen direkt nebeneinander, und deshalb treten wir überall als beste Freunde auf.»

Schwul? O Gott. Mir wurde auf einmal ganz schlecht. Jan Jessen, der Mister Morning des Inselradios, stand nur auf Männer!

Klar, bei Thorsten hätte man sich das mit ein bisschen Phantasie ja denken können, auch wenn ich hätte schwören können, dass er beim Senderfest voll auf Sylvie abgefahren war. Vielleicht war er ja bi. Aber Jan? In meinem Kopf fügte sich plötzlich alles zusammen: sein gepflegtes Auftreten, sein Desinteresse an weiblichen Kolleginnen, die ständigen Treffen mit Thorsten. Wie hatte ich nur so blind sein können?

Jan war aber noch nicht fertig mit seinen Demütigungen: «Ich würde also schon mal nicht mit dir schlafen, weil ich einfach nicht auf Frauen stehe, auch wenn sie so nett und süß sind wie du. Noch dazu bin ich eine wirklich treue Seele und habe Thorsten in den ganzen Jahren noch nicht ein einziges Mal betrogen.» O Gott, treu war er auch noch! Ein perfekter Mann – aber leider nicht für mich. «Und im Übrigen bin ich nach der Senderparty nicht der Letzte gewesen, der deine Wohnung verlassen hat. Ich war einer der wenigen, die noch nüchtern waren, weshalb ich auch noch Dietrich und Hanna nach Hause fahren konnte.»

Wo war das Erdloch, in das ich verschwinden konnte? Wo das Zauberpulver, das ich in den Kamin streuen konnte, um in meiner eigenen Wohnung durch das Heizungsrohr wieder herauszuflutschen? Ich zog die Knie an und versteckte mein Gesicht dahinter. Jan streichelte mich weiter, wodurch ich mir noch schäbiger vorkam. Ich musste hier ganz schnell raus, ganz weit weg. Schlimmer konnte es nicht mehr kommen. Wie hatte ich mich nur so täuschen können? Und dann diese Großkotznummer mit dem Schwangerschaftstest. Ich hatte mich benommen wie die hinterletzte Zicke. «Tut mir leid.»

«Ina, es tut mir leid. Du hast mir an dem Abend ja sehr deutlich gesagt, wie gern du mich hast. Das hat mir geschmeichelt, aber ich wollte dir keine falschen Hoffnungen machen, deshalb habe ich dir am nächsten Tag die SMS geschrieben. Thorsten habe ich natürlich von deiner Liebesbeichte erzählt, und er hat gemeint, ich soll dich einladen, um noch mal in Ruhe über den Abend zu sprechen. Aber das kam mir nicht richtig vor. Außerdem wollte ich die Beziehung zu Thorsten geheim halten. Wenn Strüve erfährt, dass ich schwul bin, dann feuert er mich auf der Stelle. Der hat ja sogar schon mal eine Kollegin rausgeschmissen, nur weil sie sich hat scheiden lassen. Und ich hänge wirklich an meinem Job. Jetzt weißt du auch, wieso ich so zurückhaltend war im Sender. Hätte ich gewusst, dass du schwanger bist, hätte ich mich längst schon gemeldet und alles aufgeklärt.»

Eins war klar: Für den Rest meines Lebens würde ich mit angezogenen Knien auf einem Sessel sitzen und mich schämen müssen. Ich konnte unmöglich aufstehen und Jan in die Augen sehen. Das war schlimmer, als wenn er mich nackt mit Socken gesehen hätte. Viel schlimmer. Jan zog vorsichtig meine Arme weg und wischte mir die Tränen vom Gesicht.

«Hey. Es ist alles in Ordnung. Auch wenn ich nicht mit dir zusammen sein will, würde ich gern dein Freund sein. Du bist jetzt meine Geheimnisträgerin! Niemand im Sender außer dir weiß von meiner Beziehung zu Thorsten. Und das soll auch so bleiben.»

Ich schaute in ein blaues und ein braunes Auge und war sooooo traurig. Was für eine Verschwendung! Und ich hatte mich zum absoluten Deppen gemacht mit meinem großen Geständnis in der Nacht der Nächte. Einem schwulen Mann hatte ich erklärt, dass ich in ihn verliebt war. Da hatte ich ja dieses Mal wirklich voll in den Mustopf gegriffen.

«Habe ich mich sehr blöde benommen?», fragte ich.

«Nein, du warst sehr betrunken, aber auch sehr niedlich. Du hast dich an mich angeschlichen, gewartet, bis niemand mehr in der Nähe war, und dann gefragt, ob ich nicht kurz vor die Tür gehen möchte, du würdest dann in ein paar Minuten zum Küssen nachkommen.» Jan lachte bei der Erinnerung an den Abend. «Ich habe dir einen Kuss auf die Wange gegeben und gesagt, dass ich das für ein nettes Angebot halte, aber nicht der richtige Adressat bin. Dann hast du mir erklärt, wie sehr du mich liebst und wie wunderbar unser Leben zu zweit werden würde.»

«Hör auf, bitte. Ich muss das gar nicht mehr hören.»

«Und dann hast du von unserer kleinen Familie gesprochen, wie wunderbar ein kleiner Junge wäre, der meine verschiedenfarbigen Augen hätte. Und ich gebe zu, da war ich tatsächlich kurz davor, schwach zu werden, denn Thorsten und ich hätten schon gern ein Kind zusammen. Ist aber nicht so einfach mit einer Adoption bei schwulen Paaren. Da haben wir schon einige Versuche hinter uns. Und so ein Schwein, dass ich mir eine Leihmutter suche, die nichts davon weiß, bin ich nun auch nicht. Also habe ich verzichtet. Auf den Kuss und alles Weitere.»

«Ich glaube, ich gehe jetzt lieber nach Hause und schäme mich da unter Ausschluss der Öffentlichkeit weiter.»

«Das muss dir wirklich nicht peinlich sein. Es war süß. Und außer mir hat es auch keiner mitbekommen. Die anderen waren viel zu sehr damit beschäftigt, neue Cocktails zu mischen. Du bist ein tolles Mädchen, Ina. Und der Abend ist bestimmt noch schön für dich weitergegangen.»

«Lass mal, genauer möchte ich es wirklich nicht wissen.» Wie zynisch von ihm: *Schön* hätte die Nacht nur mit ihm sein können.

«Aber –», versuchte er zu protestieren. Offensichtlich brannte er darauf, mir noch mehr über den Fortgang der Nacht zu erzählen. Der hatte gut reden! Die Kandidaten, die zu der Zeit noch bei mir zu Hause waren, deuteten eher auf eine totale Katastrophe hin. Und *eine* Katastrophe reichte mir für heute Abend.

«Jan, ich möchte nichts mehr über das Thema hören», unterbrach ich ihn schroff. «Bitte tu mir den Gefallen und akzeptiere das.» Damit stand ich auf und nahm mir eine Stoffserviette vom Tisch, um kräftig auszuschnauben. Danach ging es mir schon besser. Ich trank mein Wasser leer und griff nach dem Schwangerschaftstest. «Ich werd mich jetzt mal auf den Weg machen.»

«Bist du sicher, dass du schon gehen willst?», fragte er. «Du kannst auch gerne hier übernachten, ich gehe ohnehin gleich nach nebenan zu Thorsten und penne da.»

«Bloß nicht! Ich muss jetzt echt mal eine Weile allein sein, um alles, was ich gehört habe, sacken zu lassen.»

«Und ist jetzt zwischen uns wieder alles in Ordnung? Kommst du morgen in den Sender?»

Ich schüttelte den Kopf. «Nee, ich brauche noch etwas Zeit für mich. Ich habe mich ohnehin ein paar Tage krankgemeldet. Da habe ich erst mal ein wenig Pause.»

«Soll ich dir ein Taxi rufen?», fragte er besorgt.

«Nein, ich laufe lieber. Ist in meinem Zustand und nach so einem Essen ja total gesund. Außerdem brauche ich dringend frische Luft.»

Jan stand auf und brachte mich zur Tür. Er gab mir einen zarten Kuss auf die Wange, als er mir in die Jacke half.

«Schlaf gut und melde dich, wenn ich etwas für dich tun kann. Egal was.»

«Mach ich. Danke, dass du so ehrlich zu mir gewesen bist. Und sag Thorsten auch nochmal Danke für das tolle Essen.»

Ich hatte die ganze Nacht kaum ein Auge zugemacht. Erst aus Kummer, dann vor lauter Peinlichkeit und schließlich, weil Jans Antworten viele neue Fragen aufgeworfen hatten, insbesondere diese: Von welchem der Skatbrüder aus Gerdas Kneipe hatte ich mir denn nun ein Kind anhängen lassen?

Oje, das war alles so peinlich! Ein treuer Typ in einer langjährigen Beziehung wird von einer doofen Blondine mit Übergewicht angebettelt, sie zu küssen. Ging es noch ein wenig theatralischer? Ich musste tatsächlich ganz schön betrunken gewesen sein. Die nächste Zeit im Sender würde ich Jan nicht in die Augen sehen können. Erst mal musste er dieses peinliche Liebesgeständnis wieder vergessen. Wahrscheinlich hatten sich die zwei nach meinem Besuch vor Lachen ausgeschüttet und waren dann selig Arm in Arm eingeschlummert.

Maike hatte ich so spät nicht mehr anrufen können, die schlief bestimmt schon tief und fest, aber ich hatte ihr noch eine SMS geschrieben und sie gebeten, am nächsten Tag zum Frühstück zu kommen und reichlich Brötchen mitzubringen. So saßen wir nun auf meinem Bett, tranken Kakao und futterten Nutella-Brötchen. Nachdem ich ihr den Katastrophenabend in allen Einzelheiten geschildert hatte, Maike an den richtigen Stellen gelacht, geseufzt und mich bedauert hatte, waren wir voll in die Ermittlungen im Fall Mein-Kind-braucht-einen-Vater eingestiegen. Schließlich musste es ja irgendwie weitergehen. Maike Marple hatte bereits all ihr kriminalistisches Geschick eingebracht, und wir versuchten nochmal, die Partynacht in allen Details zu rekonstruieren. Wer war dabei gewesen, wer könnte Interesse an mir haben?

«Du musst dich doch an eine winzige Kleinigkeit aus dieser Nacht erinnern!», sagte sie.

«Ja, habe ich doch gesagt: Ich weiß noch, dass wir mit einem ganzen Trupp Kollegen in diese Gerda-Hütte eingefallen sind. Ich kann mich an die Kneipe erinnern, und daran, dass wir da nicht nur Brause getrunken haben. Aber ich kann dir weder erklären, warum ich einen Filmriss hatte, noch, wer anschließend alles hier weitergefeiert hat.»

«Gut. Dann gibt es nur eine Möglichkeit, herauszufinden, wer der Vater ist.»

«Und die wäre?»

«Na, wir warten, bis das Baby auf der Welt ist und gucken dann, wem es ähnlich sieht.»

«Ha, ha, Maike, sehr witzig. Ich wüsste dann doch ganz gern schon etwas früher Bescheid. Und vielleicht interessiert es den werdenden Vater ja auch.»

«Und wenn du doch noch einmal mit Jan sprichst? Der war ja scheinbar der Einzige, der sich keine doppelten Apfelkörner hinter die Binde gekippt hat. Vielleicht hat er gesehen, mit wem du dich getröstet hast, nachdem er dich nicht wollte.»

Ich ließ mich in mein weiches Kissen zurückfallen und stöhnte. «Erinnere mich bloß nicht an Jan! Erst gestehe ich ihm, dass ich total verliebt in ihn bin, und dann steige ich mit einem anderen in die Kiste. Vielleicht habe ich ja auch gleich mit mehreren Typen knutschend in der Ecke gelegen, und er hat mir diese Peinlichkeit gestern erspart. Oder ich habe mit einem der Senioren zu später Stunde ein Schnapsballett getanzt. Nein, bevor ich mit Jan spreche, will ich erst mal alle anderen Möglichkeiten abklären, verstehst du? Der Mensch kann die eigene Schamgrenze nur bis zu einem gewissen Maß strapazieren, und ich bin nach gestern Abend schon weit drüber. Ich brauche jetzt erst mal Abstand von Jan.»

«Ich finde, es ist jetzt ein bisschen spät, um sich zu schämen», gab meine Freundin zu bedenken. «Ist ja nun mal passiert, und den Beweis hast du da drinnen bei deinem Nutella-Brötchen-Brei.» Maike zeigte auf meinen Bauch und kaute weiter. «Gut, wenn du Jan also nicht anrufen willst, dann gäbe es natürlich noch die Möglichkeit, die anderen Kollegen auszuquetschen. Vielleicht wissen die auch, wer nach ihnen hier noch weitergefeiert hat, oder?»

«Hanna war schon lattenstramm, als wir noch an der Promenade beim Senderfest waren. Ich kann froh sein, wenn die sich noch an meinen Namen erinnert», erwiderte ich. «Und Dietrich kann ich echt nicht fragen. Was soll ich dem denn sagen? Und überhaupt: Ich gehe doch nicht im Sender herum und erzähle allen, dass ich mich in einen schwulen Typen verknallt habe, der mich noch nicht mal küssen wollte, und dass ich nun leider schwanger bin und einen Vater dazu brauche.»

Maike schenkte mir Kakao nach und überlegte. «Ja, dann habe ich auch keine Idee mehr. Höchstens vielleicht … also, du könntest natürlich nochmal diese Gerda in ihrer Kneipe besuchen und sie fragen, ob sie etwas beobachtet hat. Vielleicht hat sich ja schon in der Gastwirtschaft jemand an dich rangemacht, und du hast nur nicht richtig reagiert, weil du bloß Augen für Jan hattest.»

«Ja klar, und da sitzen dann diese Heinzens und Horstens, laden mich auf ein Gedeck ein und fragen, wieso ich sie noch nicht angerufen habe. Vielen Dank, ich kann verzichten.»

«Das heißt, du kannst nicht ausschließen, dass einer dieser reiferen Herren mit euch hier weitergefeiert hat?»

Ich nahm Maike das Brötchen aus der Hand und verdrehte die Augen. «Nein, das kann ich nicht. Vielleicht waren die sogar in der Überzahl. Keine Ahnung. Aber du hast doch den größten Teil der Typen gesehen, die ich in Hamburg in der Hoffnung auf eine Langzeitbeziehung für eine Nacht mit nach Hause gebracht habe. War da auch nur einer dabei, der annähernd so alt war wie mein Vater?»

Maike schüttelte den Kopf.

«Na also. Ich mag zwar ganz schon was weggebechert haben, aber ein wenig Resthirn muss schon noch da gewesen sein und mich vor so einer Verzweiflungstat behütet haben.» Hoffte ich von ganzem Herzen.

«Ich hab's!» Maike strahlte. «Wieso bin ich nicht früher darauf gekommen? Das ist hier schließlich Sylt! Wahrscheinlich hast du in der Bar einen total berühmten Typen getroffen, Til Schweiger, Johnny Depp, Jude Law, Pierce Brosnan womöglich – dreht der nicht gerade mit Polanski einen neuen Film hier auf der Insel? Wer auch immer es von ihnen war, er wird natürlich nachts ganz schnell wieder abgehauen sein, damit er sich am nächsten Morgen nicht in der BILD wiedersieht.»

«Genau. Man stelle sich das mal vor. Ein sensationell aussehender Schauspieler hier in meinen heiligen Hallen. Und dann das böse Erwachen im Arm einer durchschnittlichen Blondine, die lediglich Socken am Körper trägt und eine Alkoholfahne vor sich herschiebt, an der sich manch eine Nationalitätenflagge ein Beispiel nehmen könnte. Was für ein Desaster. Aber warte mal, irgendwo muss ich hier den Schlüpper von Til doch noch liegen haben.» Ich tat so, als würde ich zwischen den Bettdecken nach etwas suchen.

«Ina, du bist nicht durchschnittlich!», protestierte Maike. «Kein Stück. Du bist unglaublich warmherzig. Eine bessere Freundin kann man sich nicht wünschen. Du bist immer da, wenn man dich braucht. Du hast die schönsten blauen Augen der Welt und die Kurven an der richtigen Stelle. Du ahnst gar nicht, wie oft ich mir schon deine Brüste gewünscht habe. Und außerdem hast du die allerbesten Ideen der Welt.»

«Schon gut. Ich weiß, dass du mich liebhast. Und das ist auch gut so. Denn wenn das so weitergeht mit meinen Recherchen, dann werde ich Bendix womöglich noch als Vater brauchen.»

«Von wegen!»

«Na, hör mal, ich denke, wir sind Freundinnen. Und du willst ja wohl nicht, dass mein Kind ohne männlichen Beistand aufwächst.»

«Also, zum einen glaube ich, dass ein Kind von einer Frau wie dir als Mutter wirklich alles bekommt und auf einen Vater notfalls prima verzichten könnte. Und zum anderen ist Bendix bald mein Mann, wenn heute Abend alles klappt. Meinst du denn, du kriegst das hin in deinem Zustand?»

Wir hatten geplant, dass heute der große Heiratsantrags-Abend stattfinden sollte. Das war allerdings vor meiner Schwangerschaft und der Vatersuche gewesen.

«Maike, bis das Kind kommt, wird es ja noch eine kleine Weile dauern. Ist also noch Zeit zum Überlegen. Und ich bin, ehrlich gesagt, ganz froh, wenn ich zur Abwechslung mal lebensechte Romantik bekomme statt dieser ganzen Erinnerungen an peinliche Momente der Paarungsversuche. Ich bin dabei. Alles wie geplant.»

«Danke. Wenn ich dich nicht hätte!» Maike strahlte und klopfte sich ein paar Krümel vom T-Shirt. «Ich muss jetzt mal los, Tine im LatteMar ablösen und noch ein paar Sachen für heute Abend vorbereiten. Du weißt schon. Kann ich dich alleine lassen?» Sie stand vom Bett auf und sah mich sorgenvoll an.

«Mach dir mal keine Gedanken. Ich werde es mir schön gemütlich machen und heute Abend pünktlich zur verabredeten Zeit im LatteMar sein. Wenn mir was passiert oder mir irgendeine Erinnerung kommt, rufe ich dich umgehend an. Fest versprochen.»

«Gut. Dann ruh dich aus. Wir sehen uns später.»

Das LatteMar sah phantastisch aus. Wir hatten wirklich ganze Arbeit geleistet. An der Eingangstür hing ein Schild: «Geschlossene Gesellschaft». Der Rest der Glastür war mit weißem Seidenpapier abgeklebt, sodass man von draußen nicht hineinsehen konnte. Innen hatte Maike an der einen Wand, gegenüber dem kleinen Sofa, einen großen Flachbildschirm aufstellen lassen, rundherum hingen weiße, gasgefüllte Luftballons, und auf jedem freien Fleckchen brannten weiße Kerzen in den verschiedensten Formen.

Um Kinoatmosphäre zu schaffen, hatten wir um das Sofa Schalen mit Popcorn, Marshmallows, weißen Gummimäusen und türkischem Honig aufgestellt. In einem Sektkühler stand eine Flasche Champagner. Ich wartete hinterm Tresen auf meinen Einsatz und musste ab und zu an die Tür gehen, weil irgendwelche Legastheniker Einlass begehrten, denen ich dann erst mal das Hinweisschild vorlesen musste.

Maike war oben im Büro und zog sich um. Sie hatte sich für den heutigen Abend extra ein neues Kleid gekauft. Mir traten jetzt schon die Tränen der Rührung in die Augen, wenn ich mir vorstellte, was meine Freundin da mit Elfie ausgeheckt hatte. Mit fortschreitender Schwangerschaft rückte mein inneres Haus immer näher ans Wasser.

Endlich war es so weit. Jemand hämmerte an die Glastür und versuchte, ins Innere zu schauen. Das musste Bendix sein.

«Maike, er ist da!», rief ich nach oben, während ich zur Tür ging und aufschloss. «Guten Abend, der Herr.»

«Ina. Was machst du denn hier?» Bendix sah mich verwundert an. «Und wieso steht da was von geschlossener Gesellschaft? Muss Maike jetzt doch arbeiten? Wir hatten eigentlich verabredet, dass ich sie hier abhole.»

«Komm doch erst mal rein. Ich muss wieder abschließen.»

Bendix, in Jeans, Strickpullover, Hemd und Halstuch sowie wetterfester Barbour-Jacke, hatte gerade das LatteMar betreten, als Maike schon in ihrem traumhaft schwingenden, weißen Sommerkleid die Treppe runterkam. Bendix stand kurz der Mund offen, bevor er weitere Fragen stellen konnte: «Was ist denn hier los? Und wieso hast du dich so aufgehübscht? Wollten wir nicht ins Kino gehen? Ich habe mich jetzt eher leger angezogen.»

Maike küsste Bendix auf den Mund und zog ihn hinter sich in Richtung Sofa. «Wir gehen ja auch ins Kino, aber in ein ganz besonderes Kino.»

Ich schloss die Eingangstür wieder ab und folgte den beiden. «Zunächst ein Gläschen Champagner, die Herrschaften?»

Bendix wirkte immer noch etwas überrumpelt, was Maike aber sehr zu genießen schien. «Ach ja, schenken Sie uns doch bitte ein und starten Sie dann den Film», sagte sie zu mir.

Während ich also die Champagnerflasche öffnete, fragte Bendix: «Maike, was soll denn das hier alles? Wenn du ein Video gucken willst, dann hätten wir das doch auch zu Hause machen können.»

«Nun warte doch erst mal ab, mein Schatz. Das hat schon alles seinen Grund.» Sie prostete Bendix zu, und ich nahm die Fernbedienung und schaltete Fernseher und DVD-Player ein. Nach den Hinweisen auf die strafrechtlichen Folgen bei Kopieren des Films begann mit romantischer Musik der Vorspann zu «Tatsächlich Liebe». Bendix hatte sich mittlerweile auf dem Sofa zurückgelehnt und machte immer noch ein eher skeptisches Gesicht, während Maike es sich in seinem Arm gemütlich gemacht hatte. Ein wirklich schönes Paar, die beiden. Ich nahm Bendix die Jacke ab und verzog mich wieder Richtung Tresen.

In «Tatsächlich Liebe» geht es tatsächlich um nichts als Liebe. Ich hatte mir den Film seinerzeit in der Videothek ausgeliehen, weil ich unbedingt wissen wollte, wieso Heike Makatsch und Hugh Grant auf ein und demselben Cover abgebildet waren. Dank Elfies Hilfe würde es den Film aber heute Abend in einer ganz besonderen Version geben. Denn etwa nach der Hälfte kommt die Szene, in der Keira Knightley die Tür öffnet und plötzlich der beste Freund ihres Mannes mit Pappschildern vor ihr steht, auf denen er ihr seine Liebe gesteht. Und auf diese Szene kam es heute Abend an.

Kurz bevor es so weit war, hatte sich Maike aus Bendix' Armen gelöst und sich neben ihn gesetzt, um sein Gesicht besser beobachten zu können. Elfie hatte wirklich ganze Arbeit geleistet und aus Keira Knightley mit Hilfe alter Urlaubsvideos einen Bendix gemacht. Vor der Tür stand im Film also jetzt Maike, von Elfie vor ein paar Tagen mit der Kamera aufgenommen. Natürlich auch mit neuen Pappschildern, auf denen spezielle Botschaften für Bendix standen:

Ich brauche keine Kerzen.

Ich brauche keine Reise nach Paris.

Ich brauche keinen Diamantring.

Ich brauche nur dich, Bendix.

Willst du mich heiraten?

Maike beobachtete ihren Freund während dieser Szene vorsichtig aus einiger Entfernung und stürzte dabei nervös den Champagner hinunter. Und dieser Bär von Mann starrte erst fassungslos auf den Bildschirm, dann flossen plötzlich ein paar Tränchen, als aus Keira Knightley ein breitschultriger Nordfriese wurde. Er stellte sein Glas ab und rutschte zu Maike hinüber, um sie fest in den Arm zu nehmen. «Maike, meine Maike, natürlich will ich das.» Er küsste sie lange und innig. Sehr lange und sehr innig.

«Hust. Hust. Noch jemand Champagner?»

Maike riss sich von ihrem Verlobten los und lachte mich an. «Sehr gerne. Danke.»

«Hol dir doch auch ein Glas und stoß mit uns an», forderte Bendix mich auf. «Immerhin ist das hier jetzt eine Verlobungsfeier.»

Ich füllte die leeren Gläser und schüttelte den Kopf. «Nein, danke. Ich bin ja total weg vom Alkohol.» Dabei zwinkerte ich Maike zu. «Und ich würde dann jetzt auch mal verschwinden. Ich denke, den Rest bekommt ihr auch allein hin, oder?»

Maike gab Bendix noch einen Kuss und stand vom Sofa

auf. «Mach's dir gemütlich und guck den Film zu Ende», sagte sie zu ihrem Verlobten, «ich bringe Ina eben zur Tür.»

Bendix grunzte wohlig, legte sich der Länge nach auf das kleine Sofa und langte mit der ganzen Hand in die Popcornschüssel.

Als wir vor der Tür standen, flüsterte sie mir zu: «Danke, ohne dich hätte ich das alles gar nicht hinbekommen. Und die Idee war wirklich sensationell.»

«Na, da musst du dich vor allem bei Elfie bedanken», erwiderte ich.

Maike schloss die Tür auf. «Und du willst wirklich nicht bleiben? Wir können doch noch irgendwo zusammen etwas essen gehen oder so.»

«Nee, lass mal. Das ist euer Abend. Ich hab dir gern geholfen und bin froh über jede Ablenkung. Aber jetzt gehe ich schön nach Hause und mach mir wieder ein paar Gedanken über meine eigene Zukunft.» Ich gab ihr einen Kuss auf die Wange. «Ich melde mich morgen.»

Als ich zu Hause ankam, blieb ich einen Moment lang ratlos in meinem Wohnzimmer stehen und dachte nach. So seltsam hatte ich mich schon lange nicht mehr gefühlt. Ich hatte keinen Hunger, Wein trinken ging ohnehin nicht, und im Fernsehen lauerten wahrscheinlich irgendwelche Liebesfilme, nach denen mir jetzt so gar nicht war. Zum Lesen hatte ich auch keine Lust, und allein beim Blick aus dem Fenster verging mir der Gedanke an einen Spaziergang, denn es regnete in Strippen. Wahrscheinlich hatten es sich Maike und Bendix in ihrer kleinen Verlobungshöhle jetzt so richtig schön gemütlich gemacht. Bloß nicht daran denken! Sosehr ich meiner besten Freundin ihr Glück gönnte, fühlte ich mich im Vergleich zu ihr auf einmal ziemlich klein, denn eigentlich sollte ich jetzt auch verliebt mit dem Vater meines Kindes irgendwo kuscheln und Pläne für die Zukunft schmieden. Schon doof, aber Herumjammern brachte mir ja auch keinen Kerl her. Und schon gar nicht den Vater, dessen Identität mir nach wie vor ziemlich schleierhaft war.

Was tut man, wenn man im inneren Chaos unterzugehen droht? Richtig, man schafft Ordnung. Ich hatte ohnehin schon länger vor, endlich mal wieder die Möbel in meiner kleinen Wohnung umzustellen. Bei der Gelegenheit könnte ich auch mal wieder gründlich putzen. Also wechselte ich von Jeans und T-Shirt in den bequemen Jogginganzug und holte Staubsauger, Wischlappen und Glasreiniger aus der Kammer, um mich hochmotiviert ans Werk zu machen. Zunächst jedoch schaltete ich die Stereoanlage ein und suchte eine CD aus, die mich so richtig in Putzstimmung brachte.

«Abba Gold» ging nicht, zu viel Weltschmerz, Trennung und Liebe. «Safe Trip Home» von Dido war mir jetzt zu weinerlich – zum richtigen Abheulen war nur noch «A Rainy Day in Vancouver» von Dirk Reichardt besser geeignet, da störte auch kein Gesang. Nein, heute Abend brauchte ich das genaue Gegenteil: Stimmung, gute Laune, ramtammtamm! Mitsingen und an nichts denken als an die Musik. Da fiel die Wahl nicht schwer. Ich entschied mich für Hot Chocolate und ihre größten Hits. Volle Lautstärke und dann frisch gewienert zu «You sexy thing». Das sollte mal einer für mich singen: «Ich glaube an Wunder, seit ich dich gesehen habe, du sexy Stück, du.»

Ich begann im Schlafzimmer, wo ich verschiedene Klamotten vom Fußboden aufsammelte und nach «Kann man nochmal anziehen», «Ging eigentlich schon letzte Woche nicht mehr» und «Wie neu» sortierte. Ein Stapel wanderte in den Wäschekorb, ein paar Teile landeten gefaltet auf einem Stuhl, wieder andere auf Bügeln im Kleiderschrank. Auch die zwei leeren Sektflaschen, die noch immer von der Party in der Gegend rumstanden, mussten dringend entsorgt werden. Ein paar benutzte Gläser von der Fensterbank wanderten in die Spüle in der Küche. Danach sah es im Schlafzimmer schon fast wieder wohnlich aus. Aber ich war noch nicht zufrieden.

Das Bett musste weiter weg vom Fenster. Da zog es doch ein wenig, und ich wollte auf keinen Fall, dass der kleine Wurm in meinem Bauch frieren musste. Die Kommode für die Socken schob ich an die Wand neben dem Bett, sodass ich die Schlafstatt jetzt neben dem Kleiderschrank positionieren konnte. Als ich fertig war, begutachtete ich vom Türrahmen aus mein Werk. Bis auf ein letztes Kleidungsstück unter dem Fenster, dort, wo vorher das Bett gestanden hatte, sah alles tipptopp aus. Ich ging hin und hob es auf. Ein T-Shirt, in einer Farbe, die ich noch nie zuvor in meinem Schrank gesehen hatte. In weißen Buchstaben stand auf türkisfarbenem Grund der Satz: «Mal verliert man, mal gewinnen die anderen.» Ich kannte nur einen einzigen Menschen, der sich mit derart blöden Sprüche-T-Shirts auf die Straße wagte. Irgendwo in meinem Hinterkopf erinnerte ich mich auch dunkel daran, wann ich den Fummel schon mal gesehen hatte. Und plötzlich drängte sich mir die Frage auf, wieso ein Kleidungsstück von Steffen unter meinem Bett lag.

Am nächsten Morgen hatte ich erst mal ausgeschlafen. Schließlich war Wochenende. Ich hatte den ganzen Vormittag damit verbracht, meinen Gedanken nachzuhängen und mir über meine Situation etwas klarer zu werden. Nachmittags hatte ich dann Steffen angerufen und ihn gefragt, ob er nicht Zeit hätte, bei mir vorbeizukommen. Er wirkte sehr froh, von mir zu hören. Er sei besorgt gewesen, weil ich nun schon zwei Tage nicht zum Dienst erschienen sei und auch auf seine SMS eher knapp geantwortet hätte. Nachdem er mich mehrmals gefragt hatte, ob ich irgendetwas brauchte, versprach er, sich gleich auf den Weg zu machen.

Als er endlich klingelte, stand ich gerade in der Küche und braute mir einen Kräutertee. Ich ging zur Tür und öffnete.

Steffen wirkte mit seinen roten Bäckchen und den Haaren, die in alle Richtungen standen, ziemlich aus der Puste.

«Hey, bist du hergeschwommen?»

«Was? Nö, ich bin mit dem Fahrrad da.»

Offensichtlich hatte Steffen soeben seinen persönlichen Geschwindigkeitsrekord aufgestellt und war kurz davor, Radprofi Lance Armstrong das Fürchten zu lehren. Bevor er eintrat, hielt er mir ein buntes Päckchen unter die Nase.

«Hab dir was mitgebracht.»

«Geschenke? Ich hab doch gar nicht Geburtstag. Und krank bin ich auch nicht, weißt du ja.» Ich musste lächeln.

Wir gingen zusammen ins Wohnzimmer, wo ich mich mit dem Geschenk aufs Sofa setzte. «Könntest du uns bitte den Tee aufgießen? Dann kann ich in der Zwischenzeit schon mal auspacken.»

Wie selbstverständlich stellte sich Steffen in die Küche und nahm den Kessel mit dem kochenden Wasser von der Herdplatte. Währenddessen wickelte ich das Geschenk aus und war begeistert: ein ganz winziges Babymützchen und dazu ein passendes XXXL-T-Shirt mit dem Aufdruck «Mami».

«Steffen, danke! Das ist echt lieb.» Ich probierte das noch reichlich große T-Shirt einfach über meine Joggingjacke an, während Steffen mit der Teekanne und zwei Bechern zum Tisch kam und sich mir gegenüber auf den Sessel setzte.

«Da wachse ich ja wohl noch rein», sagte ich. «Das ist toll. Ich freu mich wirklich!»

Seine Wangen hatten sich noch einen Hauch mehr gerötet, so verlegen wurde er, weil ich mich so über das Geschenk freute. Zur Tarnung steckte er die Nase tief in den Teebecher: «Geht es dir wieder besser?»

«Ja, alles wunderbar. Ich wollte nur etwas mit dir besprechen. Warte mal eben.»

Ich stand auf, um das T-Shirt aus meinem Schlafzimmer zu holen. Als ich wiederkam, legte ich es auf die Sessellehne.

«Gehört das dir?»

Steffen stellte seinen Becher ab, nahm das T-Shirt und faltete es auseinander, um die Aufschrift zu lesen. Dann ließ er die Arme wieder sinken. «Wo hast du das denn her? Das habe ich schon gesucht.»

«Es lag unter meinem Bett, habe ich gestern beim Aufräumen gefunden.»

«Wie kommt denn mein T-Shirt unter dein Bett?» So verblüfft hatte ich ihn noch nie gesehen.

«Tja, mein Lieber. Was meinst du wohl? Wenn du dich nicht erinnern kannst, es da hingelegt zu haben, und wenn ich ganz sicher bin, es dir nicht im Sender vom Leib gerissen zu haben – dann ist es wohl vom geheimen Teppich-Entführer-Kommando aus deiner Wohnung gestohlen und mir einfach untergeschoben worden. Setzen wir uns also am besten neben das Telefon und warten auf die Lösegeldforderung, dann haben wir die Schweine.»

«Du meinst, ich habe es hier ausgezogen und dann vergessen?» Er sah mich mit großen Augen an. «In unserer Blackout-Nacht nach dem Senderfest?»

«In meinen finstersten Träumen würde ich an so etwas nicht denken, wenn doch die Möglichkeit mit dem T-Shirt-Entführer so viel wahrscheinlicher klingt!»

«Und du denkst, du und ich, also, ich meine, ich habe dann hier bei dir in deinem, es lag ja im Schlafzimmer, oder? Also wir beide zusammen? Und was ist mit Jan? Ich denke, in den bist du verliebt. Da kann doch was nicht stimmen.»

Für diesen denkwürdigen Moment ist wohl das Stottern erfunden worden. Man konnte Steffen förmlich ansehen, wie sich seine Gedanken überschlugen. Ich war etwas gelassener, da ich ja im Gegensatz zu ihm ein bisschen Zeit hatte, mich auf das Gespräch vorzubereiten.

«Meine Gefühle für Jan haben nun erst mal mit dem Sachverhalt nicht viel zu tun. Wichtig ist, dass ein sehr körpernahes Kleidungsstück von dir unter meinem Bett lag. Und mit Jan habe ich in der betreffenden Nacht auf keinen Fall Körperflüssigkeiten ausgetauscht, das ist sicher.»

Steffen atmete erleichtert aus, hatte aber immer noch ein riesiges Fragezeichen auf der Stirn. «Aber dann …?»

«Dann gibt es immer noch einige andere Möglichkeiten. Zum Beispiel könnte es sein, dass du auf der Party irgendeine Mieze aufgerissen hast, die du dann in meinem Bett vernascht hast. Wie war es denn für dich im Sender seit der Party? Ist dir an den Mädels, die auch mit uns gefeiert haben, etwas aufgefallen? Ist da eine besonders oft bei dir im Büro gewesen oder hat dir Briefe geschrieben oder so?»

«So ein Quatsch. Daran hätte ich doch auch gar kein Interesse. Ich bin doch …»

«Bist du auch schwul?»

Steffen war entrüstet. «Nein. Bin ich nicht. Und wieso auch?» Jetzt war er knallrot.

Ich beschloss, dazu erst mal gar nichts zu sagen. Schließlich hatte ich Jan hoch und heilig versprochen, sein Geheimnis für mich zu behalten. Also schwieg ich, und dann brach es aus Steffen heraus:

«Wenn du es genau wissen willst, ich bin schon seit dem ersten Tag in dich verknallt. Aber du hast ja immer nur Augen für Jan gehabt und mich gar nicht beachtet. Der tolle Moderator der populärsten Sendung, der schönste Mann des Inselradios. Da fällt so ein durchschnittlicher Musikchef natürlich durchs Raster. Ich hatte gehofft, dass du irgendwann merken würdest, dass Jan zwar nett, aber doch ein bisschen oberflächlich ist. Aber als du mir dann erzählt hast, dass du von ihm schwanger bist, war mir klar, der Zug ist für mich abgefahren. Trotzdem wollte ich zumindest dein Freund bleiben, und daran hat sich nichts geändert.»

Wow. So lange hatte ich Steffen noch nie am Stück reden hören. Und inhaltlich war das ja auch nicht gerade von schlechten Eltern. Plötzlich fiel es mir wie Schuppen von den Augen: die vielen CDs in meinem Fach, sein Versuch, am Strand mit mir ins Gespräch zu kommen, der Nachmittag hier bei mir zu Hause. Und ich war total blind gewesen! Und vor lauter Verliebtheit in den Falschen wäre mir der Richtige beinahe durch die Lappen gegangen.

Mir fehlten die Worte. Steffen starrte auf den Fußboden, als wenn dort gleich ein Geist in einer Pfütze mit der Lösung für diese verfahrene Situation auftauchen würde. Langsam stand ich auf und setzte mich neben Steffen auf die Sessellehne. Er hob den Kopf und sah mich an.

«Jan ist nicht der Vater meines Kindes», sagte ich. «So viel ist sicher.»

Jetzt war das Fragezeichen auf seiner Stirn wieder da. Steffen klang zaghaft, als er nun wissen wollte, was mir auch schon die ganze Zeit im Kopf rumgespukt war. «Heißt das dann, dass ich der Vater bin?»

«Ehrlich gesagt, ich habe keine Ahnung. Aber es wäre zumindest eine Möglichkeit. Dein T-Shirt muss ja irgendwie unter mein Bett geraten sein, und wenn du ausschließt, dass du dich da mit Brigitte oder der volltrunkenen Praktikantin vergnügt hast oder mit Gerda, der feschen Wirtin …»

«Ja, klar. Ausgerechnet die. Also, so nötig hab ich es ja auch wieder nicht.» Steffen legte mir vorsichtig den Arm um die Hüfte. «Die Frage ist nur, ob du auch mit mir oder ob du nur …»

«Ob ich mich mit dir getröstet habe, weil Jan mich nicht wollte?»

Steffen nickte. Ach, er war schon sehr süß, wie er so dasaß mit seinen verstrubbelten Haaren, den Grübchen und dem verlegenen Grinsen. Möglich war es, dass ich ihn zu meinem Tröster erkoren hatte, nachdem Jan mich freundlich, aber bestimmt abgewiesen hatte. Und wenn er in mich verliebt war, dann hatte er sich vermutlich sogar angeboten.

«Wenn es so wäre, dann hättest du auf jeden Fall schon mal eine Mütze für dein Kind gekauft.»

Aus dem Grinsen wurde ein strahlendes Lächeln. «Und was machen wir jetzt? Soll ich einen Test machen lassen?»

«Gemach, gemach. Alles der Reihe nach. Wir werden uns erst mal darum kümmern, unsere Gedächtnislücken aufzufüllen. Und dazu brauchen wir eine ganz bestimmte Frau. Trink in Ruhe aus, ich muss noch mal kurz telefonieren, und dann gehen wir. Du entschuldigst mich einen Augenblick?»

Ich nahm mein Handy, ging ins Schlafzimmer und schloss die Tür hinter mir, um ungestört zu sein. Ich musste unbedingt Maike von den neuesten Entwicklungen berichten. Außerdem wollte ich wissen, wie der Abend mit Bendix gelaufen war.

«Andresen.»

«Maike, ich bin es. Passt es gerade? Ich muss dringend mit dir sprechen»

«Ina. Ja, ich kann mich hier kurz ausklinken. Warte mal, ich gehe mal eben nach oben ins Büro, da ist es etwas ruhiger.» Ich hörte, wie Maike die Sprechmuschel abdeckte, Tine etwas zurief und die Treppe hoch ging. «So, entschuldige. Da bin ich wieder. Nicht viel los heute. Ich bin auch noch nicht so lange hier. Habe erst mal ausgeschlafen.»

«War also noch eine lange Nacht, nehme ich an? War es denn schöööööön?»

«Details würden jetzt zu weit führen. Da wirst du nur neidisch.»

«Du weißt ja noch nicht, was ich dir zu erzählen habe. Im Vergleich dazu ist eine Nacht mit Bendix für mich in etwa so spannend wie ein Nacktbadetag im Altenheim.»

«Ina, du bist ekelhaft.»

«Also, willst du nun hören, was los ist, oder lieber weiter von Bendix schwärmen?»

«Ach, ich bin einfach nur total happy. Das war eine phantastische Idee von dir mit dem Antrag. Bendix hat sich so gefreut. Du wirst es nicht glauben, er ist gerade losgezogen, um mir einen richtigen Verlobungsring zu kaufen. Und nach einem Termin für die Hochzeit haben wir gestern Nacht auch gleich geguckt.»

«Glückwunsch. Das klingt ja, als ob es noch eine fette Party geben wird.»

«Zur Hochzeit auf jeden Fall. Da musst du mir unbedingt auch helfen, ein Kleid auszusuchen. Das feiern wir mit allem Drum und Dran, mit Freunden und der ganzen Familie. Und du wirst natürlich meine Trauzeugin sein. Aber die Verlobung wollen wir eher im kleinen Kreis feiern. Vielleicht hier im Café, mal sehen. Das haben wir noch nicht entschieden.»

«Vielleicht wartet ihr noch so lange, bis ich in einem normalen Kleid feiern kann und nicht in einem Vorzelt. Die gibt's immer nur in so unfestlichen Farben.» Ich schnaufte. Und schnaufte noch einmal. Und hängte noch einen fetten Seufzer dran. Schließlich wollte ich auch erzählen. Heftiges Luftausstoßen funktionierte bei Maike.

«Was schnaufst du denn so? Geht es dir schlecht? Ist was

mit dem Baby nicht in Ordnung? Warst du eigentlich schon beim Arzt?»

«Maike, hör auf. Da hätte ich ja auch genauso gut meine Mutter anrufen können! Nein, ich war noch nicht beim Arzt. Ich bin ja nicht krank oder verletzt. Außerdem hatte ich erst mal ein paar andere Dinge zu klären. Und bin mittlerweile auch zu einem befriedigenden Ergebnis gekommen.»

«Schieß los!» Ich hörte förmlich durch den Hörer, wie gespannt Maike war.

«Also, wie du weißt, habe ich Jan in der Schicksalsnacht offensichtlich mehr als deutlich meine Liebe gestanden. Kurz danach hat er sich mit den letzten Gästen aus dem Staub gemacht. Tataaa, es folgt: Auftritt Steffen! Der hat mich dann die ganze Nacht getröstet. Und das hat er so gut gemacht, dass ich die nächsten acht Monate keinen weiteren Trost mehr brauche.»

«Steffen?» Maike klang jetzt etwas schrill – wie eine blondierte Schauspielanwärterin in einer Vorabendserie, die gerade erfahren hat, dass ihr Pony eingeschläfert werden soll. «Du hast mit eurem Musikchef geschlafen? Dem vermeintlichen Langweiler?»

«Ganz genau. Und nun krieg dich mal wieder ein. Ich habe nämlich in den vergangenen Tagen reichlich Gelegenheit gehabt, herauszufinden, dass er wirklich ganz niedlich ist. Die ganze Zeit war er für mich da, er ruft immer an und bringt ganz viel Kuchen und Blumen mit und so.»

«Hab ich doch von Anfang an gesagt, dass er ein Guter ist! Aber du wolltest ihn ja nur als Kumpel. Bist du jetzt in ihn verliebt?», wollte meine Freundin wissen.

«Ach, verliebt ist vielleicht zu viel gesagt.» Ich horchte kurz nach draußen, aber Steffen hatte Musik angemacht. Die Gefahr, dass er mich hörte, war also gering. «Maike, ich weiß noch nicht, was ich davon halten soll. Ich kann dir nur sagen, dass Steffen bisher immer da war, wenn es mir schlechtging. Als hätte er einen siebten Sinn für meine Probleme. Ich bin gern mit ihm zusammen, und es ist schön, wenn er hier ist.»

«Er ist jetzt bei dir?»

«Ja. Wir müssen gemeinsam rausfinden, was in der Nacht wirklich passiert ist. Das Problem ist nämlich, dass wir beide einen Blackout hatten. Aber ich habe sein T-Shirt in meinem Schlafzimmer gefunden, und das spricht eindeutig dafür, dass er bei mir im Bett war. Oder mit mir. Außerdem hat er mir eben gestanden, dass er seit dem ersten Tag in mich verliebt ist. Aber sicher wissen wir es eben nicht, dass er der Vater des Kindes ist, auch wenn ich es mir mittlerweile sogar wünsche.»

«Wieso lässt du nicht einfach einen Vaterschaftstest machen?»

«Habe ich schon gegoogelt. Zahlt keine Krankenkasse vor der Geburt, kostet ein Heidengeld, das ich nicht habe. Jetzt gehe ich gleich erst mal mit Steffen in diese Kneipe, in der wir so versackt sind. Vielleicht kann uns die Wirtin helfen.»

«Gerda? Na, da kann ich dir nur viel Erfolg wünschen. Bendix hat erzählt, die hat die Bude nur von ihrem Vater übernommen, damit sie dort den ganzen Tag fernsehen kann.»

«Da ist was dran. Auf der anderen Seite wirkte sie ziemlich multitaskingfähig auf mich, das heißt, sie könnte einiges mitbekommen haben. Versuchen muss ich es. Ich melde mich später, okay?»

«Schick mir 'ne SMS, wenn was Wichtiges ist, ja? Wir sind heute Abend bei meinen zukünftigen Schwiegereltern – die frohe Nachricht verkünden.»

«Verstehe. Mach ich. Ich drück dich.»

«Ich dich auch. Tschüss, Ina, und viel Glück.»

Wahrscheinlich war es für Heinz und seine Kumpel noch zu früh, um in die Kneipe zu gehen, und sie saßen gerade bei ihren Frauen am Abendbrottisch oder vor dem eigenen Fernseher. Die Tische waren jedenfalls noch genauso jungfräulich wie die Barhocker, statt der Musikbox lief leise ein Schlagersender im Hintergrund, und die Spielautomaten dudelten regelmäßig irgendeine Melodie. Als wir reinkamen, wischte Gerda gerade gedankenverloren über Zapfhahn und Tresen und schaute dabei immer wieder hoch zum Fernseher über der Tür.

«Ach nee, die Nachtschwärmer mol wedder. Moin, moin! Gleich zwei Doppelte für euch?» Gerda witterte offensichtlich einen weiteren Abend mit klingender Kasse. «Kommen die anderen auch wieder?»

«Nö, heute bleiben wir die Einzigen», sagte Steffen.

Wir setzten uns auf zwei Barhocker und bestellten Mineralwasser. Ich schaute mich ein wenig um. Auch im Hellen war die Einrichtung überwältigend. Mein Plan war, es zunächst mit diplomatischem Geschick zu versuchen: «Das war ja wirklich ein toller Abend hier», sagte ich. «Ich weiß gar nicht, wann ich mich das letzte Mal so wohl gefühlt habe. Muss ja für Sie auch lang geworden sein.»

Gerda stemmte die Hände in die Hüften und sah abwechselnd von mir zu Steffen. Dann stellte sie vor jeden von uns ein Glas Wasser. «Hier. Geht aufs Haus. Aber ich verdien mein Geld nicht mit Quatschen, sondern mit Essen und Trinken. Also, wenn ihr länger bleiben wollt, dann kann ich euch die Erbsensuppe empfehlen. Mit oder ohne Einlage für sechs beziehungsweise acht Euro.»

Das war Westerland in Reinkultur. Wahrscheinlich kaufte die Wirtin palettenweise Eintopf im Discounter für unter einen Euro die Dose, um die grüne Pampe dann mit sechshundert Prozent Gewinn an ihre alkoholisierten Gäste zu vertickern. Mir wurde schon bei dem Gedanken an mehlig gekochte Erbsen übel, aber Steffen war mein Held.

«Hört sich köstlich an», sagte er, «ich nehme eine doppelte Portion mit zwei Würstchen und dazu bitte noch eine Flasche stilles Wasser für meine Freundin und ein Frischgezapftes für mich.»

Gerda strahlte und verschwand im hinteren Teil der Wirtschaft, um das Essen aufzuwärmen. Mit dieser Bestellung war sie für den heutigen Abend wahrscheinlich fett in den schwarzen Zahlen gelandet. Man hörte, wie sie in ihrer kleinen Küche herumwerkelte und schließlich das Klingeln einer Mikrowelle, bevor sie mit einem dampfenden Teller Suppe wieder auftauchte.

«So, mien Schieter, hau rin. Hier ist dein Eintopf. Guten Appetit.» Sie stellte den Napf vor Steffen ab, und mir zog der Dunst von mehrfach aufgewärmten Erbsen in die Nase. Um die Übelkeit zu bekämpfen, nahm ich schnell die Zitronenscheibe aus meinem Wasserglas und rieb mir damit die Finger ein. Steffen ging tapfer löffelnd zum Angriff über, während Gerda sein Bier zapfte.

«Mmmmmmmhh, das riecht ja ganz köstlich, danke», lobte er. «Sagen Sie mal, Gerda. Wenn Sie schon selber davon sprechen. Als wir mit unseren Kollegen vor ein paar Wochen hier waren …»

«Mann, da hattet ihr aber ganz schön was intus», unterbrach sie ihn. «Haueha, so lattenstramm hab ich Jupp das letzte Mal gesehen, als seine Alte abgehauen ist. Und Karl-Heinz hat ja sogar noch mit dieser lütten Blonden hinten bei der Musiktruhe getanzt, obwohl da so wenig Platz ist, dass man höchstens zu zweit ganz eng beieinander son büschen rumeiern kann. Dat langt den Vertretern hier ja auch meist schon. Aber irgendwann will man ja auch mal Feierabend machen. Ich bin auch nicht mehr die Jüngste, und so rein geschäftlich war das für mich ein ganz guter Abend, aber man muss ja denn auch nicht gierig werden.»

Gerda hielt beim Zapfen inne und stellte mir kurz eine Flasche Wasser vor die Nase. Dann nahm sie weiter keine Notiz von mir, sondern konzentrierte sich ganz auf ihren neuen Lieblingsgast. Der schaufelte sich tapfer weiter die graugrüne Suppe in den Mund und strahlte Gerda zwischen den einzelnen Löffeletappen an, als sei sie eine Verwandte von Meisterköchin Cornelia Poletto und der Schuppen hier gerade mit seinem dritten Michelin-Stern ausgezeichnet worden.

«Die Suppe ist wirklich köstlich. Besser als bei meiner

Oma, und das will etwas heißen. Aber wie spät war es denn, als wir gegangen sind? Und wie viele waren wir da noch ungefähr? Wissen Sie, wir können uns nämlich gar nicht mehr so richtig an den Abend erinnern. Wir haben wohl einige Male zu viel mit Hans angestoßen.»

Gerda fühlte sich offensichtlich geschmeichelt. Strahlte und erzählte. «Na, das kannst du wohl laut sagen, mein Jung. Aber ihr konntet ja einfach kein Ende finden. Da blieb mir gar nichts anderes übrig, als ein wenig nachzuhelfen. Na, lass mich überlegen. Also ihr zwei Hübschen wart noch übrig, obwohl ich an dem Abend eher gedacht hätte, dass deine Püppi auf diesen Schlanken mit den bunten Augen abfährt, aber …»

«Moment mal», unterbrach ich sie. Gerda hielt inne und sah mich an, als ob ich auf einmal per Fluxkommunikator an ihren Tresen gebeamt worden wäre. «Was soll denn das heißen, da mussten Sie ein wenig nachhelfen?»

Genervt verdrehte die Wirtin die Augen und griff in eine Schublade unter dem Tresen. Sie legte eine durchsichtige kleine Tüte mit weißen Pillen neben mein Wasserglas.

«Hier. Das sind sozusagen meine Schlaftabletten, Mäuschen.»

«Für mich sieht das eher aus wie Ecstasy.» Steffen hatte seine Suppe zu Ende gegessen und griff nun zu dem Beutel, um die Tabletten genauer zu betrachten.

«Ja, genau. Du büs ja een ganz Plietschen. Dat is ja so: Wenn ich hier Gäste habe, die zwar reichlich getankt haben, aber einfach kein Ende finden, dann mische ich ihnen je nach Verfassung ein oder zwei von diesen kleinen Bonschern ins Getränk, und dann ist ganz schnell Zapfenstreich.»

«Das ist Körperverletzung!» Es war nicht einfach, gleichzeitig zu sprechen und sich die zitronig riechenden Finger unter die Nase zu halten, um den Würgereiz zu unterbinden, den der Erbsensuppengeruch in mir auslöste. Aber Steffens neue Freundin machte keine Anstalten, den Teller abzuräumen. «Ich meine, da kann ja sonst was passieren, wenn man das Zeug falsch dosiert.»

Es konnte einem schon anders werden, wenn man das mal zu Ende dachte. Schließlich wurde in der Nacht, in der wir unwissentlich mit Ecstasy versorgt worden waren, ein Kind gezeugt. Das einzig Tröstliche war, dass es vermutlich erst zum Äußersten kam, nachdem ein Großteil der Pillen im Körper schon wieder abgebaut worden war.

Gerda tätschelte mir die Hand. «Mein Seuten, da musst du keine Angst haben. Das mache ich ja nicht zum ersten Mal. Siehst ja, ihr zwei beiden sitzt doch ganz munter vor mir. Und ich misch ja auch nicht viel da rein und auch nicht allen Gästen. An dem Abend nur euch beiden, weil ihr noch am dollsten dabei wart.»

«Das heißt, dass Sie auf diese Weise einen langen Arbeitstag beenden? Weil die Gäste dann kotzen müssen?», fragte Steffen.

Würde ich auch gleich, wenn wir noch lange darüber redeten.

«Jawoll, oder weil sie ganz müde werden oder ganz aufgedreht und denn noch tanzen wollen, und das geht ja hier nicht so richtig, und denn suchen sie sich meist einen anderen Laden. Auf jeden Fall kann ich dann zusperren und Feierabend machen. Und darum geht es mir ja.»

Steffen nahm einen Schluck Bier, bevor er weitersprach. «Und deshalb haben wir auch einen totalen Riss, was die Erinnerung an diesen Abend angeht.»

«Jo, das is wohl möglich. Also jedenfalls war das beim Heinz mal so. Der hat hier seinen Fünfundsechzigsten mit

Kollegen von der Feuerwehr gefeiert. Die finden ja auch kein Ende, wenn die erst mal so sechs, sieben Gedecke intus haben. Da habe ich das zum ersten Mal bei Gästen ausprobiert. War ein Tipp von meiner kleinen Schwester in Berlin. Die hat mir den Beutel mitgebracht und gesagt, ich soll die mal nehmen, das wäre ein tolles Erlebnis. Ich bin dann aber gleich eingeschlafen, und das hat mich auf die Idee gebracht …»

«… damit die Kunden außer Gefecht zu setzen», vollendete ich den Satz.

«Ja, aber doch nur, wenn hier gar kein Feierabend abzusehen ist. Ich bin gesundheitlich auch nicht mehr so auf dem Damm und brauch meinen Schlaf. Außerdem war es auch schon spät, und es geht euch doch gut, also kein Grund, hier so ein Fass aufzumachen.»

Ich war fassungslos, und Steffen offenbar auch, denn er starrte Gerda nur noch an, während er sein Bier weitertrank. Aber jetzt hatten wir wenigstens eine Erklärung dafür, warum uns beiden ein paar Stunden Erinnerung an diese Nacht völlig fehlten.

«Du musst mit Jan sprechen», sagte Steffen zu mir. «Wenn er tatsächlich einer der Letzten war, der deine Wohnung verlassen hat, dann wird er auch wissen, ob ich zu dem Zeitpunkt noch bei dir war.»

Nachdem wir Gerdas Kneipe ohne ein weiteres Wort verlassen hatten, spazierten wir nun zu Fuß durch die Brandenburger Straße Richtung Strand. Steffen hatte einfach so meine Hand genommen, und das fühlte sich gar nicht mal unangenehm an. Hatte fast etwas Selbstverständliches, hier so mit ihm entlangzuschlendern. Man konnte die Hagebutten riechen, die überall in den Hecken blühten, vom Meer her wehte eine leichte Brise, und die Leute saßen draußen an den Tischen der Restaurants und Kneipen. Alles in allem war mein Leben auf einmal gar nicht mehr so übel, und das kleine Wesen in meinem Bauch verursachte ein angenehmes Kribbeln.

«Ina! Was denn nun?»

Offensichtlich war ich so in Gedanken gewesen, dass ich Steffen gar nicht mehr zugehört hatte. «Entschuldige. Was hast du gesagt?»

«Du musst Jan anrufen, oder wir gehen am besten gleich hin.» Steffen warf einen Blick auf die Uhr. «Zu spät ist es auf jeden Fall nicht, der müsste noch wach sein. Du weißt doch, wo er wohnt. Ist das weit?»

«Nee, ist nicht weit – wir müssen nur einfach in die andere Richtung laufen.» Ich lächelte ihn an. «Aber ich dachte, wir gehen jetzt erst mal am Strand spazieren. Das Wetter ist so schön. Und … ich fühl mich gerade so wohl mit dir.»

Steffen wurde rot. Er drückte meine Hand ein wenig fester und grinste mich an. «Ich mich auch», brachte er gerade noch heraus.

Ehrlich gesagt, wollte ich ihn bei dem Gespräch mit Jan nicht dabeihaben. Nach meinem peinlichen Auftritt beim letzten Mal zog ich es vor, mit ihm allein zu sprechen, aber das musste ich Steffen ja nicht gerade auf die Nase binden. Außerdem wäre es Jan vielleicht nicht recht, wenn ich mit Steffen bei ihm aufkreuzte. Also zog ich den neuen potenziellen Vater weiter Richtung Strand – und ließ mit jedem Schritt Jans Wohnung weiter hinter mir.

Wir hatten uns an einer Bude Pommes gekauft, die in Ketchup-Lake schwammen, und uns damit in den weichen Sand gesetzt. Ich wunderte mich, dass Steffen nach der Fernfahrerportion Erbsensuppe überhaupt noch was runterbekam, aber entweder wollte er unbedingt den Geschmack der Suppe so schnell wie möglich vergessen, oder er konnte tatsächlich noch mehr essen als ich.

An diesem Stück Strand war es nicht ganz so voll wie vorne an der Friedrichstraße und der Kurpromenade. Wir fanden einen verlassenen Strandkorb, der nicht mit einem Lattengerüst verriegelt war, und hatten von hier aus einen wunderbaren Blick aufs Meer, das im Halbdunkel fast schwarz aussah, auf kreischende Möwen und letzte badende Urlauber.

Nachdem wir uns schweigend die Kartoffelstäbchen einverleibt hatten, begann Steffen laut darüber nachzudenken, was wir tun würden, wenn er wirklich der Vater des Kindes war. Und was passieren würde, falls nicht. Er hatte mich zaghaft auf die Wange geküsst, woraufhin ich mich seitlich zu ihm gedreht und ihn auf den Mund geküsst hatte. Fast aus Versehen. Und ganz und gar nicht aus Versehen hatte Steffen mich zurückgeküsst. Er schmeckte nach Ketchup und roch immer noch so wunderbar nach Butterkeksen.

Wie sich herausstellte, war Steffen ein ganz großartiger Küsser. Ich hatte reichlich Gelegenheit, das zu überprüfen, und fühlte mich phantastisch dabei. Schwebend irgendwie, leicht wie nach vier Wochen Ananasdiät.

«Bin ich jetzt wieder der Trostpreis?» Steffen schaute mich nach dem gefühlten hundertsten Knutscher an wie ein ausgesetzter Dackel auf der Autobahnraststätte.

«Quatsch.» Ich schüttelte den Kopf und legte meine Hand auf seine Wange. «Das bist du auch nie gewesen. Tut mir leid, dass ich so blöde war.»

«Na ja, ich hätte mich vielleicht einfach mehr trauen müssen. Dann wären wir jetzt auch nicht in dieser Situation.»

«Was meinst du denn damit? Das hier?» Ich küsste ihn noch einmal.

«Nein, ich meine damit, dass wir nun herausfinden müssen, wer der Vater deines Kindes ist. Und wenn ich dir früher gesagt hätte, wie gern ich dich habe, dann wäre ganz klar, dass nur ich als Vater in Frage komme.»

«Ja, aber nun bin ich mal in dieser Situation, das können wir jetzt auch nicht mehr ändern», sagte ich.

«Ich wollte dir nur zu verstehen geben, dass ich gerne für dich da wäre. Länger als neun Monate. Und dann auch für den oder die da.» Er zeigte auf meinen Bauch.

Ich kuschelte mich in seine Arme, schnüffelte den Keksduft und war zufrieden.

Unsere romantische Stimmung war dann von einem Strandkorbwärter unterbrochen worden, der den Mietvertrag sehen wollte, den wir nicht hatten. Also gingen wir. Steffen wollte mit zu mir, ich wollte es aber nicht gleich übertreiben mit der neuen Nähe und musste erst mal das Küssen und Knutschen nachwirken lassen. Außerdem wollte ich mich in Ruhe auf mein Gespräch mit Jan vorbereiten. Und Maike musste ich auch unbedingt noch anrufen.

Also brachte Steffen mich nach Hause, wünschte mir zärtlich eine gute Nacht und radelte heim. Nicht ohne mir das Versprechen abzunehmen, dass ich mich am nächsten Tag gleich nach dem Aufstehen bei ihm melden würde.

Vor dem Einschlafen hatte ich Jan noch eine SMS geschickt und ihn gefragt, ob wir uns am nächsten Tag mittags irgendwo treffen könnten. Es sei wichtig und nicht aufzuschieben. Er antwortete sofort, dass er erst noch kurz bei Thorsten in der Strandstraße vorbeimüsse und wir uns dann in einem Café direkt in der Nähe des Fotogeschäfts treffen könnten.

Als ich den plüschigen Raum betrat, saß Jan bereits an einem Tisch mit weißer, gestärkter Tischdecke, auf dem eine gelbe Nelke in weißer Porzellanvase stand, vor sich eine Tasse in Blümchendesign. Er stand auf und gab mir zur Begrüßung links und rechts ein Küsschen auf die Wange. «Hallo, Ina, gut siehst du aus! Geht es dir auch gut – beziehungsweise euch?» Er schaute auf meinen Bauch und lächelte.

«Ja, alles schön.» Ich setzte mich auf den Platz ihm gegenüber und warf erst mal einen Blick in die Karte. Obwohl meine Gefühle für ihn nach dem letzten Treffen deutlich abgenommen hatten, merkte ich doch, dass ich in seiner Gegenwart immer noch sehr verlegen war. Als er sah, dass ich meine Wahl getroffen hatte, winkte er die Kellnerin heran, die in ihrem kleinen schwarzen Kleidchen mit weißer Schürze aussah wie aus einem Katalog für Servicekräfte.

«Einen Tee, bitte», sagte ich. «Oder nein, lieber Kakao. Mit Sahne, bitte.»

Das Kellnermädchen schrieb die Bestellung auf einen schmalen Notizblock, empfahl die Käsetorte als Spezialität des Hauses, von der wir sofort zwei Stück bestellten, und verschwand dann wieder.

«Und?», Jan kam sofort zur Sache. «Warum wolltest du dich unbedingt so früh mit mir treffen? Ich hoffe, es ist nicht irgendwas Schlimmes passiert.» Er sah mich mit einer Mischung aus Neugier und Sorge an.

«Also, es ist so», begann ich. «Du hast mir doch erzählt, dass du nach der Party bei mir als einer der Letzten gegangen bist.» Die peinlichen Momente unseres letzten Gesprächs, meine Liebesbeichte und alles, was darauf gefolgt war, versuchte ich bewusst auszusparen. «Wenn das wirklich so war, dann musst du doch auch gesehen haben, wer außer mir noch da war. Ich meine, es geht darum, dass ich … den Vater des Kindes … du weißt schon.»

Jan lachte. «Krampf dir keinen ab, Ina. Schon klar. Eigentlich wollte ich dir das schon beim letzten Mal erzählen, aber du hast so dermaßen abgeblockt, dass …»

«Ich weiß», unterbrach ich ihn. «Aber ich wollte an dem Abend einfach nichts mehr hören. Ich war überfordert mit der Nachricht, dass du es nicht warst, und wollte mir eine weitere Hiobsbotschaft ersparen. Mittlerweile hat sich meine Angst etwas gelegt, und ich bin bereit für weitere Details.» Ich spürte, wie ich rot anlief, und nestelte schnell nach irgendwas in meiner Tasche.

«Okay», sagte Jan. «Dann erzähle ich es dir jetzt. Ich war nicht einer der Letzten. Ich war der Vorletzte, zusammen mit den beiden, die ich nach Hause gefahren habe. Es gab nur einen, der nach unserem Abgang noch geblieben ist. Und das war Steffen.» Er sah mich prüfend an, wie ich die Nachricht aufnahm.

Gott sei Dank kam erst mal die Kellnerin mit meinem Kakao und zwei Stück Kuchen. So hatte ich Gelegenheit, zu verschnaufen und das Gesagte zu verdauen. Und mich zu freuen. Ja, irgendwo in meinem kugeligen Bauch hopste etwas auf und ab und war ganz glücklich. Jan wartete, bis die schwarz-weiße Fleißbiene wieder verschwunden war, und beugte sich dann verschwörerisch über den Tisch.

«Und ich kann dir sagen, dass ihr zwei euch ziemlich nahe gewesen seid, als wir gingen. Also, da passte kein Blatt dazwischen, wenn du verstehst, was ich meine. Oder muss ich noch deutlicher werden?»

«Das hättest du mir aber schon direkt sagen können.» Ich schaufelte mir entrüstet den Kuchen in den Mund.

«Ina, das habe ich versucht. Aber du warst total aufgelöst, und als du mich dann gebeten hast, dir weitere Details zu ersparen, habe ich das sehr ernst genommen. Früher oder später hätte ich es dir schon erzählt, das kannst du mir glauben. Aber ich wollte dir Zeit lassen. Und außerdem bin ich der Meinung, dass Steffen sich ja auch mal bei dir hätte melden können. Schließlich musste der mal irgendwann raus mit der Sprache, dass er bis über beide Ohren in dich verknallt ist.»

«Das hast du gewusst?»

«Das war jetzt nicht so schwer zu erkennen. Andauernd schleppt er dir irgendwelche Platten hinterher, kommt zum Quatschen mit dir aus seinem Büro, das sonst Fort Knox gleicht, und an dem Abend hat er dich auch kaum aus den Augen gelassen. Wenn Blicke töten könnten, dann würde ich dir jetzt nicht hier gegenübersitzen.»

«Hab ich alles nicht gemerkt», sagte ich.

«Weil du dich in den Gedanken verrannt hattest, dass ich die Liebe deines Lebens bin. Nun sag doch mal ehrlich: Du hast dich doch nicht wirklich in mich verliebt, sondern eher in die Vorstellung, wie toll es sein könnte, mit dem Top-Moderator des Inselradios ein Paar abzugeben, oder?»

Erwartete er darauf wirklich eine Antwort? Nein.

«Du wolltest diesen unglaublich attraktiven und eleganten Kerl, um in deinem Freundeskreis richtig angeben und Autogrammkarten an deine Familie schicken zu können. Du hast von roten Teppichen geträumt und von Abenden auf Du und Du mit der Westerländer High Society. Und nicht zuletzt war dir auch daran gelegen, endlich deine eigene Radioshow zu bekommen.»

Ich setzte die Kakaotasse ab und starrte Jan an. War da womöglich etwas in seinem Kaffee gewesen? Hatte Gerda die Lokalität gewechselt? «Du spinnst ja wohl!»

Jetzt fing Jan an zu lachen. Er bekam kaum noch Luft. Irgendwie lachte er wie ein Mädchen. Das hätte mir doch auch früher auffallen können. Eigentlich wollte ich nicht, aber es war so lustig anzusehen, dass ich mitlachen musste.

«Super. Dein Gesicht hättest du sehen sollen, Ina», prustete er. «Unbezahlbar!»

Ich wusste gar nicht, wie albern er sein konnte. «Gut, jetzt ist ja auch mal gut, Jan! Können wir uns denn auch mal wieder einkriegen?»

Jan beruhigte sich langsam, fuhr sich mit dem Handrücken über die Augen, um die Lachtränen fortzuwischen, und holte tief Luft. «Haaach. Wunderbar. Aber mal ganz im Ernst. Ich wusste, dass Steffen total in dich verknallt ist, und habe nur darauf gewartet, dass du es endlich bemerkst. Der Süße, hat sich so angestrengt, und Madame hat einfach keine Notiz von ihm genommen.»

«Jan, du bist doch wirklich ein Doofmann. Nun komm schon, was war los in der Partynacht? Steffen konnte mir nichts erzählen, der kann sich nämlich leider auch an nichts erinnern.»

«Also, es war so.» Jetzt machte Jan sich wirklich sehr wichtig. Grinste, trank noch einen Schluck Kaffee und stellte dann die Tasse langsam wieder ab. «Ich bin gegangen. Es war spät, und ich war müde.»

«Ja, und deine Oma ist in List geboren, war seit ihrer Einschulung immer Klassenbeste und hat deinen Opa bereits beim Konfirmandenunterricht kennengelernt … Mach es doch gern noch ein wenig spannender!»

«Meine Oma ist gar nicht in List geboren, sondern in Wenningstedt. Aber was interessiert dich das überhaupt? Und was hat das mit dir und deinem Baby zu tun?»

«Oh, Mann, und ich habe immer gedacht, Steffen ist lahm im Hirn. Du bist ja so blöd, du isst dein Knoppers schon um neun, oder? Deine Oma interessiert mich die Wurst, ich will endlich wissen, was los war.»

«Also. Ich bin so gegen zwei gegangen. Dietrich war dabei und Hanna. Die hatten aber beide gut getankt, haben also wahrscheinlich nicht mehr viel mitbekommen. Und du hast dich nicht mal von uns verabschiedet, weil du schon so damit beschäftigt warst, Steffens Mundinnenraum zu erkunden.»

«Ich bitte dich!»

«Stimmt aber. Ich habe die beiden Saufnasen also unter dem Vorwand, sie nach Hause zu fahren, vor die Tür geschoben, als du mit Steffen schon auf dem Weg in Richtung Schlafzimmer warst. Zum einen hast du wirklich nichts mehr mitbekommen, zum anderen wollte ich dir ersparen, dass die anderen dein Geknutsche sehen und damit dann im Sender hausieren gehen.»

«Danke.»

«Gern geschehen. Ich konnte ja nicht ahnen, dass diese wilde Küsserei solche Folgen haben würde.» Jan deutete auf meinen Bauch. «Denn da kommt ja jetzt wohl wirklich nur einer als Vater in Frage.»

Ich hatte Steffen also tatsächlich schon vor gestern Abend geküsst. Wirklich doof, dass ich mich an so gar nichts erinnern konnte. Aber wenn es Steffen genauso ging, dann war es ja nur halb so schlimm. So konnten wir beide ganz von vorne anfangen. Also beim ersten Kuss. Der gestern war. Plötzlich fühlte ich so etwas wie Sehnsucht.

«Meinst du, die haben hier auch Butterkekse?»

«Willst du nicht erst mal deinen Kuchen aufessen?» Jan deutete auf meinen Teller. «Und mir erzählen, was da jetzt läuft zwischen dir und unserem Musikchef?»

«Also, momentan läuft da gar nichts. Oder fast nichts. Aber ich habe ihn schon sehr gern. Die Sache ist bloß, er soll sich jetzt auch nicht wie ein Trostpreis vorkommen, denn besonders nett habe ich mich ihm gegenüber ja anfangs nicht verhalten. Erst sage ich ihm, dass du vermutlich der Vater bist und wie verknallt ich in dich bin, und dann ist von einem Tag auf den anderen die Situation komplett auf den Kopf gestellt. Ich habe ihm natürlich mittlerweile erzählt, dass du nicht der Vater sein kannst.»

«Hast du ihm auch gesagt, warum ich nicht mit dir geschlafen habe? Also dass ich schwul bin?»

«Natürlich nicht.» Ich schüttelte heftig den Kopf. «Das geht ihn ja auch nichts an. Aber weißt du überhaupt, warum weder Steffen noch ich keinerlei Erinnerung an die Nacht haben?»

«Na?» Jetzt war Jan offensichtlich sehr gespannt.

«Die Wirtin hat uns Ecstasy ins Glas gemixt, damit wir schnell müde werden und endlich gehen. Sie wollte Feierabend machen.»

Jan machte große Augen. «Das ist nicht dein Ernst.»

«Doch. Und es ist nicht das erste Mal, dass sie das gemacht hat.»

Während Jan schon wieder kurz davor war, in sein lustiges Mädchenlachen zu verfallen, aß ich selig den Rest meines Kuchens. Plötzlich sah ich Jan anders: als guten Freund, dem ich soeben eine spektakuläre Geschichte erzählt hatte. Und der an meinen Geschichten brennend interessiert war. Ich spürte, alles würde gut werden. Richtig gut.

Dass ich mein Handy zu Hause liegengelassen hatte, merkte ich erst, als ich nach der Verabschiedung von Jan eben mal bei Steffen durchklingeln wollte. Also flitzte ich, so schnell es ging, in meine Wohnung.

Das Display zeigte siebzehn Anrufe in Abwesenheit an. Als wäre ich nicht zwei Stunden, sondern zwei Wochen nicht erreichbar gewesen. Einmal Maike, einmal meine Mutter, und Steffen hatte insgesamt fünfzehn Mal versucht, mich anzurufen. Maike, ohne eine Nachricht zu hinterlassen, meine Mutter hatte gejammert, dass ich mich nie meldete, ob ich denn schon eine Idee für Maikes Verlobung hätte, ihr sei da sonst noch etwas eingefallen. Zu spät, Mami.

Steffen hatte mehrfach wieder aufgelegt, einmal kurz ein «Hallo, ich bin es» gestottert, später dann «Ina, hier ist Steffen, ruf mich doch zurück, wenn du wieder erreichbar bist», noch später «Nochmal Steffen. Hi, Ina. Ich hab schon ein paar Mal probiert.» Pause. «Es geht dir doch gut?» Pause. «Ja, kannst du ja jetzt schlecht drauf antworten.» Pause. «Ach, ich meld mich dann später nochmal.» Und schließlich die letzte Nachricht von Steffen: «Ina. Ich mache mir jetzt langsam Sorgen. Ich versuche schon seit zwei Stunden, dich zu erreichen. Du hast doch versprochen, dich zu melden. Habe ich etwas falsch gemacht? Geht es dir schlecht? Ruf mich doch bitte umgehend an. Ich bin total unruhig.»

Schon ein schönes Gefühl, dass sich jemand so um mich bemühte und sorgte. Trotzdem rief ich zuerst Maike zurück, um ihr alles brühwarm zu erzählen. Sie kam aus dem Staunen nicht mehr raus, musste dann aber schnell das Telefonat beenden, weil im Café viel los war. Bevor sie auflegte, lud sie mich noch zu einer kleinen Verlobungsfeier ein, die Bendix' Vater morgen Abend im Hotel für sie veranstalten wollte. Steffen dürfte ich natürlich auch mitbringen. Na, es sah so aus, als ob bei uns beiden nun alles wieder im Lot war. Auch so etwas gab es.

Nachdem ich aufgelegt hatte, holte ich mir einen Schokopudding mit Sahne aus dem Kühlschrank und setzte mich wieder auf mein Sofa. Dann rief ich Steffen auf dem Handy an. Nach dem ersten Tuten nahm er ab. «Ina. Endlich. Geht es dir gut? Alles in Ordnung? Machst du mal die Tür auf?» Er klang vollkommen atemlos.

«Es ist alles gut. Entspann dich mal. Wieso Tür auf?»

«Ich steh hier unten vor deiner Tür. Ich hab mir Sorgen gemacht, und da dachte ich, mache ich mal schnell eine Mittagspause und komme vorbei. Los, mach auf, ich will mich selber davon überzeugen, dass es dir gutgeht.»

Also legte ich auf und ging zur Tür. Steffen fiel mir sofort um den Hals, drückte mir winzige Küsse auf das ganze Gesicht und blieb dann vor mir stehen. Die Handflächen an meinen Wangen, seine Nasenspitze fast an meiner. «Wo bist du denn bloß gewesen?»

«Ich habe mich mit Jan getroffen.»

Er ließ mich los und folgte mir in die Wohnung. «Und?»

Wir setzten uns nebeneinander aufs Sofa. Während er gespannt auf meine Schilderungen wartete, nahm er meine Hand und hielt sie fest.

«Jan hat gesehen, dass wir beide wild geknutscht haben, als er gegangen ist. Und außer uns beiden war keiner mehr in der Wohnung.»

Steffen zog mich an sich, umarmte mich und lachte an meinem Ohr erleichtert auf. «Ja! Ich hab's so sehr gehofft. Das ist toll, Ina, ich freu mich so.»

Er schob mich wieder ein Stück von sich weg und sah mich prüfend an. «Ist noch alles gut zwischen uns? Ich meine, gestern Abend am Strand, da hattest du doch nichts getrunken?»

«Nein, und Gerda hatte mir auch kein Ecstasy ins Wasser gemischt. War ja noch früh am Abend.»

Dann saßen wir da, Hand in Hand, und sahen uns einfach nur an. Schön war das. Ich hatte mich lange nicht so wohl gefühlt.

«Ich hab dich lieb.» Steffen lächelte mich an.

«Ich hab dich auch lieb.» Und noch während ich das sagte, wusste ich, dass es tatsächlich so war. Ich hatte den Richtigen wirklich die ganze Zeit übersehen, weil ich dem Falschen hinterhergelaufen war. Jetzt hatte ich ihn gefunden. Steffen war witzig, zärtlich, besorgt um mich, und: Er konnte wunderbar küssen. Wovon ich mich gleich wieder überzeugen durfte.

«Und wenn ich nun doch nicht der Vater bin?»

«Dann wirst du es trotzdem werden. Wenn du willst. Und vorausgesetzt, wir verstehen uns noch in ein paar Monaten.»

«Und wenn unser Kind rote Haare und dunkelbraune Haut hat?»

«Dann hatte ich in dieser Nacht etwas mit Boris Becker, Roberto Blanco und mit dir.»

«Na, damit kann ich leben. Boris Becker hat schon genügend Kinder, und Roberto ist zu alt. Die werden beide keine Ansprüche stellen.»

«Steffen, wir können nach der Geburt gern einen Vaterschaftstest machen lassen. Jetzt ginge das nur über eine spezielle Fruchtwasseruntersuchung, und die ist teuer. Kannst du damit leben, solange zu warten?»

«Ich habe Gewissheit, so lange ich dich habe.»

Es folgte ein Kuss.

Schwarzblende.

Tiefe Dunkelheit über den folgenden Ereignissen.

Stellen Sie sich vor, Sie hätten Alkohol getrunken und gleichzeitig Ecstasy genommen.

Ein Jahr später

Das hatte die St.-Niels-Kirche in Westerland lange nicht gesehen: Die weißen Holzbänke waren bis auf den letzten Platz gefüllt. Pastor Lochmann stand vor dem wunderschön geschnitzten Altar und lächelte seinen Schäfchen zu. Ich saß mit Steffen, der unseren schlafenden Sohn Titus auf dem Arm hielt, in der ersten Bank, daneben Jan und Elfie, die extra aus Hamburg gekommen war. Tine legte noch schnell letzte Hand an die Blumenkörbchen für die Kinder, und Thorsten machte seine Kamera startklar. Vor zwei Wochen hatte er ganz zauberhafte Bilder von unserem kleinen Jungen gemacht.

Bei unserem ersten Kuss hatte Steffen tatsächlich noch im Dachgeschoss des Hauses seiner Eltern gewohnt, weil er keine Lust hatte, ein horrendes Geld für eine kleine Wohnung in Westerland auszugeben. Als er Gunilla und Fred in unser Geheimnis eingeweiht hatte, hatten sie angeboten, in das kleinere Dachgeschoss zu ziehen und uns den unteren Teil des Hauses zu überlassen. Wir waren beide der Meinung, dass das für die erste Zeit die beste Lösung war. Mit Steffens Eltern kam ich bislang gut aus, sie waren zurückhaltend und sehr lieb.

Beim Inselradio hatte ich Elternzeit eingereicht. Vielleicht würde ich ein paar Monate lang gelegentlich bei Maike im LatteMar arbeiten. Dann mal schauen.

Die wunderschöne Orgel erklang, und die Blumenkinder kamen, gefolgt vom Brautpaar, den Mittelgang entlang. Beim ersten Ton der Musik war mein süßer Titus aufgewacht. Jetzt guckte er mit seinen kleinen, kugelrunden Augen interessiert in der Gegend herum und gluckste dabei leise vor sich hin. Einen Vaterschaftstest hatten wir uns sparen können, nachdem wir unser Kind mit Babybildern von Steffen verglichen hatten. Wie Zwillinge. Und ganz ohne rote Haare.

Maike sah phantastisch aus. Sie trug ein schlichtgeschnittenes Seidenkleid und hatte sich weiße Bänder in die langen Haare flechten lassen. Bendix in seinem Smoking platzte beinahe vor Stolz, als er neben ihr in Richtung Altar schritt. Seine Mutter wischte sich jetzt schon die ersten Tränchen aus den Augen. Thorsten knipste ein Bild nach dem anderen und arbeitete sich langsam zu uns vor, um dann den Platz neben Jan einzunehmen.

Geoutet hatten sich die beiden immer noch nicht, aber sie arbeiteten daran. Vor allem, weil sie sich immer noch sehr ein eigenes Kind wünschten und inzwischen auch von einer Agentur für Auslandsadoptionen einen hoffnungsfroh stimmenden Brief erhalten hatten. Wenn es mit einem Baby klappen sollte, dann wollten die beiden ihre Beziehung öffentlich machen. Inzwischen lief Thorstens Fotoagentur mit Bildern von Prominenten so gut, dass Jan nicht mehr unbedingt auf seinen Moderatorenjob angewiesen war. Und wer weiß, vielleicht kam unser Chef ja auf seine alten Tage auch nochmal zur Vernunft.

Ich hatte Hunger.

Es war also alles wie immer.

Nicht ganz. Es war besser:

Ich hatte einen Sohn.

Einen Freund, der mich liebte.

Die allerbeste Freundin, die man sich wünschen konnte.

Und …

… ein BiFi in meiner Handtasche.

Danksagung

Ich möchte mich bedanken:
Bei den wichtigsten Männern in meinem Leben: Stephan und Titus!

Ohne euch wäre alles nichts.

Bei den wichtigen Männern, die geholfen haben, dieses Buch auf den Weg zu bringen: Jörg Thadeusz, Hajo Schumacher und Christian Ankowitsch.

Horst Evers danke ich fürs ehrliche Lesen.

Bei den unwichtigen Männern, die früher mal wichtig waren und denen ich viel Lebenserfahrung in jeder Beziehung zu verdanken habe.

Bei den Radio-Männern, die in und vor dem Studio an meiner Seite waren, mich gefördert, unterstützt und manchmal auch sehr liebgehabt haben.

Und ich bedanke mich bei den Frauen:

Bei meiner Oma und meiner Mama, die mich bedingungsloses Lieben gelehrt haben.

Bei Beate, meiner Beraterin, Mutmacherin und besten Online-Freundin, die man sich wünschen kann.

Und last but not least:

Danke an Bibo und Steffi, meine Kolleginnen, die immer gesagt haben: Mach das jetzt mit deinem Buch. Und jetzt habe ich es gemacht.

Dieses Buch ist fiktiv. Die in diesem Buch dargestellten Personen und Ereignisse sind frei erfunden. Ähnlichkeiten sind zufällig und nicht beabsichtigt.

Hans Rath

Was will man mehr

Wunderlich 5012

Kind und Karriere - was will man mehr?

So einiges, findet Paul. Das Kind ist nicht von Iris, seiner Traumfrau, sondern von ihrer Schwester Audrey. Drum kümmern darf er sich auch nicht wirklich. Und seine Karriere geht gerade fürstlich den Bach runter. Da helfen nur Schamski, Bronko und Günther, Pauls WG-Gefährten aus besseren Tagen. Zusammen machen sie sich daran, endlich Ordnung zu schaffen. Sie merken gar nicht, dass sie dabei auf ein gigantisches Chaos zusteuern...

MIX
Papier aus verantwortungsvollen Quellen
FSC® C019821

Das für dieses Buch verwendete FSC®-zertifizierte Papier *Lux Cream* liefert Stora Enso, Finnland.